Die Taunus-Ermittler Band 14 –

Exitus

Bitte beachten Sie auch die Romane von Danica Brückner:

Meeresrauschen für Lara
Ausgemustert
Gewitter überm Bodensee

Weitere Infos erhalten Sie auf unserer Website.
Diese erreichen Sie unter:

www.Gabriele-und-Jürgen-Jost.de

Gabriele und Jürgen Jost

Die Taunus-Ermittler 14 –

Exitus

Kriminalroman

Bibliografische Information der Deutschen Nationalbibliothek:
Die Deutsche Nationalbibliothek verzeichnet diese Publikation in der
Deutschen Nationalbibliografie;
detaillierte bibliografische Daten sind im Internet über
dnb.dnb.de abrufbar.

Satz, Umschlaggestaltung und Verlag:
BoD – Books on Demand GmbH, In de Tarpen 42,
22848 Norderstedt

Druck: Libri Plureos GmbH, Friedensallee 273, 22763 Hamburg

ISBN: 978-3-7597-4494-4

1.

Annika Stettner stand an diesem zehnten März am Wohnzimmerfenster und starrte auf den Balkon hinaus, wo der prasselnde Regen immer größere Pfützen auf dem Boden bildete. Erst vorgestern war Peter aus Mallorca zurückgekommen, und nach allem, was in den letzten Monaten geschehen war, hatte sie das Allerschlimmste erwartet. Aber Peter hatte sich offensichtlich gut gefangen. Es war auch wirklich ein bisschen viel gewesen im letzten halben Jahr. Erst war an seinem achtzehnten Geburtstag Sven, ihr Sohn und Peters Stiefsohn, nach einem heftigen Streit aus dem Haus gelaufen, hatte sich in sein Geburtstagsgeschenk, ein gebrauchtes Auto, gesetzt und war davongefahren, ohne eine Nachricht zu hinterlassen, wohin. Wenige Tage später war es Peters Vater, der gegen den Krebs kämpfte, so viel schlechter gegangen, dass Peter sich nicht mehr anders zu helfen wusste, als unverzüglich mit ihm die onkologische Praxis im Bad Sodener Krankenhaus aufzusuchen. Was man ihm dort eröffnet hatte, hatte ihn alles andere als hoffnungsfroh gestimmt. In den folgenden zwei Wochen hatte Andreas Stettner so sehr abgebaut, dass sein Sohn Peter sich gezwungen sah, den geplanten Besuch bei Ex-Kommissar Hernandez auf Mallorca abzusagen. Auch aus der Arbeit in der Agentur hatte er sich zusehends ausgeklinkt, denn er wollte in dessen letzten Wochen ganz für seinen

Vater da sein. Am sechsten Januar war der alte Herr dann friedlich eingeschlafen.

Das hatte ihren Mann, der sehr an seinem Vater gehangen hatte, vollends aus der Bahn geworfen. Er hatte Annika und Verena die Fälle, die sie gerade gemeinsam bearbeiteten, ganz überlassen und sich Abend für Abend ein Bier nach dem anderen hineingeschüttet. Direkt nach der Beerdigung hatte er gesagt: »Ich brauche Abstand, ich flieg' zu Hernandez.« Am nächsten Morgen war er fort.

Nachdem Annika zwei Wochen nichts von ihrem Mann gehört hatte und er auch nicht an sein Handy gegangen war, hatte sie es nicht mehr ausgehalten und war ihm gefolgt.

So weit war sie gerade in ihren Gedanken gekommen, als Peter hinter sie trat und sagte: »Schon Scheiße, was du auch noch mit mir mitmachen musstest, nachdem Sven …«

»Ach lass, wenigstens bist du wieder da.«

Das war es, was Peter an seiner Frau bewunderte. Sie ließ sich nicht unterkriegen, so schlimm es auch kam.

»Ich fand es jedenfalls schön von dir, dass du nach Mallorca gekommen bist. Die zwei Wochen haben uns als Paar richtig gutgetan. Ach – das wollte ich dir noch erzählen: Kurz, nachdem du zurückgeflogen warst, hat Esteban angefangen, ganz schön auf der Insel aufzuräumen.«

Franzisco Esteban war dort der neue Leiter der Sonderkommission *Organisierte Kriminalität*[1].

»Hat es Hernandez gut verkraftet, dass er nicht mehr mitmischen konnte?«

»Ob du es glaubst oder nicht, Esteban hat sein Versprechen gehalten und ihn als Kenner der Insel als Berater hin-

---

1 Vgl. Die-Taunus-Ermittler, Band 13, Treffpunkt La Seu

zugezogen. Zusammen haben die beiden das Nest dieser Organisation ganz schön trockengelegt. Vierundsechzig Verhaftungen in nur vier Wochen.

»Na ja, dann fällt ihm der Ausstieg bei der Polizei und der Einstieg ins Hoteliersleben bestimmt nicht gar so schwer.«

»Hoteliersleben ist gut«, sagte Peter lachend. »Ich hab ihm gleich gesagt, dass er sich mit der Übernahme des alten Kastens seiner Tante finanziell übernommen hat. Aber er wollte das partout nicht hören. Dafür hat er jetzt den Salat.«

Peter war froh, dass er seine Frau wenigstens kurz mit Geschichten aus Mallorca ablenken konnte, denn er wusste, dass ihr im Grunde ein ganz anderes Thema auf den Nägeln brannte: Ihr Sohn und die Ungewissheit, was aus ihm geworden war. Seit dem letzten heftigen Streit – dem gefühlt tausendsten – und seinem wütenden Abgang gab es kein Lebenszeichen mehr von ihm.

Annika konnte sich einfach nicht damit abfinden, dass Sven schwul war, und hatte ihm das immer wieder mehr als deutlich zu verstehen gegeben. So sehr Peter auch nachvollziehen konnte, dass seine Frau enttäuscht darüber war, dass ihr einziges Kind so gar nicht die Erwartungen erfüllte, die sie in ihn gesetzt hatte, so sehr konnte er auch seinen Stiefsohn verstehen, der unter diesen Umständen einfach keinen Kontakt mehr zu seiner Mutter haben wollte.

Andererseits konnte er ihr aber auch nicht länger verschweigen, dass er seit Mitte Februar wieder telefonischen Kontakt mit Sven hatte. Da hatte der Junge sich bei ihm auf dem Handy gemeldet, und Peter hatte sich riesig darüber gefreut. Da er noch auf Mallorca, Annika aber schon drei Tage zuvor nach Deutschland zurückgeflogen war, konnte er den Wunsch seines Stiefsohnes leicht erfüllen, seiner Mutter erst einmal nichts zu sagen.

Aber nun, da auch er wieder zu Hause war, würde er sie über kurz oder lang einweihen müssen, so viel war klar. Nur, wie konnte er das Sven begreiflich machen, ohne dass der Junge sofort wieder die Schotten dicht machte?

Die Entscheidung darüber wurde ihm schneller abgenommen, als er es je für möglich gehalten hätte.

Denn kaum hatte er diese ein weiteres Mal vertagt, fragte Annika ihn rundheraus: »Hast du gestern Abend vom Wohnzimmer aus versucht Sven anzurufen, als ich aus der Küche reinkam? Du hast so schuldbewusst dreingeblickt und unverzüglich den Hörer aufgelegt. Habt ihr vielleicht wieder Kontakt?«

Im ersten Impuls wollte Peter schwindeln, aber als er die Hoffnung in Annikas Augen sah, konnte er nicht mehr anders und sagte stockend: »Ja, seit Mitte Februar.«

Unter normalen Umständen hätte Annika, die schon sehr impulsiv reagieren konnte, ihm gehörig die Leviten gelesen, aber die Hoffnung, nach einem halben Jahr Ungewissheit endlich zu erfahren, was ihr Sohn so machte und ob es ihm gutging, ließ sie mit brüchiger Stimme fragen: »Weißt du, wo er ist? Wie geht es ihm?«

»Wo er ist, weiß ich selbst nicht so genau. Irgendwo in Bayern, das ist das Einzige, was er mir verraten hat, als er mich das erste Mal auf dem Handy anrief. Mehr wollte er vorerst nicht sagen. Seitdem telefonieren wir jede Woche einmal miteinander. Allerdings hat er mich gestern weggedrückt.«

»Kein Wunder, wahrscheinlich hat er gedacht, ich bins, als er die Nummer unseres Festnetzanschlusses sah.«

»Aber ich hatte ihm gesagt, dass ich nach Hause fliege. Da hätte er …«

»Ich hab so oft versucht, ihn anzurufen, aber er hat das

Gespräch nie angenommen. Woher hätte er wissen sollen, dass dieses Mal du dran bist?«

»Stimmt.«

»Wann ruft er dich wieder an?«

»Wahrscheinlich heute Abend.«

»Darf ich dabei sein und zuhören?«

Dabei konnte man deutlich spüren, wie sehr Annika darauf brannte, endlich wieder einmal die Stimme ihres Sohnes zu hören.

»Äh … ja«, stotterte Peter. »Du musst mir aber versprechen, dich zurückzuhalten, bis ich ihm erklärt habe, dass du Bescheid weißt.«

Applaus brandete auf an diesem ersten wirklich warmen Maiwochenende im Biergarten des Ausflugslokals Heckenschänke am Rande des Kurstädtchens Bad Füssing. Sven Stettner und sein Freund Michael – das Musikduo Sven und Michi – verbeugten sich, dankten den Gästen für ihr zahlreiches Erscheinen beim Oldieabend und begannen, ihre Musikinstrumente zusammenzupacken. Seit dem Abend, als Sven durch Zufall in einer Musikkneipe in Nürnberg Michael Müller kennengelernt hatte, der dort Saxofon spielte, waren die beiden ein Paar.

Im Rahmen einer Veranstaltung, bei der die Gäste, die sich das zutrauten, den Musiker mit einem Instrument ihrer Wahl begleiten konnten, war es geschehen. Denn kaum dass Sven die ihm angebotene Gitarre ergriffen hatte und in den nächsten Song mit eingestiegen war, war die Harmonie so perfekt gewesen, dass an diesem Abend keiner der anderen Gäste mehr zum Zug gekommen war.

Sven lächelte in sich hinein, als er daran dachte, wie schnell vor zwei Monaten dann alles gegangen war. Nach dem Ende der Veranstaltung waren er und der zehn Jahre ältere Musiker noch lange im Lokal sitzengeblieben, und als der Wirt sie gegen vier Uhr mit den Worten »Ich mach normalerweise um drei Uhr dicht« endlich rauswarf, war Sven, der noch kein Hotelzimmer hatte und im Auto schlafen wollte, auf Drängen von Michael mit zu ihm gekommen.

Als sie morgens gegen neun nach endlosen Gesprächen müde zu Bett wankten, war es beschlossene Sache, dass Sven Michael begleiten würde, wenn der am ersten Mai sein Engagement bei verschiedenen Lokalen in Bad Füssing antrat.

Außerdem hatte Sven dem Älteren erzählt, warum er es zu Hause nicht mehr ausgehalten hatte, und Michael hatte ihn nicht nur in den Arm genommen und ihm zärtlich übers Haar gestrichen, sondern auch geheimnisvoll gesagt: »Tröste dich, auch bei mir ist so einiges schiefgelaufen … aber ich kann noch nicht darüber reden. Vielleicht kommt der Tag ja noch.«

»Sven, was ist?«, wurde dieser plötzlich aus seinen Gedanken gerissen. »Wolltest du mir heute nicht helfen, die Lautsprecheranlage ins Auto zu tragen?«

Als der Jüngere nicht reagierte und weiter auf einen Punkt am Boden starrte, sagte Michael verständnisvoll »Ach so«, lud sich die Tasche mit dem Verstärker auf den Rücken und verschwand in Richtung Auto.

Erst als er zurückkam, um auch noch die schweren Lautsprecherboxen aus dem Biergarten in dem geräumigen Vierseithof nach draußen zu tragen, löste Sven sich aus seiner Erstarrung. Er packte eine der Boxen, winkte dem Publikum noch einmal zu und eilte Michael auf den Parkplatz hinterher, wo dessen Kombi stand.

Er wuchtete die Box in den Kofferraum und ließ sich auf den Beifahrersitz fallen. Kurz darauf setzte sich Michael, nachdem er den zweiten Lautsprecher geholt und verstaut hatte, ans Steuer. Dabei warf er einen prüfenden Blick auf Sven und bemerkte, dass es nach wie vor in dessen Innerem brodelte.

Bevor er losfuhr, fragte er behutsam: »Du denkst an deine Familie?«

»Ja ... ich war nicht da, als Opa Andreas gestorben ist. Peter hat mich auf dem Handy angerufen und mir das gesagt. Das tut sehr weh und lastet schwer auf mir. Weißt du, mein leiblicher Vater ist sehr früh gestorben, ich habe ihn kaum gekannt. Meine Oma mütterlicherseits habe ich auch sehr gerne, aber sie ist seit einigen Jahren im Pflegeheim und schwer dement. Als ich Oma das letzte Mal gesehen habe, hat sie mich kaum erkannt.«

»Ja, das ist sehr schlimm«, sagte Michael mitfühlend, »auch ich habe meine Oma sehr gemocht. Leider ist sie nicht sehr alt geworden und schon viele Jahre nicht mehr am Leben. Deshalb denke ich, es wäre an der Zeit, deiner Familie die Hand zur Versöhnung zu reichen. Was meinst du?«

»Schon«, kam es gedehnt von Sven herüber, »aber meine Mutter ...«

»Sie wird ihre Lektion inzwischen gelernt haben. Demnächst hat sie ein Dreivierteljahr nichts von dir gehört, sie wird sich freuen.

»Meinst du?«, fragte Sven ungläubig und sagte dann: »Komm, lass uns fahren. Ich bin wirklich müde.«

Schweigend und jeder seinen eigenen Gedanken nachhängend fuhren die beiden nach Safferstetten, einem Ortsteil von Bad Füssing, wo sie für die diesjährige Saison ein kleines Apartment gemietet hatten.

Michael dachte an sein eigenes Schicksal. Die ersten zwölf Jahre seines Lebens war er bei seinem Vater aufgewachsen, der ihn mit seiner Liebe und Fürsorglichkeit beinahe erdrückt hatte. Aus Angst, dass dem Jungen wegen des Lebenswandels des Vaters etwas geschehen könnte, hatte er ihm alles untersagt, was andere Kinder seines Alters gern machten. Immer hatte Michael unter der Beobachtung eines Aufpassers gestanden.

Dann war sein Vater für drei Jahre ins Gefängnis gekommen und er zu seiner Mutter nach Nürnberg. Erst dort hatte er gelernt, was es hieß, ein Kind sein zu dürfen.

Michael Müller riss sich fast schon brutal aus seinen Gedanken, denn er dachte nicht sehr gern an seinen Vater, obwohl oder gerade weil der einmal zu ihm gesagt hatte: »Auch wenn du keinen Kontakt mehr zu mir haben willst, ich weiß immer, wo du bist und was du tust, um dich notfalls beschützen zu können.« Das hatte ihm Angst gemacht und ihn noch einmal darin bestärkt, dass es richtig gewesen war, den Nachnamen seiner Mutter anzunehmen, die nach der Scheidung ihren Mädchennamen wieder angenommen hatte.

Werner Bartels, ein Dealer und Zuhälter der übelsten Sorte, hatte unterdessen Gelüste, seine Position in der Stadt zu verbessern. Als die Nummer drei seiner Heimatstadt besaß er ein Bordell und zwei Clubs, in denen er sein Rauschgift verhökerte. Da die Gelegenheit im Moment günstig zu sein schien, sagte er an diesem Tag zu seiner rechten Hand, Kai Wegner: »Das Dancefloor im Industriegebiet draußen würde prima in meine Sammlung passen; auch das Palais d'Amour wäre nicht zu verachten. Wir sollten uns was überlegen, wie wir daran kommen.«

»Hingehen, Boris aufs Maul hauen und ihn zum Teufel jagen«, sagte sein Untergebener, der von taktischen Feinheiten weniger hielt.

Aber sein Boss sagte nachdenklich: »Damit treten wir etwas los, das genauso gut nach hinten losgehen kann. Stell dir vor, wir lassen uns auf einen monatelangen Kleinkrieg ein. Das kostet Ressourcen, die uns nachher fehlen. Wir sind dann geschwächt und müssen uns vielleicht selbst anderen Kräften, die derzeit aus allen Richtungen ins Land drängen, geschlagen geben. Nein, das müssen wir viel geschickter anfangen. Wir müssen Boris dazu bringen, vollkommen durchzudrehen, ohne dass auch nur der geringste Verdacht darauf fällt, dass wir dahinterstecken. Die Bullen müssen das für uns erledigen und ihn aus dem Verkehr ziehen. In das Machtvakuum stoßen wir dann hinein. Dazu müssen wir vor allem einen oder gleich mehrere Sündenböcke vorschieben, an denen er sich abarbeiten kann. Als Erstes mal die Bullen selbst.«

»Du bist spitze, Chef, aber wie soll das gehen?«

»Lass mich mal machen, ich hab nicht umsonst in den letzten Wochen in seinem Umfeld recherchiert. Ich kenne ihn inzwischen besser, als es ihm lieb sein kann. Wenn er so gar nicht weiß, aus welcher Richtung alles kommt, flippt er aus, garantiert. Ich habe schon einen Plan, wenn's so weit ist, bist du der Erste, der es erfährt.«

2.

Unterdessen war auch in Kelkheim der durchwachsene Vorfrühling einem sonnigen Mai gewichen, und obwohl Peters Kontakt zu Sven nicht immer ganz rundgelaufen war, standen die Zeichen inzwischen deutlich auf Entspannung. Zunächst aber hatte das Telefonat im März, bei dem Annika eigentlich nur zuhören wollte, im Eklat geendet, und Sven hatte erbost den Hörer aufgelegt. Danach hatte sechs Wochen lang Funkstille geherrscht. Aber als Sven sich gegen Ende April unerwartet wieder gemeldet hatte, war Peter sofort aufgefallen, dass sich ein anderer Tonfall in die Stimme seines Stiefsohns gemischt hatte. Anscheinend war auch Sven endlich mal in sich gegangen und hatte über sein Verhalten nachgedacht.

Tatsächlich hatte er nach Gesprächen mit Michael begonnen, sein Verhalten gegenüber seiner Mutter gründlich zu überdenken. Bis jetzt hatte er immer nur seinen eigenen Standpunkt durchgezogen und nie darüber nachgedacht, wie das auf andere wirken musste. *Vielleicht*, dachte Sven, *sollte ich Mutti gegenüber etwas nachsichtiger sein, bevor ich den Kontakt zu ihr ganz verliere. Eigentlich vermisse ich sie schon, wenn ich es mir so recht überlege. Muss ich denn immer gleich mit dem Kopf durch die Wand? Ich bin einfach viel zu impulsiv und gleich auf hundertachtzig. Muss das denn sein?*

Dass Peter seine Detektivkollegen Stefan und Claus in dieser Zeit öfter mal alleinließ und die beiden Frauen viel von seiner Arbeit übernehmen mussten, waren sie inzwischen gewohnt. Aber dass seine Laune seit den ersten Maitagen zunehmend besser wurde, war auch ihnen nicht verborgen geblieben.

Dennoch waren alle rund um Peter erstaunt darüber, dass an diesem Montagmorgen völlig ohne Vorwarnung das Detektivteam zum ersten Mal seit Monaten wieder vollständig zur Lagebesprechung erschienen war.

»Ich weiß, ich habe euch in den letzten Monaten so einiges zugemutet. Aber jetzt wird das wieder anders, ich verspreche es euch«, begann Peter.

»Wirklich?«, fragte Claus Mergentheimer ungläubig. Der ehemalige Hauptkommissar der Hofheimer Kripo und gute Freund mischte seit seinem Ausstieg bei der Staatsmacht vor einigen Jahren bei den Detektiven mit.

»Wäre schön«, sagte Verena, »dann könnte ich mich wieder mehr um die Zwillinge kümmern, die die letzten Monate sehr zu kurz gekommen sind.«

»Was hat sich verändert?«, spann ihr Mann Stefan den Faden weiter.

»Das Telefonat mit Sven gestern Abend war's wohl,« erklärte Peter, wandte sich an seine Frau und sagte: »Mach du weiter.«

»Sven hat unerwartet angerufen und wollte, ich kann es immer noch nicht fassen, mit mir sprechen. Ich war so verblüfft, dass mir erst mal gar nichts dazu eingefallen ist. Und als er mich fragte, ob er vernünftig mit mir reden könne, habe ich natürlich Ja gesagt. Dann hat er mich gefragt, ob ich mich mittlerweile an den Gedanken gewöhnt hätte, dass er auf Männer stehe. So habe ich geantwortet, dass es mir immer noch schwerfällt, aber dass ich mich bemühen werde, ihn so zu akzeptieren, wie er ist. Dann fragte er: Auch einen neuen Freund? Und ich versprach ihm, dass ich mich auch darum bemühen werde. Diese Antwort hat ihm erstaunlicherweise genügt.«

»Weil es eine spontane und ehrliche war«, stimmte Peter zu. »Hättest du gesagt, ja klar, das geht schon in Ordnung, wäre er nur misstrauisch geworden. So hat er uns vorgeschlagen, dass wir ihn im Juni besuchen kommen sollen. Wann und wo, würde er uns schon noch sagen. Er will zwar, dass wir beide alleine kommen, und zum ersten Treffen gehen auch erst mal nur Annika und ich. Aber dann spricht eigentlich nichts dagegen, dass Ihr, Stefan und Verena, euch mit uns zusammen ein paar schöne Urlaubstage in Bad Füssing macht. Sven wird bestimmt nichts dagegen haben.«

»Und ich«, ließ sich Claus vernehmen, der sich bislang aus der Unterhaltung herausgehalten hatte, »darf euch mal wieder die Kastanien aus dem Feuer holen.«

»Nein«, widersprach Peter schnell, »denn wir werden dies auf die ersten Tage der Sommerferien verlegen. Dann könnt ihr alle Urlaub machen. Die Detektei verträgt es schon, wenn wir mal eine Woche schließen. Seht also zu, dass ihr eure Fälle abschließt und keine größeren mehr annehmt.«

So vergingen die Wochen wie im Fluge, und alle hatten es geschafft, mit ihrer Arbeit fertig zu werden. Sven hatte inzwischen akzeptiert, dass Stefan und seine Familie mitkamen, und freute sich sogar darauf, Alina und Anina wiederzusehen. Auch Verena war ihm ohnehin ein gern gesehener Gast, wie er am Telefon versichert hatte, da sie ihn seiner Mutter gegenüber immer verteidigt hatte.

Zuerst hatten sie erwogen, mit zwei Autos zu fahren, aber dann hatte Peter gesagt: »Lass uns doch den Ermittlungsbus nehmen. Hier wird er sowieso nicht gebraucht, und wir passen alle sechs rein. Sollten Annika und ich länger dortbleiben, fahrt ihr mit dem Bus zurück, und wir nehmen uns in Passau für die Heimfahrt einen Leihwagen. Andernfalls nehmen wir den Service der Eisenbahn auch gerne in Anspruch.«

»Das kann ich mir denken«, platzte Stefan heraus. »Ich kenne dich gut genug, um zu wissen, dass anschließend der Speisewagen keine Vorräte mehr hat.«

Kurz darauf waren sie aufgebrochen.

Einige Stunden sowie annähernd fünfhundert Kilometer später waren sie in Bad Füssing angekommen und hatten am frühen Montagabend ihr Hotel bezogen. Das Thermenhotel Zur Quelle unweit der Straße nach Pocking war eine wunderschöne, wenn auch nicht gerade billige Unterkunft. Dafür bot sie aber auch alles, was das Herz des thermalbadefreudigen Kurlaubers begehrte.

Während Stefan, Verena und die beiden Mädchen sich erst einmal ins mollig warme Wasser des hauseigenen Pools stürzten, hatten es Peter und Annika vorgezogen, in eines der zahlreichen Lokale in der direkten Umgebung zu gehen und über ihr bevorstehendes erstes Treffen mit Sven und dessen Freund zu sprechen, das für den morgigen Abend in der Heckenschänke, einer Ausflugsgaststätte weit draußen vor dem Ort, anstand. Vor allem wollte Peter noch einmal auf seine Frau einwirken, dass es nicht wieder zu einer Eskalation käme. Während sie bei bayrischen Tapas, Most aus dem benachbarten Österreich und Weißbier die leiblichen Genüsse des niederbayrischen Thermendreiecks genossen, stellte Peter erstaunt fest, dass seine bessere Hälfte, wie er Annika gern nannte, sich offenbar nicht nur erstaunlich gut mit der Situation arrangiert hatte, sondern auch intensiv über sich und ihre Haltung Sven gegenüber nachdachte.

Denn plötzlich fragte sie Peter: »Sag mal, könnte die Ursache vielleicht darin liegen, dass ich vor einigen Jahren von Markus Mautz[2] – du weißt schon, der gewalttätige Freund von Andrea Dehler, so hieß er doch, oder? –, dass ich von diesem Typen beinahe vergewaltigt wurde, warum ich so ablehnend auf Svens Entwicklung reagiere?«

Peter sah seine Frau verblüfft an und dachte daran zurück, wie Verena und Annika von dem jungen Mann als Geiseln genommen worden waren, als sie Verenas Freundin zur Hilfe eilen wollten.

»Das würde mich erstaunen, denn zum einen hast du die Sache damals, so schien es mir zumindest, erstaunlich gut verarbeitet. Außerdem steht das Ganze in keinem Zusammenhang – ach so, du meinst, dass du seitdem vielleicht auf alles, was sexuell außerhalb der sogenannten Norm liegt, verstört reagierst …?«

»So ungefähr.«

»Das wäre natürlich möglich, kommt mir aber unwahrscheinlich vor. Allerdings bin ich kein Psychologe. Aber dass du von selbst einen solchen Gedanken ins Auge fasst, finde ich gut. Das zeigt, dass du auf einem guten Weg bist. Komm, lass uns heute Abend von etwas anderem sprechen. In einer halben Stunde, wenn die Zwillinge im Bett sind, kommen Stefan und Verena zu uns.«

---

2   Vgl. Die Taunus-Ermittler Band 8 – Völlig willenlos

Im nahen Passau saß an diesem Spätnachmittag unterdessen Kriminalhauptkommissar Joseph Stein an seinem Schreibtisch und grübelte über einem Problem, das ihn schon länger beschäftigte, aber erst in dieser Tourismussaison und vor allem in Bad Füssing so richtig zum Tragen kam.

Aufgrund des nun schon einige Jahre andauernden Personalmangels im Hotel- und Gastronomiegewerbe stellten die Gastronomen derzeit nahezu jeden ein, den sie bekommen konnten. Darunter auch einige, auf die man gut und gerne hätte verzichten können. Leute, die von Rauschmitteln aller Art abhängig waren und die nicht nur den guten Ruf des Kurbades beschädigten, sondern, was viel schlimmer war, kriminelle Elemente anzogen, die sie mit diesen Rauschmitteln versorgten. Waren die Abhängigen früher nach Passau, Regensburg oder sonst wohin gefahren, um sich einzudecken, saßen die Versorger inzwischen vermutlich mitten in Bad Füssing, doch die Polizei tappte nach wie vor völlig im Dunkeln, wer es sein könnte.

So geriet Stein hier in der Polizeistation immer mehr unter Druck, weil seine Vorgesetzten endlich greifbare Ergebnisse sehen und nicht immer nur hören wollten: »Keiner ist bereit, mit uns zu reden.«

Der Vorwurf, dass er vielleicht nicht mehr der richtige Mann für diese Aufgabe sei, wurde inzwischen nicht mehr nur hinter vorgehaltener Hand geäußert. Am Vortag in der Kantine hatte er genau gehört, was der Oberkommissar vom Dezernat Betrug gesagt hatte: »Man sollte Stein die Leitung des Dezernats Rauschgiftdelikte entziehen. Nicht nur, dass er mit seinen dreiundsechzig Jahren im Grunde zu alt für den Posten ist. Er ist der Sache psychisch nicht mehr gewachsen, seit seine Frau an Krebs gestorben ist.«

Ihm war klar, dass so mancher an seinem Stuhl sägte und einige scharf auf seinen Posten waren, und er war sich genauso im Klaren darüber, dass deshalb schnellstens ein Erfolg hermusste. Dafür war er bereit, selbst den abenteuerlichsten Hinweisen nachzugehen.

Genau so einer kam an diesem Vormittag gegen elf Uhr, als Stein gerade wieder einmal über den Vernehmungsprotokollen aus Bad Füssing grübelte. Plötzlich läutete sein Telefon auf dem Schreibtisch. Er nahm ab, und als er sich gemeldet hatte, raunte ihm eine undeutlich flüsternde Stimme aus dem Hörer entgegen:

»Stein, ich hab da was für Sie.«

»Was denn?«, fragte er schnell und hakte nach: »Wer sind Sie denn?«

»Das tut nichts zur Sache. Sie wollen doch in Füssing weiterkommen, oder?«

»Ja, klar«, sagte der Hauptkommissar schnell und war froh, gerade allein im Raum zu sein, denn seine Kollegen wären dem anonymen Anrufer bestimmt nicht so offen gegenübergetreten.

»Also, Sie wollen doch wissen, wer die Süchtigen vor Ort mit Rauschgift versorgt, oder?«

»Ja, aber was haben Sie davon, wenn Sie mir das sagen?«

»Ich bin genervt davon und will, dass es aufhört.«

Aha, dachte der Kommissar, ein Gastwirt, der sich um seine Geschäfte sorgt.

Dann fragte er: »Wer ist es denn?«

»Ein Musikduo. Sie spielen in zahlreichen Lokalen und können auf diesem Weg unauffällig das Zeug übergeben. Sie nennen sich Michi und Sven. Zufällig habe ich gehört, dass sie am Freitagnachmittag eine Lieferung bekommen sollen.«

Der letzte Satz des anonymen Anrufers ließ den Hauptkommissar in die Höhe fahren, denn das war genau das, was er brauchte. Wenn er es geschickt anfing und einen großen Coup landen konnte, vielleicht sogar gegen die Hinterleute, würde keiner hier mehr sagen, er sei inzwischen zu alt für den Job.

Also behielt er, was er erfahren hatte, erst einmal für sich, und begann, einen Großeinsatz für diesen Tag zu planen. Er würde es geschickt anfangen müssen, eine Spezialeinheit zusammenzustellen, ohne dass seine Neider vorzeitig etwas davon erfuhren. Aber da Gefahr im Verzug war, würde ihm das, ohne allzu großes Aufsehen zu erregen, auch gelingen.

Der Dienstagvormittag verging für die beiden Familien im Thermalbad wie im Fluge. Besonders der wunderschön bepflanzte Hotelgarten mit den zahlreichen Liegen und der Außenpool hatten es Alina und Anina angetan, während Verena und Annika mehr den Whirlpool im Innenbereich bevorzugten.

Gegen Mittag sagte Annika zu Verena: »Ich geh' mal raus ins Außenbecken, da geht gleich die Wassergymnastik los.«

»Tu, was du nicht lassen kannst, für mich ist das nichts. Ich habe zu Hause schon genug Affentheater, da brauche ich so ein Affenturnen nicht.«

»Wie bitte, wie hast du das eben genannt? Ich fasse es nicht.«

»Schau dir die Leute doch an, die stehen zwar im Wasser, aber hampeln rum wie die Affen auf dem Baum. Ich mache mich nicht zu einem von ihnen.«

»Wenn du meinst«, sagte Annika grinsend und verließ den Innenbereich.

Verena sah ihrer Freundin erstaunt nach. So entspannt

wie an diesem Morgen hatte sie Annika im letzten Dreivierteljahr nicht mehr erlebt. Sie schien tatsächlich ihren Frieden mit Sven und seiner sexuellen Orientierung gemacht zu haben.

Am Nachmittag ließen sich Peter und Annika ein Taxi kommen, das sie zur Heckenschänke bringen sollte. »Was nutzt der schönste Biergarten, wenn man nichts trinken kann«, sagte Peter zwinkernd zum Abschied.

Stefan meinte daraufhin, dass Verena und er an diesem Abend einmal die üppige Gastronomie von Bad Füssing austesten wollten. Am nächsten Tag könnten sie dann vielleicht gemeinsam etwas unternehmen.

Als Peter und Annika bereits eine Stunde im Biergarten saßen und ihre Vorspeise aßen, tauchte das Musikduo Michi und Sven auf. Ihre Instrumente und die Verstärkeranlage waren bereits aufgebaut, und so hatten Peter und Annika sich ganz in der Nähe einen Sitzplatz gesucht.

Als Sven seine Eltern erblickte, kam er kurz an ihren Tisch heran und sagte: »Hallo, schön, dass ihr da seid. Ich muss jetzt erst mal zum Einspielen, um sechs geht's los. Wenn wir gegen neunzehn Uhr dreißig eine Pause machen, kommen wir zu euch. Bis dann.«

»Sven scheint mir viel erwachsener geworden zu sein«, sagte Annika verblüfft, und Peter nickte nur.

Kurz darauf legten die beiden Musiker los. Michael Müller sah ein bisschen aus wie ein Danyel-Gérard-Verschnitt, was sicher auch an dem schwarzen breitkrempigen Hut lag, den er trug. Sven sah an der Seite seines neuen Freundes richtig glücklich aus, während Michael ankündigte, dass sie vorrangig Oldies aus den sechziger und siebziger Jahren spielen würden.

Als Sven zu Annikas Überraschung das Saxofon ergriff und als Begleitung zu Michaels Gesang loslegte wie der Teufel, fragte Annika verblüfft: »Seit wann spielt der Junge – und dazu noch so gut?«

»Da siehst du mal, was du vor lauter Streit mit ihm in den letzten Jahren verpasst hast. Seit er sechzehn war, hat er an der Musik-AG in der Schule teilgenommen. Er hat wirklich Talent.«

»Scheiße«, sagte Annika gar nicht damenhaft und sah so schuldbewusst drein, dass Peter sie ablenkte, in dem er einfach »Prost« sagte.

Die eineinhalb Stunden mit Musik von den beiden waren so schnell vergangen, dass Peter und Annika, die sich gerade zuprosteten, erstaunt aufsahen, als Sven und in seinem Gefolge Michael an ihren Tisch traten.

»Dürfen wir uns setzen?«, fragte Michael, und Annika sagte nahezu gleichzeitig mit Peter: »Na klar.«

Die beiden nahmen Platz, und Michael Müller war den Stettners sofort sympathisch. Nahezu augenblicklich unterhielten sie sich angeregt, und als nur zehn Minuten später bereits die ersten Gäste nach der Musik zu rufen begannen, vereinbarten sie für den Freitag, dem einzigen freien Tag der beiden Unterhaltungskünstler, ein längeres Treffen in deren Wohnung.

Michael Müller rief den Gästen freundlich zu: »Lassen Sie mich gerade noch mein Bier austrinken, in fünf Minuten geht's weiter.«

»Was machen eigentlich Ihre Eltern?«, fragte Annika daraufhin, und der junge Mann antwortete: »Meine Mutter lebt in Nürnberg. Bei ihr bin ich seit meinem zwölften Lebensjahr aufgewachsen. Mein Vater ... das ist ein anderes, sehr viel schwierigeres Kapitel.« Michael Müller war sichtlich erleichtert, dass das Publikum langsam ungeduldig wurde und den beiden Musikern von allen Seiten her Musikwünsche zugerufen wurden.

»Vielleicht erzähle ich Ihnen am Freitag von ihm«, schob er schnell nach, trank den letzten Schluck aus und stand auf.

Sven, der ihm folgte, drehte sich noch einmal kurz zu seinen Eltern um: »Auch mir hat er bis dato nichts davon erzählt.«

Dann ging Sven zu seinem Freund und die beiden setzten den Oldieabend mit einer richtig guten Interpretation des Titels »Kansas City« von den Les Humphries Singers aus dem Jahr 1974 fort.

Zwei Stunden später, zurück im Hotel, sagte Peter zu seiner Frau:

»Michael Müller ist wirklich ein sympathischer Bursche. Merkwürdig nur, dass er nicht über seinen Vater sprechen wollte. Was da wohl vorgefallen ist?«

Annika, sonst um keinen Kommentar verlegen, sah ihren Mann ratlos an, brummte etwas Undeutliches und sagte: »Keine Ahnung, aber am Freitag werde ich nachhaken – ganz bestimmt.«

Beide hatten, als sie im Bett lagen, noch lange über Michael, Sven und dessen neue Karriere als Musiker diskutiert, und Annika war erleichtert, dass damit der Detektivberuf für Sven wohl vom Tisch war. So konnte sie trotz der kurzen Nacht auch erstaunlich ausgeruht in den neuen Tag in dem Kurstädtchen starten. Vor ihr lagen nun zwei Tage, die ganz und gar im Zeichen des Kurlaubens standen. Da die erste

Aussprache mit den beiden jungen Männern so entspannt verlaufen war, konnte auch Annika den Aufenthalt genießen, als wäre es ein ganz normaler Urlaub.

Als sie am Donnerstagabend mit Stefan, Verena und den Zwillingen, die an diesem Tag länger aufbleiben durften, loszogen, war ihre Welt noch rundherum in Ordnung. Ihr Ziel war ein Steakhaus am Rande von Safferstetten, dessen Biergarten direkt an einem kleinen Bachlauf lag und wo Michi und Sven an diesem Abend auftreten würden. So nahmen sie nach dem Studium der Speisekarte im Internet abermals ein Taxi, da auch dort österreichischer Most ausgeschenkt wurde, den Peter fast so gerne trank wie hessischen Apfelwein.

Sie saßen noch nicht lange, da betraten Sven und Michael die Gaststube und legten los. Als Sven die Familie Weimershaus im Publikum entdeckte, winkte er ihnen fröhlich zu, und man hatte den Eindruck, er spiele noch viel intensiver als zuvor.

Später, die Musiker waren schon längst gegangen, saßen die beiden Familien noch immer im Lokal und unterhielten sich. Die Zwillinge waren froh, dass ihre Eltern scheinbar die Zeit vergessen und noch nicht einmal ein Taxi für die Rückfahrt bestellt hatten. Sie freuten sich so sehr über die seltene Gelegenheit, länger aufbleiben zu dürfen, dass sie dafür gern das Abendprogramm, das inzwischen nicht mehr ganz ihren Wünschen entsprach, in Kauf nahmen.

»Am Freitag treffen wir uns dann bei den beiden zu Hause, und wenn sie nichts dagegen haben, werden wir ihnen vorschlagen, sich am Sonntag zum Mittagessen mit uns allen zu treffen. Was haltet ihr davon?«, schlug Annika vor.

»Klar, so machen wir es«, sagte Verena.

Dann sagte Stefan grinsend zu seinen Töchtern: »Nun

zu euch beiden, ihr kleinen Rabauken. Glaubt bloß nicht, dass das jetzt so weitergeht. Das war heute die absolute Ausnahme. Ab morgen ist für euch um neun Uhr Feierabend.«

3.

Der Freitagvormittag verlief ruhig, verdächtig ruhig, wie Peter halb im Scherz meinte. Nicht ganz zu Unrecht, wie sich nur wenig später herausstellte. Aber als Annika und er sich um fünfzehn Uhr ausgehfein machten, um zum Kaffeetrinken zu Sven und Michael zu fahren, war ihre Welt noch in Ordnung.

Sven und Michael hatten einen geruhsamen Vormittag im Bett verbracht, was nach den stressigen Auftritten in der letzten Woche kein Wunder war.

»Ganz schön viel Arbeit, der Job als Musiker«, sagte Sven zu Michael, und der fragte erstaunt: »Gefällt es dir nicht?«

»Doch, sehr sogar. Ich hätte es mir nur nicht so stressig vorgestellt.«

»Im Winter ist es ruhiger. Mitte September, wenn die Saison hier in Füssing zu Ende geht, machen wir erst mal zwei Wochen Urlaub und fliegen nach Malle.«

»Nach Malle? Alles, nur nicht das.«

»Wieso?«

»Ach, das ist eine lange Geschichte, die erzähle ich dir ein andermal.« [3]

---

3   Vgl. Die Taunus-Ermittler Band 13 – Treffpunkt La Seu

»Okay«, sagte Michael leichthin, »dann nehmen wir die Kanaren. – Wann kommen deine Eltern nochmal?«

»In einer guten halben Stunde«, antwortete Sven und nahm das Feuerzeug, das ihm Peter vor einem Jahr zum Trost geschenkt hatte, als Annika ihm wieder mal unmissverständlich klargemacht hatte, dass er niemals Detektiv werden würde. Es sah einem Trommelrevolver täuschend ähnlich.

»Woher hast du das eigentlich?«, fragte Michael gerade. Da gab es plötzlich Tumult vor der Wohnungstür, die kurz darauf mit einem berstenden Geräusch aus dem Rahmen flog. Zwei vermummte Polizeibeamte einer Sondereinheit stürmten die Wohnung, und allen voran kam Hauptkommissar Stein mit gezogener Waffe ins Wohnzimmer.

Sven war so verblüfft, dass er, ohne es recht zu merken, das Feuerzeug in Richtung des Polizisten hielt. Der glaubte in die Mündung einer scharfen Waffe zu blicken und feuerte, ohne zu zögern. Im selben Moment war Michael aufgesprungen und hatte sich schützend vor Sven geworfen.

Unterdessen waren auch Peter und Annika vor dem Mehrfamilienhaus angekommen. Peters geschultes Auge hatte die beiden etwas abseits geparkten schwarzen Busse mit den dunkel getönten Scheiben ziemlich schnell entdeckt und sofort Übles geahnt. Obwohl oder gerade weil alles ruhig, viel zu ruhig zu sein schien, wurde es ihm so mulmig, dass er Annika lieber nichts davon sagen wollte und stattdessen erst einmal im Auto sitzenblieb. Aber Annika hatte inzwischen selbst so viel Ahnung von der Materie, dass auch ihr die Wagen aufgefallen waren.

Als dann auch noch der dunkle Kombi vom gerichtsmedizinischen Institut vor dem Haus hielt und ein Mann mit einem Untersuchungskoffer ausstieg, gab es für sie kein Halten mehr. Sie sprang aus dem VW-Bus und stürmte ins Haus. Peter folgte ihr nur Sekundenbruchteile später.

Dennoch war Annika schneller als er. Sie war bereits an der Wohnungstür angekommen, als Peter die Stufen zum Hochparterre heraufgekeucht kam. Ihnen bot sich ein Bild des Grauens. Die Wohnungstür hing geborsten und schief in den Angeln, und vier martialisch gekleidete Männer mit Maschinengewehren im Anschlag sowie ein ziviler Polizeibeamter umringten sie. Vor ihr auf dem Teppich des Wohnzimmers lag jemand, und der Gerichtsmediziner beugte sich über ihn. Sie konnte nur die Beine des leblosen Körpers sehen. Gerade als Peter hinzukam und die Männer auch ihn mit ihren Gewehren in Schach hielten, richtete der Mediziner sich auf und sagte zum Hauptkommissar nur ein Wort:

»Exitus.«

Noch bevor Peter reagieren konnte, sank Annika bewusstlos zu Boden.

Erst jetzt trat der Mann zur Seite, und Peter erkannte, dass nicht Sven dort lag, sondern Michael. Aus einer Wunde in seiner Brust sickerte Blut auf den weißen, langflorigen Wohnzimmerteppich.

Sven war nirgendwo zu sehen.

Der Kommissar, der immer noch der Meinung war, die Lieferanten der vermeintlichen Rauschgifthändler vor sich zu haben, trat an Peter heran und brüllte ihn an: »Sagen Sie Ihrer Komplizin, Sie kann sich das Theater sparen! Wir wissen Bescheid.«

»Komplizin?«, brüllte Peter genauso laut zurück, und es fehlte nicht viel, dass er dem Beamten einen Kinnhaken versetzt hätte. »Meine Frau ist ohnmächtig geworden, weil sie glaubte, ihr Sohn liegt da auf dem Teppich.«

Erst jetzt fiel dem Kommissar auf, dass Annika tatsächlich nur langsam wieder zu sich kam.

»Wer sind Sie?«, fragte er deshalb scharf, und Peter antwortete nicht minder verärgert: »Die Eltern von Sven Stettner, dem Freund, Lebensgefährten und Musikerkollegen des erschossenen jungen Mannes dort. Wir leben im Taunus in der Nähe von Frankfurt und machen Urlaub hier, um unseren Sohn zu besuchen.«

»Ihr Sohn hat mit einer Waffe auf mich gezielt, ich musste schießen.«

»Wenn Sie damit das Feuerzeug meinen, das da vorn unter dem Wohnzimmertisch liegt, werden Sie Ihren Vorgesetzten einiges zu erklären haben.«

Erst jetzt bemerkte der Kommissar die vermeintliche Pistole, die Sven Stettner vor Schreck fallen gelassen hatte und die aus seiner Position fast unsichtbar hinter dem Tischbein lag. Er hob sie auf und stellte mit Schrecken fest, dass Peter Stettner recht hatte. Es war ein Feuerzeug.

»Woher wussten Sie …«

»Ich habe es ihm selbst geschenkt. – Wo ist unser Sohn eigentlich?«

»Er hat sich der Verhaftung durch Flucht entzogen.«

»Das war ja wirklich eine hochprofessionelle Aktion von Ihnen«, sagte Peter sarkastisch. »Aber warum um alles in der Welt wollten Sie unseren Sohn verhaften?« Er wusste nicht, wie sehr er mit seinem Kommentar bei dem Kommissar einen Nerv traf. Denn bei der überstürzten Planung des Einsatzes war nicht alles so gelaufen, wie Stein es sich gewünscht hatte, und er hatte gewusst, dass er die Aktion eigentlich hätte abblasen müssen. Aber er hatte sie auf Biegen und Brechen durchgezogen. Darüber würde er aber ganz bestimmt nicht mit diesem Stettner reden und beantwortete stattdessen seine Frage: »Ihr Sohn steht im Verdacht, zusammen mit diesem Michael Müller Bad Füssing mit Rauschgift versorgt zu haben. Die Fahndung ist bereits eingeleitet, es ist nur eine Frage der Zeit, bis wir ihn haben.«

»Das kann ja wohl nicht Ihr Ernst …«, sagte Peter gerade, da rief einer der Beamten, der den Wohnzimmerschrank durchsucht hatte: »Sehen Sie mal, was ich hier zwischen den Tischdecken gefunden habe!«

Dabei hielt er einen Beutel mit bunten Tabletten hoch, und der Kommissar fragte: »Was ist das?«

»Vermutlich Ecstasy, aber das muss das Labor klären«, brummte der Beamte mürrisch.

An Peter Stettner gewandt, sagte Joseph Stein: »Sehen Sie, Ihr Sohn war eben doch ein Rauschgifthändler.«

Das war entschieden zu viel für Peter. »Sie hirnverbrannter Idiot …!«, begann er, weiter kam er nicht, denn der Kommissar, nun ebenfalls in Rage geraten, fuhr Peter an: »Eigentlich wollte ich Sie bitten, zur Klärung einiger Sachverhalte in zwei Stunden zur Kriminalpolizei nach Passau zu kommen, aber so nicht – ich kann auch anders. Sie sind vorläufig festgenommen – zur Feststellung Ihrer wahren Identität. Sie können mir viel erzählen.«

Annika, die sich inzwischen erholt hatte und erleichtert feststellte, dass Sven die Flucht gelungen und er erst mal aus der Schusslinie dieses Kommissars war, raunte Peter zu: »Sollten wir nicht Burkhard informieren?«

»Nein, lass mal. Der Kommissar wird sich auch so an uns die Zähne ausbeißen.«

Eine Stunde später saßen Peter und Annika Stettner bei der Kriminalpolizei in Passau und standen der Untergebenen von Joseph Stein, Oberkommissarin Angelika Enders, Rede und Antwort. Sie war eine sehr besonnene Frau und hatte, da Stein sie bei diesem Einsatz völlig übergangen hatte, ihre Vorgesetzten über die Ereignisse in Kenntnis gesetzt. Das hatte zur Folge gehabt, dass Joseph Stein bis zur Klärung des Ganzen umgehend beurlaubt worden war.

»Wer sind Sie denn nun genau, und was haben Sie mit dem Fall zu tun?«, fragte sie.

»Wir sind die Eltern des zweiten jungen Mannes, der in der Wohnung anwesend war und der nun …«

»… flüchtig ist.«

»Äh, ja.«

»Woher wissen Sie, dass er anwesend war?«

»Wir waren mit den beiden um halb vier Uhr verabredet. Unser Sohn wollte uns seinen neuen Freund vorstellen.«

»Die beiden waren ein Paar?«

»Ja.«

»Wo wohnen Sie denn?«

»Wir?«

»Wer denn sonst. Den Weihnachtsmann meine ich nicht.«

»Im Moment im Hotel Zur Quelle in Bad Füssing. Unser Wohnsitz ist in Kelkheim im Taunus bei Frankfurt am Main. In Kelkheim ist auch unsere Detektivagentur.«

»Detektivagentur?« Angelika Enders wurde sofort hellhörig. »Sind Sie wegen der Rauschgiftvorwürfe gegen Ihren Sohn hier?«

»Nein, davon wussten wir nichts. Wir sind hier, weil wir ein Zerwürfnis zwischen seiner Mutter und Sven beilegen wollten.«

»Zerwürfnis?«

»Das ist privater Natur und hat hiermit gar nichts zu tun.«

»Ach, ich verstehe«, sagte Angelika Enders, und ein kurzes Lächeln umspielte ihre Lippen.

»Könnten Sie uns trotzdem sagen, was unserem Sohn konkret vorgeworfen wird?«

»Der Handel mit Rauschgift. Er und dieser Michael Müller sollen im Begriff gewesen sein, einen Verteilerring für Drogen aufzubauen.«

»Das ist völliger Unfug. Könnten Sie uns bitte umfassend informieren?«

»Ganz bestimmt nicht.«

»Auch nicht, wenn ich Ihnen sage, dass ich vor meiner Zeit als Detektiv selbst bei der Frankfurter Kripo, Abteilung OK, war?«

»Dann erst recht nicht, denn es muss einen Grund dafür geben, dass Sie es heute nicht mehr sind.«

»Ich bin nicht wegen irgendwelcher Verbrechen …«

»Egal«, unterbrach ihn Frau Enders brüsk und fuhr dann beinah widerwillig fort: »Wie Kommissar Stein an den anonymen Hinweis kam, dass … äh, ja.«

Nun war Peter klar, wie er weiter vorgehen musste. Vor allem eine Unterredung mit diesem Stein war dringend nötig, am besten noch heute.

Angelika Enders hatte Peter und Annika beobachtet und sofort bemerkt, dass es nach ihrem beabsichtigten Versprecher hinter Peters Stirn zu arbeiten begonnen hatte. Das hieß, sie würde ihn unbedingt im Auge behalten müssen.

»Funken Sie mir bloß nicht in laufende Ermittlungen rein. Das ist Sache der Polizeibehörde und gehört nicht in die Hände von Amateuren. Es könnte sonst sehr schnell passieren, dass ich Sie aus dem Verkehr ziehen muss.«

Amateure, dachte Peter aufgebracht. *Für was hält diese Frau sich denn. Das hast du nicht umsonst gesagt. Wart es nur ab. Dieser Schuss könnte für dich nach hinten losgehen,*

und du wirst aus dem Verkehr gezogen. Ich werde mein Bes-
tes dafür tun.

Auch Annika war die Veränderung ihres Mannes nicht verborgen geblieben. Sie sah Peter aus den Augenwinkeln heraus lange an und dachte: *Was hast du denn jetzt schon wieder vor? Ich könnte mir durchaus denken, dass dich das Wort Amateure zu sehr in Rage gebracht hat. So gut kenne ich dich inzwischen. Um Gottes Willen – was macht Peter als Nächstes?*

Inzwischen war Hauptkommissar Stein zu Hause ange-kommen und der Verzweiflung nahe. Er hatte ein Men-schenleben auf dem Gewissen. Der Einsatzleiter des Son-derkommandos hatte ihm zwar versichert, dass er in der Situation an Steins Stelle ebenfalls geschossen hätte. Doch der Kommissar machte sich Vorwürfe, dass er die Aktion durchgezogen hatte, obwohl er nicht genug Leute für einen solchen Einsatz zusammenbekommen hatte. Wegen eines Großeinsatzes in Nürnberg – ein Zweitligaspiel, bei dem Krawalle erwartet worden waren – waren alle verfügbaren Polizeikräfte Bayerns zusammengezogen worden, sodass Stein für seine Sondereinheit nur fünf Leute zur Verfü-gung gestellt worden waren. Aber nach dem Studium des Grundrissplans der Wohnung, den er sich von der Haus-verwaltung hatte mailen lassen, hatte er geglaubt, dass das ausreichend sein müsste. Und zunächst war auch alles nach Plan gelaufen: Ein auf der Straße postierter Mann, der von der Hecke aus freie Sicht auf das Wohnzimmerfenster hatte, hatte per Funk das Zeichen zum Einsatz gegeben, als die beiden Verdächtigen im Wohnzimmer waren. Da die Wohnung recht klein war und der lange Flur direkt zum Wohnzimmer führte, hatten zwei – mit ihm zusammen drei – Leute für die Erstürmung völlig ausgereicht, zwei weitere Personen waren draußen direkt am Wohnzimmerfenster postiert, sodass kein Durchkommen möglich war. Doch nach Steins unbedachtem Schuss war der Plan in sich zusammengebrochen. Einen Strich durch die Rechnung gemacht hatte ihnen der Umstand, dass vor der laut Umrissplan offenen Küche, die links direkt ans Wohnzimmer anschloss, eine Holzwand eingezogen worden war – entweder vom Vormieter oder vom Verdächtigen selbst. So war ihnen der Blick in die Küche verwehrt gewesen, in die sich der junge Stettner hatte flüchten können und von wo aus er durchs Fenster entkommen war, bevor sie ihre draußen postierten Leute über die Lage instruieren konnten.

Hinzu kam, dass der Kommissar inzwischen gar nicht mehr sicher war, ob an der Sache mit den beiden jungen Männern etwas dran war oder er nur benutzt worden war, um irgendjemanden auszuschalten. Oder aber man hatte ihn gar im Kampf um die Vorherrschaft in Bad Füssing instrumentalisiert, um unliebsame Konkurrenz loszuwerden.

Dass ausgerechnet er von den Kollegen kaltgestellt worden war, wurmte ihn besonders. Damit hatten sich seine Karten nicht gerade verbessert. Jetzt würde es für seine Konkurrenten um den Job des Leiters der Kommission Rauschgift noch leichter werden, ihn abzusägen.

Als am frühen Abend auch noch der Anruf kam, dass er am Dienstag früh um neun Uhr einbestellt worden sei, um vor der internen Untersuchungskommission auszusagen, hob das seine Stimmung in keiner Weise. Er wusste, dass er eine plausible Erklärung für seinen Alleingang finden und vor allem herausfinden musste, wer ihm den anonymen Tipp gegeben hatte.

Zuerst holte er sich einige Flaschen Lambrusco, den Lieblingswein seiner verstorbenen Frau, aus dem Keller, dann setzte er sich an seinen Computer und recherchierte.

Irgendwann im Laufe des Abends wechselte er vom Schreibtisch in seinen bequemen Ledersessel und legte die Füße hoch, wie er es immer tat, wenn er seine Gedanken und die Rechercheergebnisse unter einen Hut bringen musste. Dabei sprach er dem süffigen roten Perlwein so sehr zu, dass er nicht mehr die Kraft fand, zu Bett zu gehen, und schlief ein.

Nach seiner gerade noch geglückten Flucht war Sven ruhe- und ziellos durch die Felder um Bad Füssing gelaufen und erst etwas zur Ruhe gekommen, als er am Abend in einer Feldscheune einige Kilometer außerhalb Unterschlupf gefunden hatte. Erst dort begann er zu begreifen, was an diesem Nachmittag geschehen war.

Er ließ das Geschehene vor seinem geistigen Auge Revue passieren, wie die Polizei plötzlich in der Wohnung stand, nachdem sie mit einem Rammbock die Tür zertrümmert hatten. Er hatte gerade das Feuerzeug, das einem Revolver aufs Haar glich, in der Hand gehabt und es vor Schreck in Richtung des einen Beamten gehalten. Der Mann hatte augenblicklich geschossen. Michael, der die Situation sofort erfasst hatte, hatte sich in den Schuss geworfen und war darauf wie ein nasser Sack zu Boden gefallen. Nur Sekundenbruchteile später hatte sich Sven in wilder Panik seitlich abgerollt, in die Küche hinein, wo das Fenster zum Lüften gerade offenstand, war mit einem Satz auf die Arbeitsplatte des Küchenblocks und im nächsten Augenblick aus dem Fenster gesprungen. Er hatte zwar mitbekommen, dass dies anscheinend ein Polizeieinsatz und Michael getroffen worden war, aber sein mehr von Instinkten als bewusst gesteuerter Selbsterhaltungstrieb hatte ihn sein Heil in der Flucht suchen lassen. Erst jetzt wurde ihm klar, dass er gar nicht wusste, was aus Michael geworden war. War er verletzt oder gar … Er wagte gar nicht, den Gedanken weiterzuverfolgen, und machte sich große Vorwürfe, dass er sich nicht um Michael gekümmert und stattdessen die Chance genutzt hatte, zu fliehen.

Für diese Nacht war er hier in der Feldscheune sicher, aber gleich im Morgengrauen würde er aufbrechen müssen. Schließlich fahndete die Polizei von ganz Bayern und vermutlich auch von Hessen nach ihm.

Genauso war ihm klar, dass er schnellstens mit Peter und Stefan Kontakt aufnehmen musste.

Wenigstens wusste er, in welchem Hotel sie abgestiegen waren. Leider würde er seinen Wagen, der vor Michaels Apartment stand, nicht holen können, denn das Haus wurde sicherlich noch überwacht. Also musste er laufen.

Mit der Gewissheit, wie seine nächsten Schritte aussehen würden, fiel er in einen unruhigen Schlaf, durch den wirre Traumbilder von Polizisten, Rammböcken, Pistolenschüssen und Blut geisterten.

Schon früh am Samstagmorgen waren die ersten Spaziergänger im Kurstädtchen Bad Füssing unterwegs. Es war noch nicht einmal acht Uhr, da flanierten die ersten von ihnen bereits die Kurallee auf und ab. Als ein älteres, recht beleibtes Ehepaar gerade am Springbrunnen auf dem großen Kreisverkehr nahe dem Restaurant Hofgarten ankam, sahen sie ihn: einen Mann in den besten Jahren, also etwa Ende vierzig, der hier auf einer Ruhebank die Nacht verbracht zu haben schien. Wahrscheinlich hatte er in der nahe gelegenen Gaststätte zu viel getankt und war dann auf der Bank eingeschlafen.

»Sieh mal, dem geht's genau wie uns«, sagte der Mann grinsend zu seiner Frau. »Der weiß auch nicht, wann es Zeit ist, aufzuhören.«

»Meinst du?«, fragte die Frau und trat näher heran.

Dass er so leblos mit nach vorn gesunkenem Kopf dasaß, kam ihr merkwürdig vor. Sie berührte ihn nur kurz an der Schulter, da kippte der Mann seitlich weg. Erst jetzt sah man, dass die leblosen Augen vor Schreck weit aufgerissen waren.

Inzwischen hatten schon mehrere Spaziergänger die leblose Gestalt auf der Bank bemerkt, und irgendwer musste bereits den Notarzt gerufen haben. Denn noch bevor die Frau, die den Mann zu wecken versucht hatte, zu ihrem Handy in den Tiefen ihrer Handtasche vorgedrungen war, war vom Ende der Straße her das Martinshorn des Rettungswagens zu hören.

Kurz darauf beugte sich bereits der Notarzt über den Mann und sagte kurz zum Rettungssanitäter: »Exitus.«

Danach sagte er zu den umstehenden Passanten, die trotz der frühen Stunde bereits in beachtlicher Menge sensationslüstern gafften: »Gehen Sie bitte weiter, hier gibt es nichts zu sehen. Es war ein Herzinfarkt, leider mit tödlichem Ausgang.«

Als auch das rundliche ältere Ehepaar weitergehen wollte, sagte der Mediziner zu ihnen: »Sie haben ihn gefunden?«

»Ja«, antwortete der Mann.

»Dann bleiben Sie bitte. Ich muss, auch wenn es allem Anschein nach ein natürlicher Tod war, der Polizei Meldung machen. Die Beamten werden gleich hier sein. Sie können dann sofort eine Aussage machen. Das erspart es Ihnen vielleicht, noch einmal auf die Wache kommen zu müssen.«

»Danke für den Tipp«, sagte die Frau, und die beiden ließen sich auf einer der zahlreichen Bänke in unmittelbarer Nachbarschaft nieder.

Am Samstag gegen Mittag erwachte Joseph Stein mit einem gewaltigen Brummschädel, und ohne recht zu wissen, was er tat, folgte er einem einstudierten Ritus. Als erste Handlung ging er nach der Post sehen. So hatte er es immer gemacht, bis seine Frau so krank geworden war.

Erst als er den Briefkasten am Hoftor ihres Einfamilienhauses geöffnet hatte und ihn leer vorfand, drang so richtig zu ihm durch, wo er gerade stand. Er musste trotz allem schmunzeln und wollte den Kasten schon wieder schließen, als ihm doch noch ein loses Blatt Papier auf dessen Boden auffiel. Es handelte sich um gelbliches Recycling-Briefpapier im A5-Format und war anscheinend unbeschriftet. Oder nein, ein paar Buchstaben schimmerten von der Rückseite her durch.

Er nahm das Blatt heraus, drehte es um und las. Es dauerte einige Sekunden, bis er den Sinn verstanden hatte. Doch dann fuhr ihm der Schreck durch alle Glieder, denn dort stand in Großbuchstaben zu lesen:

DU BIST TOT, DU WEISST ES NUR NOCH NICHT!

Während er sich erschrocken nach allen Seiten umsah und fürchtete, ein Heckenschütze könnte bereits auf ihn angelegt haben, flüchtete er ins Haus und verbarrikadierte die Tür hinter sich.

Wer könnte ihm diese Nachricht geschrieben haben? Die Kollegen, die scharf auf seinen Posten waren? Wohl kaum. So weit würden sie doch nicht gehen. Der junge Mann, der bei ihrer Polizeiaktion entkommen war? Warum? Aus Rache für den Tod seines Geliebten? Schon möglich, aber irgendwie fühlte auch das sich nicht richtig an. Aber wer sollte es sonst gewesen sein? Und vor allem – was sollte er jetzt tun?

Angestrengt dachte er nach und beschloss dann, seine Untergebene anzurufen, Oberkommissarin Angelika Enders. Auch wenn sie nicht das allerbeste Verhältnis zueinander hatten, wusste er doch, dass sie absolut integer war und klug obendrein. Sie würde die richtigen Maßnahmen ergreifen.

Kurzerhand wählte er die Nummer ihres Diensthandys, hörte aber nur: »Diese Nummer ist vorübergehend nicht zu erreichen, versuchen Sie es zu einem späteren Zeitpunkt noch einmal.«

Erst jetzt fiel ihm wieder ein, dass es ihr erstes freies Wochenende seit Monaten war und sie vorgehabt hatte, mit ihrem Lebensgefährten nach Frankfurt zu fahren, um Verwandte zu besuchen. Deshalb rief er ihren Festnetzanschluss an, sprach auf ihren Anrufbeantworter und bat um schnellstmöglichen Rückruf. Er hoffte, dass sie ihn von Frankfurt aus abhörte.

Danach überlegte er, ob er auch noch andere Kollegen benachrichtigen sollte, entschied sich aber dagegen.

Im Thermenhotel Zur Quelle war an diesem Morgen eine heftige Diskussion im Gange. Schon am üppigen Frühstücksbüffet war es losgegangen, als Stefan zu Verena gesagt hatte: »Am Montag wären wir sowieso nach Hause gefahren. Ich schlage vor, du fährst mit Alina und Anina bereits morgen früh, ich will die Kinder aus der Schusslinie haben.«

Als Peter dann auch noch ins gleiche Horn stieß und Annika ebenfalls nach Hause schicken wollte, war bei ihr das Maß voll.

»Ich bin Svens Mutter!«, rief sie so laut, dass die anderen Frühstücksgäste sich pikiert nach ihnen umdrehten. Um kein weiteres Aufsehen zu erregen, gingen sie nicht wie sonst ins Thermalbad, sondern trafen sich in der geräumigen Familiensuite.

Nach einigen ruhigen Erläuterungen der anderen platzte Annika heraus: »Ihr wollt mich also ausschließen, obwohl es mein Sohn ist, der hier von der Polizei zu Unrecht verfolgt wird. Was soll das?«

Statt zu antworten, fragte Peter: »Stefan, würdest du mit den beiden nach Hause fahren? Ich schaff' das hier zur Not auch allein.«

»Auf keinen Fall. Ich lass dich doch hier, wenn's brenzlig wird, nicht allein im Regen stehen.«

»Kann es das denn? Wir wollten doch nur Svens Unschuld beweisen«, fragte Annika und sah erst Stefan danach ihren Mann erschrocken an.

»Aber sicher, hier ist Rauschgift im Spiel, und wo es um BtM geht, sind Ganoven der übelsten Sorte nicht weit …«, begann Stefan, und sein Freund ergänzte: »Solange wir es nur mit lokalen Drogengrößen aus Landshut oder Passau zu tun haben, bleibt das Ganze noch einigermaßen überschaubar. Aber wenn sie aus den Lokalzentren wie Regensburg oder Ingolstadt geführt werden, kann es echt gefährlich werden. Sollten sie aber aus München kommen, haben wir es mit einem ganz anderen Kaliber zu tun. Dann wird die Sache so richtig brenzlig, wenn wir denen auf die Zehen steigen. Und dazu wird es unweigerlich kommen müssen, wenn wir Sven entlasten wollen.«

Damit hatte er Verena überzeugt, die sich nun auch um die Sicherheit ihrer Kinder sorgte. Annika war aber nicht so leicht zu überreden und schon gar nicht zu überzeugen.

Erst als ihr Ehemann sagte: »Meinst du nicht, es wäre besser, wenn du mich von Kelkheim aus unterstützt? Vielleicht schlägt Sven sich dorthin durch. Da wäre es gut, du wärst vor Ort für ihn da. Außerdem reicht es, wenn einer von uns Kopf und Kragen riskiert. Soll Sven im schlimmsten Fall allein dastehen?«

»Meinst du …«, fragte Annika nun wirklich schockiert.

»Auf jeden Fall«, und nicht einmal Stefan, der ihn nach vielen Jahren der Zusammenarbeit sehr gut kannte, hörte heraus, dass Peter selbst in diesem Moment noch der Meinung war, dass er maßlos übertrieb.

Nachdem das geklärt war und Annika zugestimmt hatte, mit Verena zurückzufahren, ging Letztere mit den Zwillingen noch einmal ins Thermalbad hinunter, während die anderen versuchten, die Adresse von Joseph Stein herauszubekommen. Oberkommissarin Enders hatte sie ihnen partout nicht verraten wollen.

Sie setzten sich dazu auf den Balkon, denn von hier hatten sie das Eingangsportal des Hotels im Auge. Peter rechnete nach wie vor damit, dass Sven hier auftauchte. Da es nur diesen einen Eingang gab, würden sie ihn dann unweigerlich sehen.

Da sie nur wussten, dass Stein am Stadtrand von Passau ein älteres Einfamilienhaus besaß, holten sie sich Satellitenaufnahmen von Passau auf ihren Tablet-PC, den sie immer dabeihatten. Sie glichen die Aufnahmen mit den Straßen ab, in denen ältere Einfamilienhäuser zu finden waren. Danach zogen sie das Online-Telefonbuch zurate.

»Schade, dass wir nicht Olli Krause dabeihaben. Er hätte sich einfach in die Datenbank des Einwohnermeldeamtes gehackt«, sagte Peter gerade. Dabei nahm er eine Bewegung in einem Gebüsch unweit des Eingangs wahr.

Zuerst glaubte er, Sven sei gekommen. Doch dann entdeckte er einen Mann, der sich auffällig unauffällig in den Büschen herumdrückte. Das konnte nur ein Kriminalpolizist aus Passau sein. Nun wusste er, dass die Oberkommissarin das Hotel überwachen ließ.

»Scheiße, wir müssen ganz genau aufpassen, dass wir Sven zuerst sehen, denn die verhaften ihn auf der Stelle. Damit wäre für die hiesige Polizei ein Rauschgiftfall abgeschlossen. Der Junge bleibt doch dabei glatt auf der Strecke.«

Er hatte den Satz kaum beendet, da klopfte es an der Zimmertür.

Peter, der die Polizei erwartete, fragte: »Wer ist da?«, und zu ihrer aller Überraschung kam es gedämpft von draußen: »Sven.«

Innerhalb von drei Sekunden war Annika aufgesprungen und an der Tür, ließ ihren Sohn herein und schloss ihn erst mal in ihre Arme. Sven war sehr verblüfft, damit hatte er nicht gerechnet.

»Ich unterbreche euch nur ungern«, gestand Peter, »aber da unten wimmelt es nur so von Polizei und jede Minute ist jetzt wichtig. – Wie bist du denn hier ungesehen reingekommen?«, wandte er sich dann an seinen Stiefsohn.

»Ich habe mich im Wagen eines Lebensmittellieferanten versteckt, und als der ins Hotel gegangen ist, die Gelegenheit genutzt, habe seitlich im Windschatten des Kleinlasters die Plane nur so weit geöffnet wie nötig und bin ins Hotel geschlüpft. An der Rezeption habe ich nach euren Zimmernummern gefragt.«

»Gut gemacht … aber du kannst unmöglich hierbleiben. Ich fürchte, die Polizei wird jeden Augenblick vor unserer Tür stehen. Nimm den Schlüssel für unseren Bus, der auf dem Parkplatz hier draußen steht. Fahr damit nach Kelkheim; dann sehen wir weiter. Melde dich bitte ab und zu, und wenn du zu Hause bist, auf meinem Handy. Annika, Verena und die Zwillinge fahren morgen früh mit einem Leihwagen zurück. Hier hast du meinen Maskenkoffer, den habe ich zum Glück immer dabei. Schmink dich bitte so, damit dich keiner erkennt, aber beeil dich, viel Zeit ist nicht mehr.«

Sven betrat das Nebenzimmer, zog sich Kleidung von Stefan an und bediente sich fleißig aus dem Koffer. Als er wieder das Zimmer betrat, staunten die drei nicht schlecht. Den pausbäckigen Mann in mittleren Jahren mit der Schiebermütze und dem üppigen Schnauzbart hätten sie selbst nicht erkannt.

»Geh bitte nicht durch den Haupteingang raus. Stattdessen hier den Flur runter, von dort aus kannst du mit dem Lift ins Thermalbad fahren. Da gehst du in den Garten raus und ganz bis zum Ende durch. Die Hecke ist durchlässig, und du kommst ungesehen raus auf die Straße. Bis zum Bus ist es nicht mehr weit; als wir gestern zurückkamen, haben wir nur einen der hintersten Parkplätze bekommen.«

»Danke, Peter, das vergesse ich dir niemals«, sagte Sven, umarmte ihn stürmisch und dann seine Mutter. In seinen Augen konnte Peter eine unausgesprochene Frage lesen, von der er nicht wusste, wie er sie hätte beantworten sollen. Dann ging Sven ruhiger und besonnener aus dem Zimmer, als Peter gefürchtet hatte, und in Richtung Thermalbad davon.

Peter atmete hörbar auf, als Sven gegangen war, und Annika warf sich ihm in die Arme. Er war froh, dass Sven keine Zeit geblieben war, nach Michael zu fragen. Wer weiß, was geschehen wäre, wenn er begriffen hätte, dass sein Lebensglück schon wieder in Trümmern lag.

Kurz darauf betrat Peter den Balkon und hoffte, dass die Kommissarin, die er schon irgendwo im Hause vermutete, noch nicht nach einer Halterabfrage festgestellt hatte, dass sie nicht mit ihren Privatfahrzeugen angereist waren. Der Bus lief zum Glück als Firmenwagen auf die Detektei.

Genau so schien es zu sein. Sven konnte von der anderen Seite her völlig unbehelligt den Bus besteigen und abfahren.

»Jetzt haben wir kein Auto mehr«, bemerkte Stefan trocken. »Wie sollen wir denn zu diesem Stein kommen?«

»Bist du immer so begriffsstutzig?«, wollte Peter wissen. »Nimm bitte dein Handy und telefoniere alle Autovermietungen in Passau durch. Wir brauchen für morgen früh zwei Wagen mit Hotelzustellung. So lange muss Herr Stein eben noch warten. Wir werden in der Zwischenzeit Frau Enders beschäftigen. Sie wird hier bald auf der Matte stehen, darauf könnte ich wetten.«

Während Stefan begann, die Mietwagenfirmen der Drei-Flüsse-Stadt abzutelefonieren, begaben sich Peter und Annika zu ihrem Zimmer, und schon kurz darauf klopfte es an der Tür.

Auf Annikas Frage, wer da sei, hörten sie Frau Enders' Stimme: »Machen Sie auf, Polizei.«

Annika ging zum Eingangsbereich, öffnete die Tür, und die Oberkommissarin trat zusammen mit zwei uniformierten Kollegen ein.

Sie sagte in strengem Ton: »Ihr Sohn war da, stimmt's?«

»Wie kommen Sie darauf?«, stellte Annika sich dumm.

»Verkaufen Sie mich doch nicht für blöde. Wenn ich wegen Ihnen schon mein erstes freies Wochenende seit Wochen sausen lasse, erwarte ich allerwenigstens Ihre vollständige Kooperation.«

4.

Joseph Stein saß an diesem Samstagnachmittag in seinem Wohnzimmer und wartete vergebens auf den Rückruf seiner Untergebenen. Gerade als er sich entschlossen hatte, doch noch weitere Kollegen ins Vertrauen zu ziehen, hörte er Glas splittern. Das kam eindeutig aus seinem Arbeitszimmer. Er wollte nach seiner Pistole greifen, erinnerte sich aber im gleichen Moment daran, dass er sie hatte abgeben müssen.

Dann fiel sein Blick auf den Schürhaken am offenen Kamin. Damit würde er sich bewaffnen, bevor er ins Arbeitszimmer hinüberging.

Doch dazu kam es nicht mehr. Gerade als er aufstehen wollte, stürmten zwei vermummte Gestalten in schwarzen Motorrad-Kombis und Helmen auf dem Kopf ins Wohnzimmer. Sie drückten ihn brutal auf seinen Sessel zurück, wo sie ihn mit Klebeband fixierten.

Stein sah erschrocken zu den beiden hinauf, die sich drohend vor ihm aufgebaut hatten, als der eine fragte: »Hast du unsere Botschaft erhalten?«

»J… ja«, stotterte Stein, und hinter seiner Stirn begann es zu arbeiten. Wenn die beiden vermummt waren, also nicht erkannt werden wollten, hieß das, dass sie ihn vielleicht nicht unbedingt töten wollten.

»Was … was wollen Sie von mir?«, fragte er deshalb, um Kooperationsbereitschaft zu signalisieren.

»Eine Auskunft, und zwar dalli«, sagte der, der ihn vorhin schon angesprochen hatte.

Auf einen kurzen Fingerzeig des Mannes hin schlug der andere, der bislang geschwiegen hatte, mit der Faust auf Steins Nase, die sofort zu bluten begann.

»Du siehst – wir meinen es ernst«, sagte nun wieder der Erste, der der Anführer zu sein schien.

»Also rede jetzt.«

»Was wollt ihr denn wissen?«

»Von wem kam der anonyme Anruf? Du hast dir doch bestimmt so deine Gedanken darüber gemacht, oder?«

»Welcher …« hob Stein an zu fragen, dem es ein Rätsel war, woher diese beiden davon wissen konnten, doch bevor er es zu Ende gedacht, geschweige denn ausgesprochen hatte, fuhr ihm nun die Faust des Anführers in die Magengrube, worauf ihm augenblicklich die Luft wegblieb.

»Stell dich nicht blöder, als du bist«, fuhr er ihn an. »Ob du das hier überlebst, liegt ganz in deiner Hand.«

»Ja … ja, natürlich habe ich darüber nachgedacht …, aber ich weiß es wirklich nicht. – Ehrlich«, sagte Joseph Stein zögerlich, denn er wollte seine Gedanken dazu keinesfalls mit diesen brutalen Typen teilen. Wer wusste, was diese Brutalos mit den Leuten, die er für die möglichen Anrufer hielt, alles anstellen würden.

Stein versuchte vorsichtig, das Klebeband, das sie so fest um seine Brust und Arme gewickelt hatten, dass er kaum Luft bekam, zu lockern.

Doch das fiel den beiden sofort auf, und der zweite Mann, der sich bislang weitgehend aus der Unterhaltung herausgehalten hatte, sagte: »So, abhauen willst du also, anstatt uns, die wir dich ganz höflich gefragt haben, Antwort zu geben? Ist das etwa gutes Benehmen?«

Um seiner Frage, die mehr eine Feststellung war, den nötigen Nachdruck zu verleihen, stieg er mit seinen schweren Motorradstiefeln auf die Zehen von Steins rechtem Fuß, der nur in einem leichten Filzpantoffel steckte, und stampfte mit dem Absatz zweimal kräftig auf.

Hauptkommissar Stein spürte seine Zehen förmlich brechen und schrie vor Schmerzen auf, sagte aber immer noch nichts.

»Wie, immer noch verstockt?«, fragte deshalb nun der andere und fügte grimmig hinzu: »Mach endlich das Maul auf, wir haben nicht ewig Zeit.«

Dann nahm er einen kleinen Hammer aus seiner Tasche und schlug dem Hauptkommissar damit ohne jede Vorwarnung auf den kleinen Finger der rechten Hand, die auf der Sessellehne lag. Die Haut um den Fingernagel herum platzte augenblicklich auf, und Blut rann über die Sessellehne.

»Also, wer?«, fragte er noch einmal und zog nun ein sehr scharf aussehendes Messer aus der anderen Tasche seines Lederkombis.

»Ich, äh … vermute, einer der Nachbarn im Haus von Michael Müller«, sagte der Kommissar stockend und hoffte, dass sie ihm das abnahmen.

»Das glaubst du doch selbst nicht!«, kam es prompt vom Anführer der beiden Vermummten zurück. »Verarschen kann ich mich selbst, da brauche ich dich nicht dafür.«

Im gleichen Augenblick schnellte seine Hand mit dem Messer vor und zerschnitt den linken Hemdsärmel, worauf sich die Schnittstelle innerhalb von Sekunden blutrot einfärbte. Joseph Stein konnte inzwischen vor Schmerzen kaum noch klar denken, dennoch versuchte er sie auf eine

Fährte zu lenken, bei der am wenigsten Schäden zu erwarten wären.

»Ein … ein Konkurrent um die Vorherrschaft in Bad Füssing vermutlich«, sagte er.

»Schon besser. Wo finde ich ihn?«

»Was weiß ich?«

»Los, raus mit der Antwort – sonst steche ich dich ab.«

»Im Hotel am Johannesbad hat er eine Suite gemietet.«

»Du verarschst mich schon wieder. Wenn du das so genau wüsstest, wärst du schon lange gegen ihn vorgegangen. Also los, dritter und letzter Versuch, sonst bist du dran. Oder soll ich mal ein bisschen in deinem Gesicht schnitzen?«

Dabei fuhr er mit dem Messer gerade so fest über seine Wange, dass dabei die Haut aufriss und es zu bluten begann.

Nun gab Joseph Stein endgültig seinen Widerstand auf.

»Die Eltern von Michael Müllers Lebensgefährten.«

»Wieso sollten die so etwas tun?«, fragte der erste Vermummte sofort, denn er hatte den brechenden Widerstand des Kriminalbeamten sofort bemerkt.

»Sie hatten sich mit dem Sohn wegen seiner Homosexualität überworfen und sind angeblich zur Versöhnung angereist.«

»Woher weißt du das?«

»Das habe ich noch mitbekommen, bevor ich suspendiert wurde.«

»Was weißt du noch über sie?«

»Sie heißen Stettner und kommen aus der Nähe von Frankfurt am Main – sonst weiß ich nichts.«

Dass sie im Thermenhotel Zur Quelle abgestiegen waren, verschwieg er lieber.

»Okay, das könnte passen«, murmelte der Vermummte.

»Michael und seine verdammte ...«, dann schwieg er wieder.

»Noch andere?«

»Nein, sonst ... sonst fällt mir im Moment niemand weiter ein. Lassen Sie ... Sie mich jetzt frei?«

»Noch nicht ganz. Ich will wissen, wie euer Einsatz abgelaufen ist.«

»Warum?«

»Geht dich nichts an. Also – wie kam es, dass du geschossen hast?«

»Der andere, dieser Stettner, hatte plötzlich eine Waffe in der Hand. Deshalb hab ich auf ihn geschossen. Michael Müller hat sich in den Schuss geworfen.«

»Das heißt, eigentlich ist dieser Stettner an allem schuld«, sinnierte der Vermummte mehr für sich selbst, als dass er Stein ansprach.

»Lassen Sie mich jetzt frei?«, fragte Stein deshalb noch mal.

»Wir wollen mal nicht so sein«, sagte der Anführer zur Verwunderung des zweiten Mannes, der seinen Boss erstaunt ansah, als der die Fesseln durchtrennte.

Joseph Stein richtete sich trotz der immensen Schmerzen, so gut es ging, auf und sagte: »Danke, ich werde Sie nicht verraten.«

»Das wirst du auch nicht mehr können«, sagte nun der Anführer der Vermummten und rammte Joseph Stein das Messer bis zum Heft in den Bauch.

Der Kommissar riss vor Schreck und Schmerzen die Augen weit auf, und als er in sich zusammensackte, fragte er: »Warum?«

Der Mann setzte daraufhin seinen Motorradhelm ab und sagte mit einem zornigen Gesichtsausdruck, der vom blanken Hass in seinen Augen unterstützt wurde: »Du hast ihn erschossen, also stirbst du auch – schön langsam und qualvoll. Vielleicht ist es ein Trost für dich – die anderen kommen auch noch dran.«

Dann ging er hin und schnitt das Telefonkabel durch. Anschließend durchsuchte er erst Stein, dann das Wohnzimmer nach dessen Handy, und als er es auf der Ablage des Wohnzimmerschranks gefunden hatte, zertrümmerte er es mit seinem Hammer.

Dann sagte er zu seinem Begleiter: »Komm, gehen wir. Ich hätte ihm gern beim Sterben zugesehen, aber wir haben noch Arbeit.«

Dann verließen sie das Haus.

Joseph Stein lag unterdessen auf dem Teppich seines Wohnzimmers, und aus der Bauchwunde sickerte Blut. Er war bereits zu schwach, um sich aufzurichten, und ahnte, dass er nicht mehr lange Zeit hätte. Doch sein Verstand funktionierte immer noch. Wie konnte er denen, die ihn irgendwann finden würden, noch einen letzten Hinweis zukommen lassen?

Immerhin wusste oder ahnte er, wer ihn da ausgequetscht und anschließend hingerichtet hatte – ja, genau das war es gewesen – eine Hinrichtung.

Stefan hatte es tatsächlich geschafft, zwei Mietwagen zu bekommen, die noch am Samstagabend zugestellt wurden. So konnten die beiden Frauen und die Zwillinge am Sonntagfrüh gleich nach dem Frühstück nach Kelkheim aufbrechen.

Peter war inzwischen heilfroh darüber, und dass nicht nur, weil er ganz sicher war, dass Sven in Kürze im Taunus auftauchen würde und dann Hilfe brauchte. Zumindest solange die in seinen Augen völlig unsinnige Fahndung nach seinem Sohn nicht vom Tisch war. Da war aber noch etwas anderes. Sein kriminalistisches Feingefühl hatte sich inzwischen zu Wort gemeldet und ihm gesagt, dass noch ganz andere üble Dinge auf sie zukommen würden. Um die beiden Frauen nicht unnötig zu beunruhigen, hatte er den Macho gespielt, der lieber mit Stefan einen trinken ging, statt beim Kofferpacken zu helfen. In Wirklichkeit wollte er sich mit ihm über ihr weiteres Vorgehen beraten, ohne dass sie es mitbekamen.

Sie saßen auf der Freiterrasse des Restaurants Hofgarten, tranken Most, der sich hinter dem Apfelwein aus ihrer Heimat nicht zu verstecken brauchte, aber sie bekamen kaum mit, was sie da tranken.

Gegen Ende ihrer Besprechung fragte Stefan: »Du meinst also wirklich, es könnte so richtig gefährlich werden? Und wir haben deine Pistole nicht dabei!«

»Stimmt, das ist nicht gut, aber lass mal, mir wird dazu schon noch was einfallen. Morgen früh werden wir nach dem Frühstück erst einmal unsere Frauen verabschieden. Dann klappern wir die drei Adressen ab, an denen Joseph Stein wohnen könnte. Der Mann wird uns einiges erklären müssen – notfalls mit sanftem Nachdruck.«

Während die beiden Detektive ihr weiteres Vorgehen berieten, waren die beiden Männer in Motorradkluft nach Safferstetten unterwegs, um den Hinweisen von Stein nachzugehen. Auch wenn der Anführer nicht an den Nachbarn als Denunzianten glaubte, könnte man doch versuchen, ihn auszuquetschen. Vielleicht hatte er bei einem Gespräch im Hausflur etwas erfahren und könnte ihnen verraten, wo die Stettners abgestiegen waren.

Als sie ihr Motorrad vor dem Mehrfamilienhaus abstellten und sahen, dass es wenigstens zwanzig Apartments hatte, sagte der zweite Mann ratlos: »Wer soll das jetzt sein? Wen hat dieser Stein wohl gemeint, Boss?«

»Lass mich mal machen, Thomas«, sagte der andere und dachte, dass er schon gut daran getan hatte, Thomas mitzunehmen. Der Junge war zwar ein bisschen doof, aber seit er ihn aus den Fängen von Kredithaien befreit hatte, hing er an ihm wie eine Klette und tat, ohne nachzufragen, alles, was ihm aufgetragen wurde.

Der Anführer ging zur Haustür hinüber und studierte die Klingelschilder. Die Apartments, die an Touristen vermietet wurden, konnte man ausklammern. Wer nur zwei, drei oder vier Wochen hier wohnte, suchte keinen Kontakt zu den Nachbarn und konnte ihnen somit unmöglich Informationen über Stettners Eltern liefern.

»Boss, was machst du da?«, fragte Thomas ungeduldig, dem das alles hier schon zu lange dauerte.

»Sieh dir mal die Klingelschilder an«, antwortete er. »Die für Urlauber sind nummeriert. Nur bei zweien stehen Namen. Diese Leute wohnen dauerhaft hier und sind für uns zum Ausquetschen geeignet.«

»Welchen zuerst?«

»Lass mich mal machen«, sagte er und läutete an der Tür der Nachbarwohnung von Michael und Sven. Als jemand an die Sprechanlage ging, fragte er: »Herr Maier?«

»Ja?«

»Hier ist der Paketbote. Ich hätte ein Päckchen für Frau Weber im zweiten Stock abzugeben. Anscheinend ist sie aber nicht da.«

»Stellen Sie es unten in den Flur.«

»Ich brauche aber eine Unterschrift.«

»Okay, kommen Sie rein.«

Der Anführer gab Thomas ein Zeichen, erst mal zurück-zubleiben, setzte seinen Motorradhelm ab und ging ins Haus. Noch bevor er an der Wohnungstür läuten konnte, öffnete ihm ein Mann Mitte sechzig.

»Seit wann setzt die Post denn Motorr…« Weiter kam er nicht, denn der Mann drängte ihn schon in die Wohnung zurück, und Thomas folgte ihm vom Eingang her, indem er die Tür schloss.

Der Anführer stieß den Wohnungsinhaber recht unsanft in einen Wohnzimmersessel und ging direkt auf sein Ziel los: »Warum hast du die Bullen gerufen?«

»Sie müssen mich verwechseln, verlassen Sie sofort meine Wohnung, oder ich rufe die Polizei«, startete der ältere Mann einen schwachen Versuch der Gegenwehr, den der Mann in Motorradkluft schon im Ansatz erstickte, indem er ihm eine Ohrfeige verpasste, die seinen Kopf herum-wirbelte.

»Also los, warum hast du anonym Anzeige erstattet?«

»Anzeige? Wen hätte ich denn anzeigen sollen?«

»Den hier«, sagte Thomas und zeigte in Richtung Nach-barwohnung.

»Habe ich gar nicht … hätte ich aber wohl tun sollen. Diese verkommenen Subjekte dort drüben waren mir gleich suspekt. Man sieht ja mal wieder, wohin es führt, wenn man nicht aufpasst, an wen man vermietet. Die Po-lizei stürmt das Haus und ballert rum.«

»Verkommenes Subjekt nennst du …«, begann der An-führer und wollte den Alten schlagen, aber Thomas hielt ihn zurück und sagte: »Lass ihn, wir brauchen noch Infos.«

Der Mann sah seinen Gehilfen verwundert an und sagte dann anerkennend: »Du hast recht.«

Er wandte sich nun wieder an den älteren Herrn, der bei genauem Hinsehen sogar älter als fünfundsechzig sein konnte, und fragte scharf: »Also, was kannst du mir zu den beiden erzählen? Ganz besonders zu diesem Stettner.«

»Nicht viel, nur dass er zusammen mit dem anderen eingezogen ist. Die beiden sind ... schwul, pfui Deibel.«

»Was sonst?«

»Der junge Mann soll sich mit seinen Eltern zerstritten haben.«

»Auch das weiß ich schon. Was Neues, wenn's genehm ist, aber dalli, ich hab nicht ewig Zeit.« »Einmal habe ich aufgeschnappt, dass die Eltern in einer Kleinstadt im Taunus eine Detektivagentur betreiben. Sie sollen im Moment hier sein.«

»Da können wir ansetzen. Wo sind sie abgestiegen?«

»Ich weiß nur, dass sie in einem Vier-Sterne-Hotel mit eigenem Thermalbad wohnen.«

»Davon gibt es mindestens acht, also in welchem?«

»Ich weiß es wirklich nicht«, sagte der Alte und fügte in völliger Verkennung der Situation hinzu: »Schließlich bin ich nicht an solchen Perversen wie diesem Michael Müller interessiert, der sich einen blutjungen Geliebten hält.«

»Wie nennst du Michael? Einen Perversen?«, fuhr der Mann im Motorraddress auf und geriet völlig außer Kontrolle.

Er begann, auf den Alten einzuschlagen. Wohin, war ihm völlig egal. Dann zog er sein Messer.

»Willst du ihn ...«, fragte Thomas zuerst entsetzt, aber schwieg, als sein Chef sagte: »Was sonst, er hat mich ohne Helm gesehen.«

Genau in diesem Moment läutete es an der Tür.

»Wer ist das?«, fuhr der Anführer den alten Mann an, der aber vor Schreck erstarrt war und kein Wort herausbrachte. Stattdessen stöhnte er herzzerreißend und laut auf.

Draußen vor der Tür hörte man nun die Stimme einer deutlich jüngeren Frau: »Ich bins, Frau Weber, ich wollte mir bei Ihnen etwas Mehl borgen. Geht es Ihnen nicht gut? Wieder das Herz? Ich rufe den Rettungswagen und trete dann die Tür ein.«

»Lass uns verschwinden«, raunte der Jüngere seinem Boss zu. »Der Alte ist so was von fertig und kann dich eh nicht beschreiben.«

Notgedrungen stimmte der Anführer zu, und während sie sich über die Balkonbrüstung hinab auf die Straße ließen, hörten sie das Splittern der Wohnungstür. Spätestens jetzt war ihnen klar, dass sie gut daran getan hatten, abzuhauen. Die junge Frau schien die Wohnungstür mit einem einzigen Tritt aus den Angeln befördert zu haben. Wahrscheinlich hätten sie mit ihr kein so leichtes Spiel gehabt.

Als Angelika Enders gegen zweiundzwanzig Uhr nach einem anstrengenden Diensttag, der eigentlich ein seit Langem ersehnter Ausflugstag hätte sein sollen, nach Hause kam, fiel ihr erst mit einiger Verspätung auf, dass sie ihr Diensthandy hiergelassen hatte. Eher aus Routine, als dass sie eine Nachricht erwartet hätte, kontrollierte sie trotzdem Mails und WhatsApp und fand tatsächlich eine Sprachnachricht ihres Vorgesetzten vor, und die klang gar nicht gut.

Sie überlegte, ob sie ihn so spät am Abend noch anrufen konnte, es war inzwischen halb elf durch. Bis sie sich dazu entschlossen hatte, war es viertel vor. Sie rief ihn auf dem Handy an, aber der Ruf ging gar nicht erst durch. Immerzu hieß es, der Teilnehmer sei vorübergehend nicht zu erreichen. Dann nahm sie den Festnetzanschluss, aber hier war dauernd besetzt.

Erst jetzt fiel ihr wieder ein, dass Joseph Stein einmal gesagt hatte, dass er, wenn er schlafen gehe, immer sein Handy abschalte und den Hörer des Festnetzanschlusses abnehme. Deshalb dachte sie sich nichts weiter dabei, und weil sie hundemüde war, ging sie schnell zu Bett. Ihr Lebensgefährte, der sich fast noch mehr auf den Ausflug nach Frankfurt gefreut hatte, war am Morgen, als sie ihm eröffnet hatte, dass sie heute zum Dienst müsse, wutentbrannt aus dem Haus gestürmt und hatte sich seitdem noch nicht gemeldet. Wahrscheinlich saß er mit Freunden in einer Kneipe in der Altstadt von Passau und ließ sie zappeln.

Obwohl sie sich um ihn keine allzu großen Sorgen machte – das würde sich bestimmt in ein oder zwei Tagen wieder einrenken –, konnte sie nicht ruhig schlafen und wälzte sich im Bett hin und her. Vermutlich hatte sie Steins Anruf doch mehr beunruhigt, als sie sich eingestehen wollte.

Erst als gegen drei Uhr ihr Lebensgefährte nach Hause kam und sagte: »Wenn es dich beruhigt, fahre doch morgen früh mal hin«, wurde sie ruhiger und endlich schlief sie fest ein. Deshalb war es auch nicht ganz so zeitig, als sie sich am Morgen aus dem Bett schälte.

Die Familien Stettner und Weimershaus waren dagegen schon um acht Uhr am Frühstückstisch versammelt, und obwohl alles nach einem friedlichen Abschiedsessen aussah, hing der Haussegen bei Peter und Annika noch ziemlich schief. Annika sah, auch wenn sie Peters Wunsch entsprechen würde, noch immer nicht so recht ein, dass sie nicht bleiben und mitermitteln sollte.

»Immerhin geht es hier um meinen Sohn«, argumentierte sie.

Peter, der seine Frau nur zu gut verstand, sagte dagegen: »Wenn du nach Hause kommst, setz dich gleich mit Dr. Pfannmöller in Verbindung. Auch wenn Burkhard sich weitgehend zur Ruhe gesetzt hat, für Sven wird er bestimmt tätig werden. Er soll sich mit der Kripo und der Staatsanwaltschaft in Verbindung setzen. Wenn irgendein Anwalt es schafft, eine vorübergehende Aussetzung des Haftbefehls zu erreichen, dann er. Damit wäre dann auch die Fahndung nach Sven vom Tisch. Du siehst nun hoffentlich ein, dass du an der Heimatfront dringend gebraucht wirst.«

»Ich fürchte, du hast völlig recht«, seufzte Annika tief auf und frühstückte schweigend.

Es war noch nicht ganz neun Uhr, da saßen die beiden Frauen und die Zwillinge in dem geräumigen Kombi, den Stefan für sie angemietet hatte, und ihre Männer winkten dem startenden Wagen hinterher.

Kaum war das Gefährt mit ihren Lieben in Richtung Pocking verschwunden, sagte Peter: »Das war richtige Schwerstarbeit am Frühstückstisch. Annika wäre am liebsten hiergeblieben.«

»Ich weiß«, sagte Stefan. »Weißt du, einerseits hat Annika recht, wenn sie sagt, dass es um ihren Sohn geht, aber andererseits kann sie als Mutter nicht an den Ermittlungen teilnehmen, da sie nicht objektiv sein kann. Wenn sie so schnell nicht eingelenkt hätte, hätte ich ihr das auch gesagt.«

»Das finde ich toll, Stefan. Nun zu unserer Arbeit, je eher

wir anfangen, desto besser. Hast du die drei Adressen und den Autoschlüssel dabei, oder musst du noch mal ins Zimmer?«

»Für wen oder was hältst du mich eigentlich? Los, in die Tiefgarage und ab durch die Mitte. Unser Mietwagen ist leider nur ein Kleinwagen geworden, aber so auf die Schnelle besser als nichts.«

Peter hielt die Hand auf, um den Autoschlüssel zu übernehmen, aber gerade als er den wirklich sehr kleinen Wagen besteigen wollte, sagte er: »Du fährst«, und ging zur Beifahrerseite.

Als Stefan einstieg, wusste er gleich, warum. Peter war überzeugter Automatikfahrer, und der Mietwagen hatte ein Schaltgetriebe. Stefan hatte ausdrücklich zwei Wagen mit Automatik bestellt, aber als er sie recht spät am Vorabend übernommen hatte, nicht mehr so genau hingesehen.

Stefan fuhr den Wagen mit Schwung aus der Tiefgarage und stellte angenehm überrascht fest, dass er wenigstens über einen starken Motor zu verfügen schien. So waren sie in weniger als zwanzig Minuten am Stadtrand von Passau angekommen. Sie steuerten das erste Einfamilienhausgebiet an, in dem ein Herr J. Stein wohnen sollte.

Peter stieg aus und fragte den Mann in mittleren Jahren, der im Vorgarten arbeitete: »Guten Tag, wohnt hier ein Kommissar Joseph Stein?«

»Nein, ich heiße Jörg Stein. Außerdem bin ich kein Kommissar.«

»Okay, danke, dann hat es sich bereits erledigt«, sagte Peter und stieg wieder ein.

Bei der nächsten Adresse auf ihrer Liste war niemand vorm Haus, den sie hätten fragen können.

»Wir müssen wohl läuten«, sagte Peter und stieg aus.

Stefan folgte ihm und war noch nicht ganz bei seinem Freund angekommen, als dieser stutzig wurde.

»Hier stimmt was nicht.«

»Warum?«

»Kann ich noch nicht so genau sagen, aber diese frischen Fußspuren von schweren Stiefeln mitten im Blumenbeet gefallen mir nicht.«

»Stimmt«, sagte Stefan nur, da war Peter auch schon im Garten und ging auf das Haus zu. Er wollte gerade läuten, da sah er an einer Seite des Hauses eine eingeschlagene Fensterscheibe.

»Scheiße!« war alles, was ihm dazu einfiel. Dann ging er schnell hinüber und drückte sie vorsichtig auf, ohne Fingerabdrücke zu hinterlassen.

Gut, dass sie sich schon vor einigen Jahren angewöhnt hatten, ein paar Einweghandschuhe immer griffbereit zu haben. Peter und Stefan stiegen ins Haus und riefen nach Herrn Stein. Als keine Antwort kam, durchsuchten beide die Zimmer, und als Stefan ins Wohnzimmer kam, erstarrte er. Ein Mann lag in einer riesigen Blutlache und war offensichtlich schon mehrere Stunden tot.

»Das muss schon gestern Nachmittag geschehen sein«, sagte Stefan gerade, da betrat Oberkommissarin Angelika Enders in Begleitung von zwei weiteren Polizisten den Raum.

Sie sah sofort, dass ihr Kollege tot war, und rief so scharf, dass eine eventuelle Gegenwehr schon im Keim erstickt wurde: »Hände hoch und langsam umdrehen!« Als sie Peter und Stefan erkannte, fragte sie ungläubig: »Sie?«

»Ja, wir haben ihn soeben gefunden. Er muss schon seit Stunden tot sein.«

Angelika Enders beugte sich zu dem Leichnam ihres Kollegen hinunter, und als sie sich wieder aufrichtete, sagte sie: »Ich rufe jetzt den Gerichtsmediziner und die Spurensicherung. Bis der Doktor mir eine erste Einschätzung des Todes- oder besser des Verletzungszeitpunktes gegeben hat, sind Sie meine Gäste. Sollten Sie für diese Zeit kein Alibi haben, betrachten Sie sich als vorläufig festgenommen. Sie haben mir einige Fragen zu beantworten.«

Nachdem Frau Enders telefoniert hatte, gingen sie ins Arbeitszimmer von Herrn Stein, und Peter fiel auf, dass die Oberkommissarin sich recht gut im Haus auskannte. Das musste nichts zu bedeuten haben, aber hatte er es nicht so in Erinnerung, dass die beiden sich nicht ganz grün waren?

Diesen Gedanken weiter zu vertiefen, hatte er jedoch keine Zeit mehr, denn Frau Enders hatte sich bereits auf einem Stuhl niedergelassen und stellte die erste Frage: »Wie kommen Sie hierher, und vor allem hier herein?«

»Nun, durch gute Arbeit. Wie Sie wissen, sind wir Privatdetektive. Hier herein kamen wir bestimmt auf dem gleichen Wege wie Sie – durch das eingeschlagene Fenster. Wie kamen Sie denn so früh zusammen mit Ihren Kollegen hierher?«

»Es geht Sie zwar nichts an, aber ein Nachbar hat gesehen, wie Sie eingestiegen sind, und uns gerufen. Da ich sowieso schon fast auf dem Weg hierher war …«

»Dann hat der Nachbar bestimmt auch gesehen, dass wir das Fenster nicht eingeschlagen haben.«

»Harald!«, rief die Oberkommissarin einen ihrer Kollegen herbei. »Geh doch mal rüber zu den Möllers und lass dir genau erzählen, was sie gesehen haben.«

»Warum kamen Sie hierher?«, fragte nun die Kommissarin, und Peter antwortete: »Ich wollte mit Hauptkommissar Stein sprechen, um meinen Sohn zu entlasten. Er hat nichts mit Rauschgift oder gar mit dem Handel damit zu tun. Er hat vermutlich noch niemals in seinem Leben einen Joint geraucht, er ist total dagegen.«

»Ihr Sohn ist gar nicht Ihr Sohn, stimmt's?«

»Er ist mein Stiefsohn, und ich habe ihn schon vor Jahren adoptiert. Sein Vater, der erste Mann meiner Frau, ist ermordet worden.«

»Ich weiß, ich habe mich über Sie kundig gemacht. Wenn das nicht alles so positiv klingen würde, wären Sie schon lange in Handschellen zu uns gebracht worden.«

In diesem Augenblick betraten der Gerichtsmediziner und die Leute von der Spurensicherung das Haus. Mit ihnen zusammen kam auch Kriminalhauptmeister Harald Lerch zurück.

»Was gibt's?«, fragte seine Chefin.

»Herr Möller hat ausgesagt, das Fenster war schon kaputt. Vielleicht sogar schon gestern, aber das kann er nicht mit Bestimmtheit sagen. Ihm war so, als hätte er gestern Nachmittag gegen vierzehn Uhr dreißig Glas splittern hören, er hat sich aber nichts dabei gedacht. Außerdem hat er noch eine interessante Aussage gemacht. Es kann natürlich sein, dass es gar nichts hiermit zu tun hat, aber …«

»Los, erzählen Sie schon; wir haben nicht ewig Zeit.«

»Gestern Mittag sind zwischen eins und zwei Uhr zwei vermummte Gestalten in schwarzer Motorradbekleidung mit einer schweren Maschine mehrfach durch die Straße gefahren. Nach zwei hat er sie nicht mehr gesehen, aber die Maschine hat um vier immer noch in einer Seitenstraße gestanden.«

»War Herr Möller sich da ganz sicher?«

»Das hab ich ihn auch gefragt. Da hat er mir gesagt, dass er früher ein absoluter Harley-Fan war. Er hatte vor etwa zwanzig Jahren die gleiche Maschine und würde sie selbst mit verbundenen Augen am Sound erkennen.«

»Kennzeichen?«, fragte sie knapp.

»Fehlanzeige. Der Nachbar war so fasziniert von der Maschine, dass er darauf nicht geachtet hat.«

»Sieht aus, als hätten Sie noch mal Glück gehabt«, sagte Angelika Enders zu den Detektiven. »Jetzt wollen wir mal hören, was der Gerichtsmediziner sagt. – Bleibt nur noch der Hausfriedensbruch.«

»Wieso? Wir sahen das kaputte Fenster, glaubten, es sei Gefahr im Verzug, und wollten Nothilfe leisten.«

»Geschenkt«, sagte die Oberkommissarin, und noch bevor sie sich erheben konnte, um ins Wohnzimmer hinüberzugehen, hörte man von dort aufgeregte Stimmen.

»Frau Enders, kommen Sie schnell!«, drang es herüber.

Die Oberhauptkommissarin sprang auf und rannte hinüber, wo sie von einem Mann der Spurensicherung mit den Worten »Sehen Sie mal hier« empfangen wurde. Er winkte den Leuten, die den Leichnam in die Gerichtsmedizin bringen sollten, und sagte zu ihnen: »Vorsichtig, bitte, sonst zerstören Sie wertvolle Spuren.«

Als sie die Leiche entfernt hatten, staunten Frau Enders und auch die Detektive nicht schlecht, denn der sterbende Stein hatte mit letzter Kraft in sein eigenes Blut geschrieben:

RACHE MOTORRADF

Mitten im Wort hörte es auf. Da hatte ihn vermutlich die Kraft verlassen.

»Kommissar Stein wollte uns Hinweise zur Ergreifung der Täter geben«, sagte Frau Enders, und zu Peter gewandt:

»Sie hätte er leichter beschreiben können. Außerdem ist das der nächste Hinweis auf diese Motorradfahrer, denn was das zweite Wort hätte werden sollen, ist klar. Damit sind Sie raus – Glück gehabt. Dr. Pistorius, wann wurde dem Kommissar die tödliche Verletzung zugefügt?«

»Genaueres erst nach der Obduktion, aber so viel ist sicher: Die tödlichen Stiche wurden zwischen fünfzehn und siebzehn Uhr geführt.«

»Ein besseres Alibi könnten wir kaum haben«, sagte Peter erleichtert, der nach seiner Woche Untersuchungshaft im letzten Jahr auf Mallorca[4] immer noch ein wenig traumatisiert war.

»Zwischen fünfzehn und sechzehn Uhr zwanzig waren Sie gestern bei uns im Hotel.«

»Ich weiß, dass Sie seit vierzehn Uhr das Hotel nicht verlassen haben. Wir haben mit unserem Wagen davorgestanden und auf Ihren Sohn gewartet.«

»Dann können wir gehen?«

»Machen Sie, dass Sie wegkommen. Aber halten Sie sich von unseren Ermittlungen fern. Sonst kann ich für nichts garantieren.«

---

4   Vgl. Die Taunus-Ermittler Band 13 Treffpunkt »La Seu«

5.

Als Angelika Enders in ihr Büro zurückkam, wartete schon die nächste Schreckensmeldung auf sie. Die Beamten der Schutzpolizei, die zu dem älteren Herrn in das Apartment in Safferstetten gerufen worden waren, in dem am Freitag Steins Großeinsatz stattgefunden hatte, hatten zwei und zwei zusammengezählt und berichteten der Kommissarin von dem Überfall auf den herzkranken Rentner. Als in seiner Aussage dann abermals vermummte Motorradfahrer auftauchten, wurde sie sofort hellhörig. Ihr war klar, dass hier irgendetwas Größeres im Gange sein musste, nur was, das konnte sie sich beim besten Willen nicht vorstellen.

Sie ließ sich die Vernehmungsprotokolle geben und las sie immer wieder durch. Sie saß noch an ihrem Schreibtisch, als die meisten ihrer Kollegen bereits Feierabend gemacht hatten und nur noch die Nachtschicht da war. Als sie bestimmt zum fünften Mal an die Stelle kam, an der der Alte schilderte, wie der eine Motorradfahrer plötzlich durchgedreht war, fragte sie laut in das menschenleere Büro hinein: »Wer bist du, ein Ex-Freund von Michael vielleicht? – Aber warum dann gleich zwei Vermummte?«

Ganz ähnliche Gedanken machten sich auch Stefan und Peter. Sie waren inzwischen wieder im Hotel angekommen und versuchten, die Buchung eines der Zimmer um eine

Woche zu verlängern. Leider teilte man ihnen mit, dass das Hotel ab der kommenden Woche vollkommen ausgebucht sei, da die Saison gerade Fahrt aufnehme. Man sei ihnen aber gerne behilflich, ein Anschlussquartier zu finden, da das um diese Jahreszeit bestimmt nicht einfach werde.

Peter und Stefan bedankten sich und gingen in die geräumige Familiensuite, um ihr weiteres Vorgehen zu überlegen.

»›Rache‹ hat Stein in sein Blut geschrieben. Also muss es jemand aus Michael Müllers Vorleben sein, der seinen Tod rächen will. Wer könnte das sein?«, überlegte Peter.

»Auf jeden Fall kann er nicht ganz arm sein, wenn er eine Harley fährt. Vielleicht weiß Michaels Mutter mehr; sie müssen wir finden.«

»Eine Frau Müller in Nürnberg ausfindig zu machen ist nicht einfach, wahrscheinlich gibt es hunderte.«

»Stimmt. Wenn wir allerdings wüssten, ob Michaels Leiche schon freigegeben ist, bräuchten wir uns nur an den Bestatter, der sie überführt, dranzuhängen. Dann würde sie uns über kurz oder lang über den Weg laufen.«

»Keine schlechte Idee. Ich werde mal die Kommissarin anrufen und mit meinem Charme bezirzen. Allerdings könnte das vielleicht zu lange dauern und unsere Kräfte binden, falls sie uns trotzdem keine Auskunft gibt, was ich befürchte. Mir kommt gerade noch eine andere Idee.«

»Charme ist gut«, sagte Stefan lachend. »Die Dame müsste über einen eher rustikalen Geschmack verfügen. – Lass mal hören, was hast du sonst noch zu bieten?«

»Wir müssten dafür mit Sven Kontakt aufnehmen.«

»Das dauert aber noch länger. Bis Sven sich zu Hause meldet, kann …«

»Moment. Wer sagt denn, dass ich darauf warten will?

Schließlich liegt im abgeschlossenen Handschuhfach unseres Busses unser Ermittlungshandy. Das ist über Bluetooth mit der Freisprecheinrichtung verbunden.«

»Na prima. Du schleppst das Ding sogar mit in den Urlaub.«

»War das gut oder nicht?«

»Was willst du von Sven wissen?«, fragte Stefan.

»Ob Michael ihm Einzelheiten über seine Mutter erzählt hat.«

Stefan nickte anerkennend, und Peter rief Sven an, der bestimmt schon ein bedeutendes Stück in Richtung Hessen vorangekommen war.

Sven meldete sich prompt: »Peter, was gibt's? Du brauchst mich übrigens nicht mehr zu schonen, ich weiß inzwischen aus den Radionachrichten, dass Michael nicht mehr lebt. Ermittelt ihr in der Sache, wer uns da die Polizei …«

Sein Stiefvater unterbrach ihn: »Klar doch. Wir klären das lückenlos auf.« Dann erklärte er ihm, was sich in der Zwischenzeit ereignet hatte, und fragte, was ihm zu Michaels Mutter einfiel.

Statt zu antworten, fragte Sven: »Ist die Fahndung nach mir eigentlich vom Tisch?«

»Noch nicht, aber das ist bestimmt nur eine Frage der Zeit. Ruf am besten gleich Mutti an. Sie soll Dr. Pfannmöller kontaktieren. Ihr trefft euch dort. Er kann das bestimmt ins Lot bringen. Wann könntest du denn dort sein?«

»Morgen früh. Ich bin in der Nacht auf kleinen Landstraßen durchgefahren und in der Nähe von Würzburg in einem Waldstück. Wenn's dunkel wird, fahre ich weiter.«

»Okay. Aber nun sag schon, was weißt du zu Michaels Mutter?«

»Die beiden haben irgendwo in der Nähe der Straßenbahnhaltestelle Juvenellstraße gewohnt. Da muss es einen kleinen Platz mit einem griechischen Restaurant geben, in das sie öfters gegangen sind, von der Wohnung aus fünf Minuten zu Fuß.«

»Gut. Weißt du auch, wie seine Mutter mit Vornamen heißt?«

»Irgendwas mit M war es. Martha, Mathilde oder so ähnlich. Mehr kann ich dir nicht sagen. Ach so, ja, da fällt mir noch was ein. Sie hat früher mit Unterbrechungen dort gearbeitet.«

»Weißt du, wie alt sie ist?«

»Nicht genau, aber den Berichten Mi…. ach, scheiße«, sagte Sven, schluckte heftig und konnte erst dann weitersprechen. »… Michaels nach so um die sechzig.«

»Danke, du hast uns sehr weitergeholfen«, sagte Peter und legte schnell auf. Er hatte genau gemerkt, dass Sven den Tränen nahe war. Wie schwer musste es ihm gefallen sein, Michaels Namen auszusprechen. Der Junge war doch völlig fertig. Umso erstaunlicher war es, wie gut er sich hielt.

Er wäre ein würdiger Nachfolger für mich, wenn ich in einigen Jahren aufhöre. Stefan und Claus hätten außerdem einen verlässlichen Partner, dachte er, sprach es aber nicht aus. Stattdessen sagte er zu Stefan: »Weißt du, was wir jetzt machen?«

»Klar doch. Wir rufen in dem Restaurant an und wollen Martha Müller sprechen.«

»Genau. Falls sie noch dort arbeitet, verabreden wir uns für morgen Mittag mit ihr. Wenn nicht, weiß der Wirt vielleicht, wo sie wohnt.«

»Das heißt, wir werden unter Umständen gleich morgen früh nach Nürnberg aufbrechen. Vielleicht kann sie uns helfen, herauszufinden, wer hinter all dem steckt.«

Gleich nachdem sie den Alten in Safferstetten ausgequetscht hatten, waren die beiden Motorradfahrer aus Bad Füssing verschwunden. »In der Kluft sind wir inzwischen zu auffällig geworden«, hatte der Anführer zu seinem Helfer gesagt. »Wir müssen das Fahrzeug und die Klamotten wechseln. Gut, dass ich die Halle im Industriegebiet am Hafen noch habe. Da steht ein schneller Wagen, und es gibt jede Menge Klamotten. Da finden wir auch was für dich. Du bist doch weiter dabei, oder?«

»Klar, Boss, aber wir müssen auch mal über …«

Der Mann grinste insgeheim darüber, dass sein Helfer, der genauso unbedarft wie skrupellos war, nach wie vor loyal zu ihm stand. Er hatte ihn mit einem großen Sprung in der Hierarchie aufwärts geködert, und dafür war der Jüngere bereit, blindlings fast alles zu tun, was er ihm auftrug. Dass er keineswegs vorhatte, ihn zu seinem Assistenten zu machen, brauchte er nicht zu wissen. Er würde zu gegebener Zeit das Kanonenfutter für die Bullen hergeben.

Mit Höchstgeschwindigkeit brausten die beiden in ihre Heimatstadt zurück, stiegen dort in eine Corvette, und der Anführer zog sich um. Doch so sehr sie auch suchten, für Thomas fand sich einfach nichts Passendes.

»Wir fahren schnell bei dir vorbei. Du ziehst deinen besten Anzug an, und dann nichts wie zurück nach Bad Füssing. Ich will diese Detektive endlich erledigen.«

Gesagt, getan, und als sie am Abend wieder in dem kleinen Ferienhaus ankamen, das sie fünf Kilometer außerhalb von Bad Füssing gemietet hatten, war es schon so spät, dass sie erst am nächsten Morgen die in Frage kommenden Hotels abklappern konnten.

»Wir werden gleich morgen früh mit dem Bayernland im Zentrum anfangen und uns nach außen durcharbeiten.

Irgendwo finden wir sie schon. Dann gnade ihnen Gott, ich werde es nicht tun.«

Gegen Abend fragten die Detektive an der Rezeption, ob es irgendwo in der Kurstadt noch ein freies Quartier für sie gebe.

»Sie haben Glück. Ich habe mit meinem Kollegen vom Berner Hof gesprochen. Wenn Sie mit einem kleinen Zimmer vorliebnehmen, könnten Sie morgen Mittag umziehen. Das Hotel ist nicht weit von hier, nur etwa vierhundert Meter die Straße runter. Ungefähr gegenüber der Bar Diamant. Ich hab das Zimmer schon mal für Sie reserviert. Ist doch recht, oder?«

»Danke, das ist prima. Wir werden den Service Ihres Hauses in bester Erinnerung behalten«, sagte Peter Stettner und war sich sicher, in ruhigen Zeiten, die es in einigen Jahren bestimmt geben würde, wiederzukommen. Danach gingen sie ins Restaurant Hofgarten, um etwas zu Abend zu essen.

Am nächsten Vormittag packten sie ihre Siebensachen und fuhren zum Berner Hof. Gerade als sie zum Einparken durch das Tor auf den Hof des Hotels fuhren, kam ihnen eine dunkelblaue Corvette entgegen und bog in Richtung Pocking ab. Sie schenkten dem Wagen nur deshalb Beachtung, weil er beinahe die gesamte Hofeinfahrt für sich beanspruchte und Stefan gezwungen war, ganz an den Rand zu fahren, um nicht mit ihm zusammenzustoßen.

Dann gingen sie an die Rezeption und meldeten sich an.

»Das ist aber seltsam«, sagte die Empfangsdame, als sie ihre Namen hörte. »Gerade waren zwei Herren hier und haben sich nach einem Herrn Stettner erkundigt. Sie müssten sie fast noch vom Hof fahren gesehen haben. Mein Kollege hat mir Ihre Namen nicht genannt. Wenn ich gewusst hätte, dass Sie das sind, hätte ich den Leuten gesagt, sie sollen warten.«

»Nein, das war in Ordnung so, wir erwarten niemanden«, sagte Peter, obwohl er einen bestimmten Verdacht hegte.

Die beiden Detektive ließen sich zum Zimmer führen, und als der Page gegangen war, fragte Stefan: »Glaubst du das Gleiche wie ich?«

»Ja. Die haben Sven gesucht, um ihn zu erledigen.«

»Ob an dieser Rauschgiftsache doch was dran ist?«

»Glaub ich eigentlich nicht. Mir schwirrt da das Wort durch den Kopf, das der sterbende Kommissar mit seinem Blut geschrieben hat. Rache. Die machen Sven verantwortlich für das, was passiert ist. Da ist jemand auf einem Rachefeldzug, und wer weiß, was uns noch alles erwartet«, sagte Peter nachdenklich. »Irgendwas läutet in meinem Hinterkopf. Ich weiß nur noch nicht was … irgendetwas, das wir gehört oder gesehen haben.«

»Dann sollten wir uns auf schnellstem Weg nach Nürnberg machen, damit wir etwas Neues erfahren«, sagte Stefan, und Peter stimmte zu.

Die beiden Herren im Anzug und mit der Corvette waren in der Zwischenzeit im Thermenhotel Zur Quelle angekommen und fragten an der Rezeption nach Peter Stettner. Der Inhaber des Hotels, der an diesem Morgen selbst an der Anmeldung saß, sah die beiden Männer misstrauisch an. Ihm kam es so vor, als wären sie nicht das, was sie zu sein vorgaben: befreundete Geschäftspartner von Herrn Stettner.

»Die Herren Stettner und Weimershaus sind abgereist«,

sagte er und nahm sich vor, ihnen nicht zu sagen, dass er sie in den Berner Hof weitervermittelt hatte. Der Hotelier hatte inzwischen sogar den Eindruck, dass ihnen der Name Weimershaus nicht geläufig war, was ihn in seiner Annahme bestärkte, dass da etwas oberfaul war.

»Wann?«, fragte der eine Mann nun, der trotz seines Anzugs etwas grobschlächtig wirkte, und der Hotelbesitzer sagte genauso knapp: »Heute Morgen.«

»Wohin?«, hakte der andere nach, und es klang eher wie eine drohende Aufforderung als wie eine Frage.

»Was weiß ich? Nach Hause vermutlich.«

Nun ließ der, der der Anführer der beiden zu sein schien, endgültig die Fassade des Geschäftsmannes fallen, fasste über die Theke nach dem Kragen des Hoteliers und zog ihn zu sich heran.

»Ich kann auch anders«, zischte er ihm zu, und den Mann packte die Angst. Er spürte, dass sein Gegenüber zu allem entschlossen war.

Deshalb ließ er es auch geschehen, dass der Wolf im Schafspelz, wie er den Kerl insgeheim nannte, den Computerbildschirm mit den Anmeldedaten zu sich herumdrehte und so Peter Stettners Adresse erfuhr.

Fieberhaft überlegte der Hotelier, wie er der Polizei etwas Luft verschaffen könnte, um nach diesen Männern zu fahnden und auch die Familien von Stettner und Weimershaus zu schützen, von denen er wusste, dass sie teilweise bereits nach Hause gefahren waren. Denn die Polizei wie auch die Detektive wollte er benachrichtigen, sobald diese Herren sein Hotel verlassen hatten.

»Ich weiß, dass sie nicht gleich nach Hause gefahren sind. Sie wollten auf dem Rückweg erst nach Nürnberg fahren, weil man dort ganz besonders gut böhmisch essen kann.«

Über die zahlreichen böhmischen Lokale in Nürnberg hatte er sich erst einige Tage zuvor mit Stefan Weimershaus unterhalten, als der sich einen Restaurantführer von Bayern in der hauseigenen Bibliothek ausgeliehen hatte.

»Na also, geht doch!«, fuhr der Mann im Anzug den Hotelier an, »und halt bei den Bullen das Maul.«

Um seinen Worten mehr Nachdruck zu verleihen, wollte er seinem Gegenüber gerade einen kräftigen Schlag ins Gesicht verpassen, als eine Gruppe angetrunkener Touristen, ein Kegelclub aus Regensburg, das Hotelfoyer betrat. Um sich nicht auch noch mit ihnen auseinandersetzen zu müssen, zogen die beiden Männer es vor, sich schleunigst zu verdrücken.

Kaum hatten sie das Gebäude verlassen, wählte der Hotelbesitzer die Nummer der Kripo in Passau und ließ sich mit der diensthabenden Kommissarin verbinden – die mit dem missglücktem Rauschgifteinsatz in Bad Füssing, der inzwischen nicht nur in Bayern durch alle Medien ging.

Er schilderte, was geschehen war, und unterrichtete sie darüber, dass er die beiden auf eine falsche Fährte nach Nürnberg geschickt hatte. Die Kommissarin gab sich am Telefon seltsam zugeknöpft und wortkarg, was der Inhaber des Hotels sich nicht erklären konnte. Er war froh, die Detektive, die irgendwie in den Fall verwickelt waren, gerade noch rechtzeitig losgeworden zu sein.

»Seltsam«, murmelte der Anführer, nachdem die beiden Männer das Hotel verlassen hatten und wieder im Auto saßen.

»Was, Boss?«

»In Nürnberg wohnt Michaels Mutter. Böhmisch essen, dass ich nicht lache. Diese Detektive sind so dreist. Sie haben den Tod meines Sohnes auf dem Gewissen und fahren zur Mutter, um ihr zu kondolieren.«

»Du meinst wirklich …?«

»Was sonst? … aber wenn ich's mir recht überlege: Wenn diese Schlampe ihn nicht derart verhätschelt hätte, wäre aus ihm nicht das geworden, was er war. Dann hätte er nie diese kleine Schwuchtel kennengelernt, und es wäre nicht zu diesem Vorfall mit den Bullen gekommen. Also ist sie im Grunde genauso schuld an seinem Tod. Damit hat auch sie ihn verdient.«

»Du willst …«

»Wir fahren noch heute Abend nach Nürnberg und räumen auf. Das erledigen wir in einem Aufwasch.«

»Aber Boss, meinst du nicht …«

»Du willst doch der zweite Mann in meiner Organisation werden, oder?«

»Ja, schon, aber wird es die noch geben, wenn wir eine solche Schneise der Verwüstung schlagen? Die Bullen sind doch nicht völlig verblödet.«

»Thomas!«, schrie der Anführer seinen Helfer an. »Alle, die an Michaels Tod schuld sind, werden sterben, verdammt noch mal. Du hast jetzt genau drei Sekunden Zeit, dir zu überlegen, ob du für oder gegen mich bist.«

Dabei zog er seine Pistole aus dem Hosenbund und hielt sie seinem Helfer an den Kopf.

»Also los, was ist? Für oder gegen mich?«, schrie er, und seine Stimme überschlug sich fast. Thomas sah seinem Chef ins Gesicht, und für Bruchteile von Sekunden sah er es in dessen Augen irre aufblitzen. So kannte er ihn nicht. Der sonst zwar knallharte, aber stets besonnene Mann schien im Begriff zu sein, die Kontrolle über sich zu verlieren. Dennoch musste er bei ihm bleiben. Zum einen, weil sonst auch er in den Fokus seiner Rachegefühle rücken würde; zum anderen, weil er glaubte, dass es immer noch möglich war, unbeschadet aus der Sache herauszukommen. Wenn alles gutging und sie wieder in ihr altes Leben zurückkehren konnten … Er hatte in den letzten zwei Jahren schon zu viel in seinen Aufstieg investiert, das konnte er nicht so einfach aufgeben.

»Wie gehen wir weiter vor?«

»Zuerst muss ich Waffen organisieren. Dann räumen wir die Schlampe und die Detektive aus dem Weg. Danach kommt dieser Sven dran.«

»Dann ist Schluss?«

»Vielleicht.«

Die Detektive hatten noch am Nachmittag mit Frau Müller gesprochen, die allerdings Marianne hieß. Sie arbeitete, seit ihr Sohn aus dem Haus war, wieder in Vollzeit in dem Lokal, allerdings nicht mehr im Service, sondern in der Küche. Sie hatten sich mit ihr am Abend verabredet, und Christos Papadopoulous, ihr Chef, hatte zugestimmt, dass sie sich nach einundzwanzig Uhr, wenn es in der Küche ruhiger wurde, an einem Tisch im Lokal mit ihr unterhalten konnten. Zuerst hatte Marianne Müller, die durch den Tod ihres Sohnes schwer angeschlagen war, aber unbedingt weiterarbeiten wollte, um nicht durchzudrehen, ängstlich reagiert, als jemand sie zu sprechen wünschte. Schließlich wusste sie aus eigener Erfahrung, wie rachsüchtig Michaels Vater sein konnte. Aber als sie hörte, dass es der Stiefvater von Sven war, der sie sprechen wollte, hatte sie einem Treffen in der Öffentlichkeit bereitwillig zugestimmt.

Kurz vor achtzehn Uhr waren die Detektive auf dem Weg nach Nürnberg. Peter hatte sich ausnahmsweise dazu herabgelassen, das Steuer des Kleinwagens zu übernehmen, um Stefan etwas Ruhe zu gönnen. Plötzlich läutete Stefans Privathandy. Er staunte nicht schlecht, den Leiter des Thermenhotels Zur Quelle am Apparat zu haben. Dann erinnerte er sich daran, dass er diese Nummer bei der Anmeldung im Hotel angegeben hatte.

»Gut, dass ich Sie endlich erreiche. Ich versuche es schon seit zwei Stunden.«

»Ist was passiert?«

»Allerdings«, sagte der Hotelier und berichtete ihm von dem unliebsamen Besuch, den er bekommen hatte, und dass die beiden Männer sich ihre Heimatadresse beschafft hatten.

»Haben Sie die Kripo in Passau informiert?«

»Klar doch. Außerdem habe ich Sie auf eine falsche Fährte nach Nürnberg geschickt. Da haben Sie etwas Luft, um nach Hause zu kommen.«

»Scheiße«, entfuhr es Stefan.

»Wieso?«

»An und für sich gut, aber …«, begann Stefan, besann sich aber anders und schwieg.

»Ich hoffe, ich habe da keinen Fehler gemacht …«

»Nein, ist schon okay … es war gut, dass Sie uns Bescheid gegeben haben.«

Dann beendete er das Gespräch.

»Jetzt müssen wir dem Wagen die Sporen geben«, meinte Peter, und übergab das Steuer nur zu gern wieder an Stefan, als dieser ihn ins Bild gesetzt hatte. »Wenn hinter all dem jemand aus Michaels Vergangenheit steckt, weiß oder ahnt derjenige durch diesen blöden Zufall, was wir vorhaben.«

Auch Angelika Enders kam ins Rotieren. Da sie den Background des von Joseph Stein erschossenen jungen Mannes so genau wie möglich recherchiert hatte, wusste auch sie, dass er bei seiner Mutter in Nürnberg aufgewachsen war.

Das wussten die Detektive also auch schon, denn dass die zum Essengehen nach Nürnberg fahren wollten, wie der Hotelier berichtet hatte, hatte sie keine Sekunde lang geglaubt. Angelika hatte ihre Kollegen in der mittelfränkischen Großstadt kontaktiert, die wiederum den zuständigen Beamten des Einwohnermeldeamtes befragten. Dann hatten sie die Kollegin aus Passau eingeladen, nach Nürnberg zu kommen, um gemeinsam mit ihr die Dame zu kontaktieren.

»Herr Lerch«, rief sie ins Nachbarbüro. »Kommen Sie bitte mal zu mir?«

Der Gerufene, der am Ton seiner Vorgesetzten genau gehört hatte, dass es ernst war, stand auf und verließ sein Büro, das er sich mit zwei Kollegen teilte.

»Was gibt's?«, fragte er.

»Organisieren Sie beim Fuhrpark einen schnellen Wagen und fahren mit mir nach Nürnberg.«

»Heute noch? Ich habe in zwei Stunden Feierabend.«

»Lerch!«, herrschte sie ihren Untergebenen an. »Es könnte hier immerhin um Leben und Tod gehen. Meinen Sie, da könnte ich auf Ihren oder meinen Feierabend Rücksicht nehmen? Richten Sie sich darauf ein, dass es spät werden kann, und sagen Sie Ihrer Freundin Bescheid, dass wir vor Mitternacht wahrscheinlich nicht zu Hause sind.«

Na toll, dachte der Kriminalhauptmeister, *das wird ja noch heiter werden.* Vor allem würde sich Irina freuen, wenn es wieder so spät wurde. Hoffentlich verließ sie ihn nicht gleich, erst vorgestern hatten sie einen Riesenkrach wegen seiner Arbeit. Aber er konnte es doch nicht ändern … In seine Gedanken hinein sagte seine Chefin: »Dann holen

Sie den Wagen und kommen zum Haupteingang, um mich abzuholen. Unterwegs informiere ich Sie, worum es geht.«

Die beiden Gangster waren inzwischen auch auf dem Weg nach Nürnberg. Vorher hatte der Anführer noch einige kurze Telefonate geführt und war dann zu einer Adresse nach Regensburg im Industriegebiet Süd gefahren, wo er zwei Maschinenpistolen mit reichlich Munition übernommen hatte.

»Boss, was hast du vor?«, fragte Thomas.

»Ein paar Vorkehrungen treffen, denn wir wollen schließlich nicht erwischt werden.«

Da Thomas sich keinen Reim darauf machen konnte und sein Boss stumm und mit verbissenem Gesichtsausdruck die Corvette in Richtung Autobahnzubringer lenkte, fragte er noch einmal eindringlich nach: »Boss, wie geht es weiter?«

»Wir spielen Schutzgelderpresser und lenken die Bullen in Nürnberg so auf eine völlig falsche Fährte.«

»Versteh ich nicht.«

»Ist doch ganz einfach. Wenn du das nicht verstehst, musst du aber noch viel lernen, wenn du mein Assistent werden willst. Wir stürmen den Laden, wo sie arbeitet, ballern blindlings um uns, wie es Schutzgelderpresser machen, um ihrer Forderung Nachdruck zu verleihen. Dabei trifft eine verirrte Kugel quasi als Kollateralschaden diese Schlampe und dann nichts wie weg.«

»Was ist, wenn wir dabei auch Unbeteiligte treffen?«

»Pech gehabt«, sagte der Anführer und lachte hinterhältig.

»Aber wir können doch nicht mit unserem Wagen vorfahren. Es ist noch früh am Abend, und es sind vielleicht noch Leute auf der Straße. Wenn sich einer die Nummer aufschreibt, sind wir gleich am Arsch.«

»Stimmt«, sagte der Boss. »Du lernst es doch noch. Deshalb fahren wir zuerst ins Rotlichtviertel, und du knackst einen möglichst auffälligen Schlitten. Mit dem fahren wir vor. Bis die merken, dass der Besitzer nichts damit zu tun hat, sind wir über alle Berge.«

»Chef, du bist spitze«, sagte der Jüngere voller Bewunderung und hatte in diesem Moment völlig vergessen, dass er noch zwei Stunden zuvor die Pistole seines Bosses am Kopf gespürt hatte.

Peter hatte sein Tablet-PC auf den Knien und sich im Netz die Strecke anzeigen lassen. In der Navigationsfunktion hatte er sich die Adresse des griechischen Lokals am nordwestlichen Rand der Nürnberger Altstadt anzeigen lassen. Es hatte länger gedauert als üblich, denn er war nicht so ganz bei der Sache. Ein Ereignis wenige Minuten zuvor ging ihm nicht aus dem Kopf, und als Annika ihn anrief, um ihm wichtige Infos zu geben, sah Peter sich gezwungen, sie schnell abzufertigen.

»Du, Schatz, ich freue mich immer, dich zu hören, aber im Moment ist es äußerst ungünstig, wir sind auf einer Verfolgungsfahrt.« Das war zwar so nicht ganz richtig, aber Peter hoffte, dass Annika sich dadurch kurzfassen würde. »Ich ruf dich zurück, sobald es möglich ist. Sage auch Verena schöne Grüße.«

»Ist recht so, viel Spaß noch«, verabschiedete sich Annika, und Peter war klar, dass sie ihm die Verfolgungsfahrt nicht eine Sekunde lang abgenommen hatte.

»Was ist? Was wollte Annika denn?«, fragte Stefan, dem die Unaufmerksamkeit Peters nicht entgangen war.

»Annika hat recherchiert und wollte mir einige Infos zukommen lassen, ich habe sie auf später vertröstet. Mir geht nämlich eine Sache nicht aus dem Kopf.«

»Was denn?«

»Kannst du dich noch daran erinnern, dass uns kurz vor der Ausfahrt Laaber diese Corvette mit einem Affenzahn überholt hat?«

»Klar doch, ich bin doch nicht verkalkt, das ist erst zehn Minuten her.«

»Ich hab den Wagen gestern oder heute schon mal gesehen und weiß nur nicht mehr, wo.«

»In Bad Füssing?«

»Ja.«

»Du meinst …«

»Könnte doch sein. Wir wissen nicht, mit wem wir es zu tun haben, aber die auch nicht. Wir laufen uns ständig über die Füße, ohne zu wissen, dass wir uns begegnen, aber wenn die vor uns in Nürnberg sind … los, gib Gummi, Junge; es brennt lichterloh.«

Stefan wagte gar nicht, Peters Gedanken weiterzuspinnen, da er sich auf den immer dichter werdenden Verkehr konzentrieren musste, denn sollte Peter recht haben, dann wurde es wirklich eng. Und auf Peters kriminalistisches Gespür war eigentlich immer Verlass.

Das brachte Stefan auf einen anderen Gedanken, der für ihn nicht minder erschreckend war. Während er mit annähernd einhundertachtzig Stundenkilometern Nürnberg entgegenbrauste, dachte er: *Wenn Peter sich wirklich in zwei oder drei Jahren aus der Detektei zurückzieht – wie soll es dann weitergehen? Habe ich überhaupt Lust, nur mit Claus zusammen weiterzumachen? Irgendwie ist die Detektei Peters Kind. Er ist die Seele des Ganzen. Ohne ihn … aber was*

soll ich sonst machen? Mich zur Ruhe setzen? Ich bin dann
gerade mal vierzig.

Über all diesen Gedanken hatte er gar nicht bemerkt,
dass sie in Nürnberg angekommen waren. Er hatte sich
mechanisch zwar der hier geltenden Geschwindigkeitsbe-
grenzung angenähert, aber als sie die Ausfahrt Mögeldorf
passierten, sagte Peter: »Willst du denn gar nicht langsamer
fahren? Die nächste müssen wir raus, auf die B14 in die
Stadt rein und dann auf den Nordring.«

»Okay«, sagte Stefan nur und riss sich aus seinen Gedanken. Er konzentrierte sich nun wieder auf den Stadtverkehr, und nicht mal dreißig Minuten später hatten sie
einen Parkplatz nur rund fünf Fußminuten vom Restaurant entfernt gefunden.

Im Lokal Korfu war an diesem Abend die Hölle los. Es war
schließlich Montag und viele andere Lokale der Stadt hatten Ruhetag. Da war im Lokal von Christos Papadopoulous
immer Hochbetrieb.

Das kleine Lokal war bis auf den letzten Platz mit Gästen
gefüllt, und der gesellige Wirt ging von Tisch zu Tisch, um
seine Stammgäste zu begrüßen. Er gab sich betont fröhlich,
obwohl er tiefes Mitgefühl mit seiner langjährigen Mitarbeiterin Marianne Müller hatte, die immerhin ihr einziges
Kind durch einen Polizeieinsatz verloren hatte. Einen völlig ungerechtfertigten, da war er sich ganz sicher, er hatte
ihren Sohn sehr gut gekannt. Seine zur Schau getragene
Fröhlichkeit hatte im Grunde nur den einen Zweck, Frau
Müller vor dummen Fragen durch die Gäste zu schützen.
Als Giorgios Moutakis, sein einziger Kellner, der Lage im
Lokal kaum noch Herr wurde und auch er mit Bierzap-
fen und Weinausschank kaum noch hinterherkam, rief er

in die Küche hinein: »Frau Müller, können Sie im Service aushelfen? Wenigstens für eine oder anderthalb Stunden, bis der Hauptansturm vorbei ist?«

»Okay, ich komme«, schallte es ihm aus der Küche entgegen, »aber nachher um neun müsste ich für meine beiden Besucher bitte eine kurze Pause machen.«

»Schon klar«, sagte der Wirt und sah auf seine Armbanduhr. »Bis dahin müsste das Schlimmste geschafft sein.«

Frau Müller, die früher fast ausschließlich im Service gearbeitet hatte und vielen Gästen gut bekannt war, ging an die Arbeit und behielt dabei immer die Wanduhr im Blick, deren Zeiger zuerst unaufhaltsam weiterkrochen. Als es zwanzig Uhr dreißig durch war, begann der Ansturm tatsächlich langsam abzuebben, und der Wirt sagte zu ihr: »Bleiben Sie erst mal hier draußen, und wenn die Leute kommen, setzen Sie sich mit ihnen an den Personaltisch im rückwärtigen Flur. Da können Sie ungestört …«

Noch bevor der Wirt seinen Satz beenden konnte, schrie plötzlich einer der Gäste im Lokal auf, und Christos Papadopoulous fuhr herum. In der großen zweiflügeligen Tür zum Lokal, die wegen der großen Hitze der vergangenen Tage weit offenstand, waren zwei vermummte Gestalten in Motorradkluft erschienen und hielten Maschinenpistolen in den Händen. Die Visiere ihrer Helme hatten sie geöffnet, und nachdem sie einige Sekunden lang schweigend in den Raum gestarrt hatten, eröffneten sie das Feuer. Sie zielten hoch über die Köpfe der Gäste hinweg auf die verspiegelten Regale mit Hochprozentigem hinter der Theke, die splitternd zu Bruch gingen. Die umherfliegenden Glassplitter trafen viele der Gäste, und so mancher trug eine stark blutende Schnittwunde davon.

Die beiden Männer schwenkten von links nach rechts zur Küchentür hin, und als sie im Durchgang ankamen, wo Papadopoulous und Frau Müller standen, senkte der eine für den Bruchteil einer Sekunde den Lauf der Waffe, sodass die Frau in den Bauch getroffen wurde. Der Wirt reagierte blitzschnell und ohne nachzudenken. Er wollte sich schützend vor seine Angestellte stellen, die fassungslos an sich heruntersah und deren Schürze sich blutrot färbte. Noch bevor sie in sich zusammensackte, feuerte der Schütze erneut auf sie, dieses Mal allerdings in Richtung ihres Kopfes.

Doch statt einer ganzen Salve aus der Maschinenpistole knallte nur noch ein einziger Schuss, denn das Magazin war inzwischen leer. Verwundert sah der Mann die Waffe an, begriff, drehte sich schnell um und gab seinem Helfer ein Zeichen. Dann drehte sich auch der Helfer um, und die beiden sprinteten auf die Straße hinaus. Dort stiegen sie in einen grell-orangefarbenen alten Camaro und fuhren mit quietschenden Reifen davon.

Hätten sie nur eine Sekunde länger gewartet, hätten sie gesehen, dass der letzte Schuss, der Frau Müllers Kopf gegolten hatte, sein Ziel nicht mehr erreichen konnte. Denn der großgewachsene Wirt, der seiner Mitarbeiterin im letzten Augenblick zur Hilfe gekommen war, hatte die Kugel mit seiner Schulter abgefangen.

Nur wenige Sekunden später betraten Peter und Stefan, die von Weitem die Schüsse gehört hatten und herbeigeeilt waren, das Lokal. Ihnen bot sich ein Bild des Grauens. Inmitten von Scherben und einer zerschossenen Bar saß ein stark blutender Wirt und starrte fassungslos auf seine Angestellte hinunter, die, von einem Bauchschuss getroffen, röchelnd am Boden lag. In den Möbeln des Gastraumes steckten mehr oder weniger große Glassplitter, und die meisten Gäste hielten sich Taschentücher auf blutende Risswunden, die von umherfliegendem Glas verursacht worden waren.

»Ist der Notarzt verständigt worden?«, fragte Peter in den Raum hinein, und ein Mann, der nicht allzu viel abbekommen hatte, nickte stumm. Dazu hielt er sein Handy hoch. In diesem Augenblick schlug Marianne Müller noch einmal die Augen auf und sah Peter direkt ins Gesicht.

»Sind Sie …«, flüsterte sie, und Peter nickte nur.

»Ich hab… erkannt«, kam es stockend über ihre Lippen.

Peter kniete sich zu ihr hinunter, sah sie fragend an und wartete darauf, dass sie vielleicht noch etwas sagte.

Es bereitete ihr viel Mühe zu sprechen, und so dauerte es eine ganze Weile, bis sie hervorbrachte: »Es war … war … war …«

Weiter kam sie nicht. Ihre Augen schlossen sich, und ihr Atem ging stoßweise. Doch plötzlich riss sie noch einmal die Augen auf, griff nach dem Kragen von Peters Poloshirt und zog ihn zu sich heran.

Dann flüsterte sie ihm so leise etwas zu, dass Stefan, der keine drei Meter von ihnen entfernt stand, nicht einmal ihre Stimme hörte. Dann verlor sie das Bewusstsein.

Genau in diesem Augenblick trafen der Notarzt, zwei Sanitäter und die Beamten der Nürnberger Kriminalpolizei ein, mit ihnen auch Kommissarin Angelika Enders und ihr Assistent Kriminalhauptmeister Lerch.

Die Nürnberger Beamten sperrten den Tatort weiträumig ab und schoben die zahlreichen Schaulustigen, die sich inzwischen in einer Menschentraube vor dem Eingang zum Lokal drängten, auf die andere Straßenseite zurück.

Nachdem der Notarzt Frau Müller stabilisiert, sie für den Transport in die Klinik vorbereitet und auch den Wirt erstversorgt hatte, fiel einem der Gäste der alte Mann auf, der still an einem kleinen Tisch in einer Wandnische gesessen und dort sein Bier getrunken hatte. Er lag nun unter dem Tisch und rührte sich nicht mehr. Der Notarzt trat zu ihm hin, fühlte seinen Puls, stand wieder auf und schüttelte den Kopf. Dann ging er hinaus vor die Tür zum leitenden Nürnberger Beamten Hauptkommissar Wohlleben und sagte: »Wir haben einen Exitus. Könnten Sie bitte das Nötigste veranlassen?«

Im allgemeinen Tohuwabohu fiel niemandem auf, dass sich unter das Heer der Schaulustigen zwei Gestalten gemischt hatten, die nicht aus reiner Sensationsgier hier standen. Sie waren nun wieder ganz normal gekleidet und ungemein daran interessiert, ob ihr kleines Schauspiel, wie sie ihren hinterhältigen Angriff auf das Lokal nannten, den nötigen Erfolg gehabt hatte.

Als dann der eine hörte, wie der Notarzt auf der anderen Straßenseite mit dem Kommissar sprach und dabei eindeutig das Wort Exitus fiel, sagte er zu dem anderen: »Hat ja geklappt. Lass uns verduften, bevor die anfangen, die Gaffer zu befragen.«

»Boss, guck mal dort. Der Dicke und der Große da drüben.«

»Jetzt nicht.«

»Könnten das nicht die Detektive sein?«

Nun wurde der Anführer hellhörig und sah doch noch einmal hinüber, denn bislang wussten sie noch nicht mal, wie die beiden Typen, die sie eliminieren wollten, überhaupt aussahen. Um groß zu recherchieren war einfach noch keine Zeit gewesen. Als die beiden dann auch noch mit der Passauer Kommissarin, die ebenfalls vor Ort war, sprachen, sagte der Mann: »Verdammt, Thomas, du bist gar nicht so blöde, wie du aussiehst.«

Normalerweise hätte der Angesprochene sofort gegen die spitze Bemerkung protestiert, aber er merkte genau, dass echte Be- und Verwunderung in der Stimme seines Bosses mitschwang, und das gefiel ihm. Dann sprach der andere auch schon nachdenklich weiter.

»Die sind uns schon hin und wieder über den Weg gelaufen, das sind sie bestimmt. Schade, dass wir sie nicht gleich hier fertigmachen können. Aber ich lass mir was Schönes für sie einfallen. Los, komm jetzt, erst mal weg von hier.«

Kurz zuvor hatte auch Angelika Enders die beiden Detektive entdeckt.

»Was machen denn, verdammt noch mal, Sie hier? Habe ich Ihnen denn nicht gesagt, Sie sollen sich aus meinen Ermittlungen raushalten?«

»Gewiss, aber wir können vielleicht etwas beitragen«, sagte Peter, und Stefan fügte hinzu: »Vielleicht hat mein Kollege soeben etwas erfahren, was uns zu den Leuten führen kann, die mit hoher Wahrscheinlichkeit auch für den Mord an Kommissar Stein verantwortlich sind.«

»Wie das?«

»Frau Müller …«

»Liegt im Koma; die wird's Ihnen wohl kaum gesteckt haben«, unterbrach Kommissarin Enders die Detektive brüsk.

»Doch, das hat sie«, sagte Peter triumphierend, denn diese Frau reizte ihn einfach zum Widerspruch. »Immerhin waren wir einige Minuten vor Ihnen da. Frau Müller hat uns noch etwas sagen können, bevor sie das Bewusstsein verlor.«

»Verdammt noch mal«, fuhr die Kommissarin gereizt auf. »Lassen Sie sich doch nicht alles einzeln aus der Nase ziehen. Was war's, los, raus mit der Sprache.«

»Wissen Sie was«, regte sich nun auch Peter auf, »Ihre überhebliche Art geht mir auf die Nerven. Wenn Sie von uns etwas erfahren wollen, dann reden Sie in einem anderen Ton mit uns, ansonsten werde ich eine Dienstaufsichtsbeschwerde über Sie einreichen. Ständig wird man von Ihnen wie ein Verdächtiger oder ein Verbrecher behandelt. Das haben mein Partner und ich gewiss nicht nötig.«

»Ist schon gut«, versuchte Angelika Enders zu beschwichtigen und fuhr mit erstaunlich ruhiger Stimme fort: »Also, was hat sie denn gesagt?«

»Frau Müller hat einen der Männer erkannt.«

»Wie bitte? Das hat sie gesagt!«

»Klar und deutlich.«

»Los, reden Sie schon, wer ist es?« Dabei wurde die Stimme der Kommissarin erneut lauter.

Peter und Stefan merkten, dass die Nerven der Frau bis zum Zerreißen gespannt waren, und Peter fuhr fort: »Leider konnte sie das nicht mehr sagen. Aber kurz bevor sie ins Koma fiel, hat sie mich noch einmal zu sich herangezogen und etwas geflüstert, auf das ich mir keinen Reim machen kann.«

»Mensch, was!«, schrie Frau Enders fast.

»Sie flüsterte mir etwas zu, das ich kaum verstehen konnte, irgendwie klang es für mich nach Putzlappen. Lappen ... doof, oder so ähnlich. Eine Reinigungsfirma vielleicht?«

»Nein, keine Reinigungsfirma. Könnte sie Lappersdorf gesagt haben?«

»Das könnte durchaus sein«, bestätigte Peter. »Wer oder was ist das? Ein Name?«

»Nein, eine Kleinstadt vor den Toren von Regensburg. Mein Kollege Stein hat im Zusammenhang mit der Rauschgiftsache in Bad Füssing auch mit den Regensburger Kollegen in Verbindung gestanden. Ich hielt das für eine Sackgasse, aber vielleicht …«

Frau Enders wurde bewusst, dass sie nicht mit Kollegen sprach, und sie unterbrach sich selbst. Gleichzeitig wurde ihr klar, dass sie gleich am nächsten Morgen mit der Regensburger Kriminalpolizei Kontakt aufnehmen musste. Vielleicht war an Steins Spur doch irgendetwas dran.

»Wollten Sie noch etwas sagen?«, hakte Peter nach, nachdem Oberkommissarin Enders vielleicht eine Minute lang Löcher in die Luft gestarrt hatte. »Oder können wir gehen?«

Noch bevor sie antworten konnte, trat Hauptkommissar Wohlleben zu ihnen und sagte: »Eine erste Befragung der Passanten hat ergeben, dass die beiden Schützen mit einem auffälligen Wagen geflohen sind. Einem orangefarbenen Camaro aus den siebziger Jahren. In Nürnberg gibt es nur noch einen solchen Wagen, und der gehört Nutten-Paule. Der ist schon eine größere Nummer auf dem Straßenstrich in der Oststadt, aber insgesamt ein eher kleines Licht. Wundert mich ehrlich, dass der jetzt auch noch ins Schutzgeldgeschäft einsteigt. Und für so plump hätte ich ihn nicht gehalten. Fährt mit dem eigenen Wagen bis an die Ecke, und damit ihn niemand erkennt, zieht er sich Motorradkluft über. Danach fährt er seelenruhig davon. Sachen gibt's …«

Angelika Enders ließ ihren Nürnberger Kollegen in seinem Glauben, drehte sich zu den Detektiven um und sagte: »Okay, kommen Sie morgen um fünfzehn Uhr nach Passau, damit wir weiterreden können. Sie können jetzt gehen.«

6.

Nachdem sie den Tatort verlassen hatten, sagte Peter: »Ich schlage vor, wir fahren jetzt ins Hotel zurück und morgen früh nach Lappersdorf.«

»Was willst du denn da? Wir wissen nicht einmal, wonach wir suchen müssen.«

»Wenn wir vorm Schlafengehen noch ein bisschen recherchieren, vielleicht schon. Frau Enders hat uns unfreiwillig einen guten Hinweis geliefert – Rauschgift. Vielleicht finden wir dort auch einen Beweis für Svens Unschuld. Dann wäre wenigstens er aus der Sache raus. Außerdem muss es eine Verbindung zu Michael Müller geben, denn warum sollte seine Mutter sonst ausgerechnet Lappersdorf erwähnen. Sie hält es offenbar für einen Schlüsselbegriff.«

»Aber wie sollen wir …«

»Lappersdorf ist eine Kleinstadt. Es wird dort also keine allzu bedeutende Drogenszene geben, dafür aber in Regensburg in der direkten Nachbarschaft. Auch Unterweltgrößen leben gern in schöner Umgebung. Gut möglich also, dass ein Regensburger Rauschgifthändler, den Frau Müller kennt, dort lebt.«

»Wie sollte Frau Müller einen solchen kennen?«

»Sven hat da mal was angedeutet. Ich hab so eine Idee. Wir fahren morgen nach Lappersdorf und gehen dort aufs

Einwohnermeldeamt. Trotzdem recherchieren wir noch ein bisschen im Internet.«

»Wenn du meinst«, sagte Stefan skeptisch. Dann stiegen sie in ihren Mietwagen, den sie inzwischen erreicht hatten.

»Los, drück drauf«, sagte Peter grinsend, »es ist schon nach zehn. Wenn wir morgen früh um neun Uhr nach Lappersdorf fahren wollen, bleibt nicht mehr allzu viel Zeit.«

Auch Angelika Enders folgte der Spur nach Lappersdorf. Noch auf der Rückfahrt hatte Angelika Enders ihren Lebensgefährten angerufen und ihm mitgeteilt, dass sie noch einmal ins Büro fahren und etwas recherchieren müsse. Vermutlich komme sie heute nicht nach Hause und werde im Bereitschaftsraum ein oder zwei Stunden schlafen, bevor am nächsten Morgen ihr Dienst begann.

Die Antwort ihres Lebensgefährten, der wieder einmal das Nachsehen hatte, fiel nicht gerade jugendfrei aus, aber in einer derart heißen Phase der Ermittlungen konnte sie auf die zart besaitete Seele ihres Freundes nun wirklich keine Rücksicht nehmen. Sie wollte die Verbindung von Frau Müller zur Regensburger Rauschgiftszene finden, möglichst bevor sie mit ihren Kollegen dort sprach. Sie sah zuerst die Unterlagen ihres Vorgesetzten durch, danach recherchierte sie im Netz, und als sie sich gegen fünf Uhr früh im Bereitschaftsraum auf eine der Liegen legte, wusste sie zwar, dass ein gewisser Boris Stoikovic, ein hohes Tier in der Regensburger Unterwelt, einen Bungalow in Lappersdorf besaß, aber was der Mann mit Frau Müller zu tun haben könnte, war ihr nach wie vor ein Rätsel. Dafür wusste oder ahnte sie bereits, wer der zweite Mann war, der Stoikovic begleitete, falls dieser wirklich der Gesuchte war. Ihr Kollege hatte Stoikovic schon einmal im

Verdacht gehabt, für die Überschwemmung Bad Füssings mit Rauschgift verantwortlich zu sein. Da war auch sein Helfer ins Visier des erfahrenen Beamten geraten. Er hatte allerdings lange nichts zu Angelika Enders gesagt. Ob das aus Rücksichtnahme oder aus Misstrauen geschehen war, blieb allerdings offen. Jedenfalls hieß sein Helfer Thomas Enders und war der Bruder der Oberkommissarin.

Abgesehen von dem Wissen um Thomas Enders hatten Peters und Stefans Recherchen zu einem ganz ähnlichen Ergebnis geführt. Auch sie waren über den Club- und Bordellbesitzer Boris Stoikovic gestolpert, der in Lappersdorf wohnte. Dass ein Mann wie er auch im Rauschgiftgeschäft aktiv war, war naheliegend.

»Diese Type werden wir mal etwas genauer unter die Lupe nehmen«, sagte Peter am nächsten Morgen um acht Uhr beim Frühstück. »Ich denke, hier liegt der Schlüssel zu allem.«

»Meinst du?«, fragte Stefan skeptisch und gähnte herzhaft, denn sie waren erst nach Mitternacht ins Hotel zurückgekommen. Es war ihm immer noch schleierhaft, was die biedere Frau Müller mit Rauschgift oder Bordellen am Hut hatte.

»Immerhin wissen wir auch ohne das Einwohnermeldeamt inzwischen, wo er wohnt … wenn ich das richtig sehe, in einer bürgerlichen, wenn nicht sogar fast schon noblen Villengegend. Wenn seine Nachbarn wissen, wer er ist, werden sie ihn bestimmt mehr als kritisch beäugen. Mit denen müssen wir sprechen. Also los, sieh zu, dass du Vielfraß endlich satt wirst, damit wir fahren können.«

Stefan wunderte sich einmal mehr, woher Peter all die Energie nahm, und wollte ihm eigentlich die passende

Antwort geben, wurde aber vom Läuten seines Handys unterbrochen. Er nahm das Gespräch an und bekam so nicht mit, dass nahezu gleichzeitig auch Peters Mobiltelefon zu klingeln begann. Dass die anderen Leute im Speisesaal pikiert zu ihnen hinübersahen, bekamen wiederum beide nicht mit.

Stefan hörte seiner Frau am anderen Ende der Leitung gebannt zu, schüttelte verständnislos den Kopf und legte schließlich auf, ohne dass er zehn Worte gesagt hatte. Was Verena ihm berichtet hatte, war aber auch derart ungeheuerlich, dass ihm die Worte fehlten. Immer noch verdattert sah er zu Peter hinüber, der in dem Moment ebenfalls sein Gespräch beendete und dessen Gesichtszüge einen energischen, um nicht zu sagen, verärgerten Ausdruck angenommen hatten.

»Weißt du, was Verena mir gerade erzählt hat?«, fragte Stefan ratlos und, was bei ihm eigentlich nie vorkam, auch ein bisschen ängstlich.

»Ich kann es mir denken. Ich glaube, Annika und Claus haben mir gerade das Gleiche berichtet. Heute Morgen war ein Brief ohne Absender in der Post der Detektei, und drinnen steckte ein Blatt, wie man es auch bei Joseph Stein gefunden hat. Mit einem ganz ähnlichen Text: ›IHR SEID ALLE TOT, IHR WISST ES NUR NOCH NICHT.‹«

»Genau, das hat Verena auch gesagt. Wir müssen zurück zu unseren Familien. Sie brauchen Schutz.«

»Wenn du willst, fahr sofort heim. Ich werde jedenfalls noch Lappersdorf unter die Lupe nehmen, anschließend nach Passau zu Oberkommissarin Enders und dann im Direktflug nach Kelkheim fahren.«

»Okay, so machen wir es. Aber gemeinsam. Komm, lass uns unser Zimmer kündigen und die Koffer mitnehmen.

Gilt dieses Wort *alle* im Brief auch für Claus? Er hat doch hiermit noch weniger zu tun als wir?«

»Darüber habe ich mit Claus auch gesprochen. Ich habe ihm angeboten, die Detektei erst mal dichtzumachen und mit seiner Familie abzutauchen. Das hat er abgelehnt, aber seine Familie zu Verwandten nach Buxtehude geschickt. Er selbst hat gesagt, auch in solchen Stunden sei sein Platz an unserer Seite.«

»Find ich gut.«

»Ich auch … aber jetzt nichts wie los, damit wir hier irgendwann noch mal irgendwas zustande bringen.«

Inzwischen hatte sich Angelika Enders mit ihren Kollegen aus Regensburg auseinandergesetzt und interessante Neuigkeiten erfahren. So wusste sie nun, dass Boris Stoikovic die Nummer drei der Regensburger Unterwelt war und die Nummer zwei gern seine Etablissements übernehmen würde, um damit zur Nummer eins der ostbayrischen Großstadt aufzusteigen. Irgendetwas Großes war schon seit einiger Zeit im Gange. Nur was, das konnten die Kollegen aus der Oberpfalz ihr auch nicht sagen. Auf jeden Fall waren Boris Stoikovic und sein Schoßhündchen, wie Thomas Enders von den Regensburger Beamten nur genannt wurde, schon seit einigen Tagen wie vom Erdboden verschluckt. Seine Alltagsgeschäfte führte derweil sein zweiter Mann, der in Regensburg nur der Mann fürs Grobe genannt wurde, mit eiserner Hand.

»Ich werde wohl nicht drum herum kommen, selbst nach Regensburg zu fahren«, sagte sie leise zu sich selbst. Dann rief sie Kriminalhauptmeister Lerch zu: »Stellen Sie doch schon mal etwas Material zusammen, das ich nach Regensburg zu den Kollegen mitnehmen kann. Ich geh derweil zu

Kriminalrat Balthus und lasse mir die Dienstfahrt dorthin absegnen.«

»Muss ich auch mitkommen?«

»Zum Kriminalrat?«, fragte Angelika Enders, um den Kollegen zu necken.

»Nein, nach Regensburg.«

Zu seiner Erleichterung sagte sie: »Ich denke, das wird nicht nötig sein.«

Um kurz nach zehn kamen Peter und Stefan in Lappersdorf an. Sie fuhren direkt zur Adresse von Boris Stoikovic, und schon als Stefan den Wagen vor dem hohen schmiedeeisernen Tor anhielt, bemerkte Peter, der vom Beifahrersitz aus aufmerksam die Umgebung beobachtete, wie sich in hinter dem ein oder anderen Fenster ein Vorhang bewegte.

»Die Nachbarn wissen ganz genau, wer da wohnt. Sie beobachten alles mit Argusaugen. Sicher haben sie auch uns schon bemerkt.«

»Ist doch prima.«

»Wenn sie jetzt noch mit uns reden …«

»Versuchen wir's«, sagte Stefan, stieg aus und ging auf das erste Haus in der Nachbarschaft zu. Er läutete, und tatsächlich kam ein älterer Herr in den hohen Sechzigern zum Gartentor. Stefan und Peter stellten sich vor und fragten nach Boris Stoikovic.

»Warum fragen Sie?«, wollte der ältere Herr wissen, und Stefan antwortete leichtfertig: »Wir sind Privatdetektive und …«

Da hatte er aber das Falsche gesagt. Kaum war das Wort »Privatdetektive« gefallen, machte der alte Mann dicht, sagte kein Wort mehr, drehte sich um und ging in Richtung seines Hauses davon.

»Warum redet er nicht mehr mit uns? Sind wir ihm als Privatdetektive nicht gut genug?«, fragte Stefan eingeschnappt.

»Vielleicht hat es schon mal Ärger mit Stoikovic gegeben, und sie wollen nur noch mit offiziellen Stellen der Polizei sprechen. Wer weiß? Aber lass uns mit der Befragung weitermachen, bevor wir hier festwachsen. Wir sollen schließlich um fünfzehn Uhr in Passau bei der Kommissarin sein.«

Die beiden gingen weiter zum nächsten Gartentor, läuteten, und als jemand an die Sprechanlage ging, trugen sie ihre Frage vor.

»Sie sind Privatdetektive?«, kam sofort und ohne Zögern die Gegenfrage zurück, und als Peter es bestätigte, knackte es kurz in der Sprechanlage, dann war nichts mehr zu hören.

»Scheiße, Stoikovics Nachbarn scheinen einen guten Draht untereinander zu haben. Irgendwas muss da in der Vergangenheit vorgefallen sein. Die scheinen vor etwas Angst zu haben. Deshalb rufen sie sich gegenseitig an, wenn was passiert. Ich wette, die wissen schon alle, wer wir sind. Hoffen wir, dass trotzdem einer redet.«

Aber so sehr sie sich auch bemühten, sie fanden niemanden. Inzwischen schienen alle in der Straße über sie Bescheid zu wissen und gingen erst gar nicht mehr an die Gegensprechanlage. Sie blieben alle stumm.

Nach dem zehnten Versuch wurde es Peter zu dumm. »Lass es uns in der Querstraße versuchen«, sagte er. »Die können ja nicht alle Bürger des Ortes anrufen. Wenn wir jemanden finden, der dicht genug dran ist, um etwas zu wissen, aber weit genug weg, um nicht mehr zu den direkten Nachbarn zu zählen, erfahren wir vielleicht mehr.«

In der Zwischenzeit war auch Angelika Enders in Regensburg und bei ihren Kollegen im Polizeipräsidium angekommen.

»Was in Gottes Namen hat Passau mit Stoikovic zu tun?«, fragte ihr Kollege Hauptkommissar Reichenberg, der für alles, was mit dem Rotlichtbezirk der Stadt zu tun hatte, zuständig war.

»Wie Sie bestimmt schon wissen, wurde vor einigen Tagen mein Chef ermordet. Hauptkommissar Stein hat unter anderem gegen Stoikovic ermittelt, weil er vermutete, dass er hinter der Überschwemmung Bad Füssings mit Rauschmitteln steht. Nachdem bei einem Polizeieinsatz dort ein junger Mann erschossen wurde, der im Verdacht stand, die Drogen vor Ort zu verteilen, scheint Stoikovic Amok zu laufen.«

»Wo sehen Sie denn da eine Verbindung zu Stoikovic?«

»Nun, sein Amoklauf reicht inzwischen bis nach Nürnberg.«

»Nürnberg?«, fragte der Beamte sofort nach.

»Ja. Gestern Abend schossen zwei vermummte Gestalten mit Maschinenpistolen in Nürnberg in eine griechische Gaststätte hinein. Dabei ging nicht nur einiges zu Bruch. Nein, es gab auch einen Toten – ein alter Mann und Stammgast dort. Außerdem wurde der Wirt leicht am Arm und seine Angestellte durch einen Bauchschuss lebensgefährlich verletzt.«

»Das klingt mir mehr nach Schutzgelderpressung mit Kollateralschaden.«

»Das vermuten die Nürnberger Kollegen auch, denn der Wagen, mit dem die Täter vorgefahren sind, gehört einem den Behörden bekannten Kriminellen.«

»Seltsam, der würde doch, wenn er nicht ganz verblödet ist, nie seinen …«

»Genau, das denke ich auch.«

»Aber wie kommen Sie auf Stoikovic?«

»Die Küchenhilfe ist die Mutter des bei dem Polizeieinsatz Getöteten.«

»Das wäre schon ein extremer Zufall ... dass sie eine Verbindung zu Stoikovic hat, ist nur Ihre Vermutung, oder?«

»Nein, die Frau hat, bevor sie ins Koma fiel, gesagt, dass sie ihn erkannt hat.«

»Haben Sie das selbst gehört?«

»Nein, Privatdetektive, die vor Ort waren.«

»Privatdetektive? Nicht das auch noch. Verdammt noch mal, der Teufel soll alle Detektive dieses Planeten holen. Können die mit der Sache etwas zu tun haben?«

»Eher nicht. Der Stiefsohn des einen Detektivs war der Lebensgefährte des von Stein getöteten Mannes. Ihm galt eigentlich sein Schuss. Michael Müller hatte sich nur in die Flugbahn der Kugel geworfen.«

»Michael Müller hieß der Getötete? Wie heißt denn seine Mutter mit Vornamen, wissen Sie das zufällig?«

»Marianne, glaube ich.«

»Mir kommt da gerade ein Verdacht. Wenn sich das bestätigt, kommt etwas mehr Klarheit in die Sache.«

Stefan und Peter hatten inzwischen den einen Nachbarn gefunden, der ihnen mehr sagen konnte, aber weit genug weg wohnte, um nicht zu dieser Verschwörung zu gehören.

»Die haben einfach nur Angst, eine Scheißangst sogar«, sagte Alfred Bayer, ein Mittfünfziger, der gute zweihundert Meter von Stoikovics Grundstück entfernt ein Häuschen besaß. »Vor etwas mehr als einem Jahr war es in der Straße zu einem Vorfall gekommen. Bis dahin wusste niemand so genau, wer Stoikovic in Wirklichkeit war. Man hielt ihn bis dato für einen seriösen Geschäftsmann aus Regensburg, denn er lebte unauffällig und zurückgezogen. Aber damals kam es zu einem Überfall einer rivalisierenden Bande auf sein Haus. Bei der Schießerei mit seinen Security-Leuten, ihm gehört nämlich auch eine Sicherheitsfirma, verirrte sich eine Kugel und verletzte eine Nachbarin, die im Garten arbeitete, schwer. Erst bei der wochenlang andauernden Ermittlung durch die Kriminalpolizei erfuhren wir hier in Lappersdorf, wer das ist, der da schon seit Jahren unauffällig unter uns lebt. Dass ihm ein Musikclub, der als Rauschgiftumschlagplatz dient, ein großes Bordell und ein Swingerclub gehören. Die Security-Firma ist sein seriöses Aushängeschild.«

»Konnte man ihm nichts beweisen?«

»Wie denn? Er wurde ja überfallen. Seine Leute haben den Angriff nur abgewehrt. Offiziell hieß es, es sei der gescheiterte Versuch eines Überfalls gewesen, denn er hätte damals größere Bargeldbeträge im Tresor gehabt.«

»Okay, was wissen Sie sonst noch über diesen Stoikovic?«

»Nicht viel. Nur, dass er schon seit fast fünfundzwanzig Jahren hier im Ort lebt, früher verheiratet war und einen Sohn hat. Vor bestimmt fünfzehn Jahren, vielleicht auch mehr, hat seine Frau sich scheiden lassen und ist mit dem Sohn weggezogen.«

»Wohin?«

»Das weiß ich nicht. Sie wurde hier nie mehr gesehen. Vielleicht hat er sie auch abgemurkst, das würde passen.«

»Okay, danke, das war's erst mal. Wenn wir noch Fragen haben …«

»Können Sie sich gern bei mir melden«, sagte der Mann und winkte ihnen noch einmal hinterher, als sie zum Auto zurückgingen.

»Warum hast du nicht noch ein bisschen weitergebohrt?«, fragte Stefan. »Der hätte uns vielleicht noch dies und das erzählen können.«

»Er hat mir etwas zu wüst zu spekulieren begonnen.«

»Weil er vermutete, Stoikovic habe seine Frau beseitigt? Wäre das denn in diesen Kreisen so ungewöhnlich?«

»An und für sich nicht, aber ich habe genau gemerkt, dass er zu fantasieren anfängt. Außerdem habe ich seit eben einen Verdacht. Wenn der sich bestätigt, sind wir ein großes Stück weiter.«

»Und der wäre?«

»Das verrate ich dir auf dem Weg nach Passau, denn um das zu überprüfen, sind wir auf die Hilfe von Frau Enders angewiesen. Jetzt will ich erst mal was essen, wir fahren auf die nächste Autobahnraststätte.«

Genau so machten sie es. Peter, der sich überall auszukennen schien, kannte einen Autohof nahe Regensburg, wo man gut essen konnte. Da sie noch etwas Zeit hatten, es war gerade dreizehn Uhr durch, stellten sie den Wagen etwas abseits auf einen Schattenplatz und gingen in das Lokal. Als sie gegen viertel vor zwei den Rasthof verließen, waren sie satt wie selten zuvor.

Gerade als sie in den Wagen eingestiegen waren, sagte Peter: »Die drei großen Gläser Cola waren vielleicht doch etwas zu viel für mich. Ich geh noch mal schnell wohin.«

Stefan, der schon den Schlüssel ins Zündschloss gesteckt hatte, meinte: »Gute Idee«, und folgte seinem Freund und Kollegen. Das kleine Kästchen unter dem Wagen, das in dem Moment zu blinken begonnen hatte, als er den Schlüssel ins Zündschloss gesteckt hatte, bemerkten sie nicht.

Dafür aber den ohrenbetäubenden Knall und die Druckwelle, die ihren Mietwagen einige Zentimeter in die Luft hob und anschließend zerbersten ließ. Glassplitter verteilten sich im Umkreis von gut und gern zwanzig Metern, Türen, Motorhaube und Kofferraumdeckel, die von der Druckwelle aus den Angeln gerissen wurden, flogen durch die Luft wie Spielzeug. Ein Wagen, der im Moment der Explosion gerade vorbeigefahren war, wurde so aus der Spur gedrückt, dass er in ein anderes geparktes Auto knallte. Die Insassen, eine Familie auf der Urlaubsrückreise, sprangen aus dem Auto und rannten in wilder Panik Richtung Raststätte davon.

Zum Glück hatte in der Nähe ihres Wagens nur ein weiteres Auto geparkt, das zusammen mit dem Mietwagen in Flammen aufging. Der ältere Herr, der gerade zu seinem betagten, aber bis dahin penibel gepflegten Mercedes zurückkam, erlitt, als er sein Auto in Flammen stehend vorfand, einen Herzanfall.

Peter leistete ihm Erste Hilfe, und es dauerte erstaunlicherweise gar nicht lange, und ein Notarztwagen traf ein. Kurz darauf folgte ein ziviler Polizeiwagen mit Hauptkommissar Reichenberg, Kriminalobermeister Meier aus Regensburg sowie Oberkommissarin Enders aus Passau.

Die Beamten waren gerade auf dem Weg nach Lappersdorf gewesen, als sie per Funk die Meldung von der Explosion auf dem Rasthof erreichte. Frau Enders wie auch ihr Regensburger Kollege hatten sich nur stumm angesehen, dann war der Hauptkommissar in Richtung des Autohofs abgebogen.

Hauptkommissar Reichenberg ging zuerst zu den beiden brennenden Wracks, wo inzwischen auch die Feuerwehr eingetroffen war und alle Hände voll zu tun hatte, um die

Explosion des Tanks des zweiten Wagens zu verhindern. Er sprach kurz mit dem Feuerwehrhauptmann, dann benachrichtigte er die Spurensicherung. Anschließend ging er zum Notarztwagen, um mit dem Mediziner zu sprechen. Dort erfuhr er, dass es dem alten Mann, dessen Wagen bei dem Bombenanschlag ebenfalls völlig zerstört worden war, schon wieder etwas besser ging, er aber noch zur Beobachtung für einen Tag ins Krankenhaus müsse.

Der Kommissar fragte den Notarzt, ob er kurz mit dem Mann sprechen dürfe, und der Arzt sagte knapp: »Sehr kurz.«

Nun wandte sich Reichenberg an den Alten: »Haben Sie etwas oder jemanden gesehen?«

»Ja. Ich sah zwei Männer, die sich an dem Wagen neben meinem zu schaffen machten. Das kam mir sonderbar vor. Deshalb wollte ich meinen in Sicherheit bringen.«

»Wie sahen die Männer aus, und haben Sie gesehen, mit welchem Auto sie gekommen sind?«

»Einer war schätzungsweise um die sechzig, der andere höchstens vierzig. Sie …«

Plötzlich fasste sich der alte Mann mit schmerzverzerrtem Gesicht an die Brust und stöhnte auf. Das war für den Notarzt das Zeichen, einzugreifen.

»Das reicht jetzt. Sie sehen doch, dass der Mann nicht mehr kann. Kommen Sie morgen in die Klinik. Dann sehen wir weiter.«

Mit diesen Worten zog der Mediziner die hinteren Türen des Rettungswagens zu, und das Fahrzeug setzte sich in Bewegung.

Kommissar Reichenberg sah ihm noch eine ganze Weile lang nach, dann ging er zu Frau Enders zurück, die ihrerseits mit zwei Männern sprach.

»Darf ich Ihnen die Privatdetektive Peter Stettner und Stefan Weimershaus vorstellen?«, sagte sie, und der Kommissar meinte nur: »Ach, Sie sind das?«

»Ich schlage vor«, sagte Angelika Enders, »wir gehen zu einer ersten Befragung in die Raststätte.«

Der Kommissar nickte, sein Assistent zeigte gar keine Regung, und Peter meinte trocken: »Ja, das ist gut. Ich habe mittlerweile ganz schönen Durst.«

Wenige Minuten später saßen sie im Gastraum, Stefan hatte Kaffee für alle bestellt, der Kommissar hatte sich den Ablauf der letzten Stunden berichten lassen und fragte nun: »Was wollen Sie eigentlich in Lappersdorf?«

»Vermutlich das Gleiche wie Frau Enders«, sagte Stefan, und Peter ließ die vermeintliche Bombe platzen: »Wir vermuten nämlich, dass Herr Stoikovic, der ja wahrscheinlich hinter all den Anschlägen steckt, der Vater von Michael Müller ist.«

»Donnerwetter, das haben Sie also auch schon herausgefunden«, sagte Oberkommissarin Enders.

»Ja, aber uns fehlt noch der Beweis.«

»Uns nicht, es stimmt«, sagte Reichenberg knapp.

»Darin liegt übrigens auch sein Motiv für das alles hier – Rache für den toten Sohn. Alle, die in seinen Augen dafür verantwortlich sind, sollen sterben«, führte Peter weiter aus und sprach dann die Oberkommissarin direkt an: »Frau Enders, können Sie sich noch an den rätselhaften Zettel im Haus von Herrn Stein erinnern? – *Sie sind tot, Sie wissen es nur noch nicht!*«

»Ja, was ist damit?«

»Genau solch einen Brief haben wir in unserer Detektei in Kelkheim auch bekommen. Darin bedroht er uns alle mit dem Tod. Ob das auch für unseren Mitarbeiter Claus Mergentheimer gilt, ist nicht klar, jedoch hat er sicherheitshalber seine Familie aus der Schusslinie genommen.«

»Aber wie passen dann seine Exfrau oder auch Sie in dieses Schema? Sie hatten doch mit dem Polizeieinsatz gar nichts zu tun?«

»Ich vermute«, sagte Peter, »dass er uns für den Polizeieinsatz verantwortlich macht, da wir mit unserem Sohn wegen seines Lebenswandels seit einem dreiviertel Jahr Streit hatten.«

»Wie meinen Sie das?«

»Ich fürchte, er glaubt, wir hätten diesen Polizeieinsatz durch eine anonyme Anzeige oder etwas Ähnliches initiiert, um unseren Sohn aus der Liaison mit seinem zu lösen.«

»Ach, die beiden hatten ein Verhältnis?«, brach Kriminalobermeister Meier sein bisheriges Schweigen.

»Ja. Deshalb hat sich Michael Müller in den Schuss geworfen, der eigentlich unserem Sohn galt. Stoikovic macht seine Exfrau wohl irrigerweise dafür verantwortlich, dass sie ihn, nachdem sie ihn verlassen hat, zu lasch erzogen hat, sodass er schwul wurde.«

»Ihre Theorie klingt plausibel«, sagte der Kommissar fast gegen seinen Willen und fragte: »Wie wollen Sie weiter vorgehen?«

»Wenn Sie nichts dagegen haben, würden wir gern nach dieser Befragung in den Taunus zurückfahren. Ich fürchte, dort werden wir jetzt nötiger gebraucht«, sagte Peter und fügte hinzu: »In Bad Füssing haben wir bereits ausgecheckt.«

Man sah förmlich, wie der Kommissar aufatmete. Deshalb fügte Stefan hinzu: »Könnten Sie uns nachher kurz zum Bahnhof fahren? Unser verkohltes Gepäck ist ja mitsamt dem zerstörten Wagen auf dem Weg in die KTU. Das brauchen wir nicht mehr.«

Unter anderen Umständen hätte Hauptkommissar Reichenberg den beiden eine Abfuhr erteilt, aber die Aussicht, sie persönlich in den Zug nach Hause setzen zu können, stimmte ihn milde. Außerdem hegte er die Vermutung, dass Stoikovic und sein Helfer noch in der Nähe waren. Da die Sache mit der Autobombe nur durch einen glücklichen Zufall nicht geklappt hatte, hielt er einen weiteren Anschlag durchaus für möglich. Die beiden Ganoven waren auf ihrem Rachefeldzug bislang absolut rücksichtslos vorgegangen und hatten auch Kollateralschäden in Kauf genommen. Deshalb traute er es ihnen auch zu, eine Schießerei im Hauptbahnhof vom Zaun zu brechen.

Zur Sicherheit informierte er die Bahnpolizei, beorderte mehrere Streifenwagen zum Hauptbahnhof und unterrichtete auch die Kollegen in Frankfurt und Hofheim.

»Bemühen Sie sich zu Hause unbedingt um Polizeischutz. Ich bin sicher, Sie werden ihn bekommen, nach dem, was ich meinen Kollegen in Hessen gesagt habe.«

»Ja, danke«, sagte Peter und sah kurz zu Stefan hinüber, der vermutlich das Gleiche dachte wie er: Das würden sie bestimmt nicht tun. Mit diesem Stoikovic würden sie allein wohl besser fertig werden.

Nicht ganz eine Stunde später waren die Polizisten mit den Detektiven auf dem Hauptbahnhof Regensburg angekommen. Wider Erwarten blieb alles ruhig, zu ruhig für Peters Geschmack. Die beiden Detektive bestiegen den ICE nach Frankfurt, und während sie sofort den Weg in den Speisesaal antraten, sah Angelika Enders ihnen mit gemischten Gefühlen nach.

Sie fragte sich, was ihren Bruder Thomas, der drei Jahre jünger war als sie, wohl dazu bewogen hatte, bei dieser irrsinnigen Unternehmung, bei der es eigentlich nur Verlierer geben konnte, mitzumachen. Stoikovic musste ihm wahre Reichtümer versprochen haben. So brutal, wie Thomas immer gewesen war, so geldgierig war er auch – und vor allem naiv. Wenn er nur etwas von Geld hörte, war er bereit, jede Hemmung, jeden Anstand und jede Vernunft sausen zu lassen. So war er schon immer gewesen. *Wenigstens hat unsere Mutti das alles nicht mehr miterlebt*, dachte die Oberkommissarin weiter. Es war schon schlimm genug, dass sie vor etlichen Jahren an einem Blinddarmdurchbruch gestorben war. Angelika hatte sehr lange gebraucht, um einigermaßen darüber hinwegzukommen, aber Thomas hatte es bis heute vermutlich nicht einmal versucht.

7.

Die Frankfurter Kriminalbeamten, unterstützt von der Bahnpolizei und dem bahneigenen Security-Dienst, sorgten eher widerwillig für die Sicherheit von zwei gefährdeten Privatdetektiven. Besonders von diesen beiden: Schließlich waren Peter, Stefan und ihre Detektei für sie keine Unbekannten, mischten sie doch immer wieder einmal die Unterwelt der Finanzmetropole auf.

Aber nach der dringenden Bitte der Passauer Oberkommissarin blieb ihnen gar nichts anderes übrig, als die ungeliebten Detektive sicher durch den Hauptbahnhof zum Taxistand zu geleiten. Ihr Unmut erwies sich indessen als völlig überflüssig, denn es blieb nicht nur alles ruhig, sie konnten auch keine, nicht einmal die kleinste Spur von irgendwelchen Unregelmäßigkeiten entdecken. Verdächtige Personen, die den beiden ans Leder wollten, schon gar nicht.

Als Peter und Stefan endlich im Taxi Richtung Main-Taunus-Kreis saßen, seufzte der Einsatzleiter, der schon die wildesten Storys über sie gehört, aber bislang noch nie mit ihnen zu tun gehabt hatte, auf: »Ich glaube, die Kommissarin aus Bayern übertreibt. Aber mir soll's recht sein. Bleibt mir wenigstens das erspart.«

Vor dem Polizeigebäude in Hofheim angekommen, stiegen sie aus und wollten direkt in den ersten Stock zu Jörg

Stuhlbein, dem leitenden Hauptkommissar der Hofheimer Kripo.

»Halt! Wo wollen Sie hin?«, rief der diensthabende Pförtner scharf, und Peter sagte: »Zu Hauptkommissar Jörg Stuhlbein, er erwartet uns.«

»Schon möglich, aber so geht das nicht. Weisen Sie sich aus, dann rufe ich den Kommissar, und er holt Sie an der Pforte ab. So läuft das hier.«

Peter wollte ihm schon die passende Antwort geben, aber Stefan raunte ihm zu: »Lass, wir waren schon länger nicht mehr hier, und der Mann ist neu. Der kennt uns nicht, und seit Kriminalrat Christian Tauber hier das Zepter schwingt, herrscht ohnehin ein anderer Wind.«

In der Zwischenzeit hatte der Portier mit Jörg gesprochen, und noch bevor Peter irgendeine Erklärung abgeben konnte, kam Jörg die breite Treppe vom ersten Stock heruntergeeilt. Nachdem er dem Pförtner kurz zugenickt hatte, wandte er sich an die Detektive: »Kommt mit nach oben.«

In seinem geräumigen Büro bot er beiden Platz an und sagte: »Na, ihr macht ja Sachen. Eigentlich habe ich gedacht, ihr wolltet in den Urlaub und euch amüsieren. Wie man sich doch täuschen kann …«

»Läster nur«, sagte Peter grollend. »Es ist ja klar, wer den Schaden hat, braucht für den Spott nicht zu sorgen – aber jetzt mal ernsthaft, wie viel weißt du?«

»So ziemlich alles. Oberkommissarin Enders aus Passau hat mich umfassend informiert – kluge Frau übrigens. Ich weiß, dass ihr nichts mit der ganzen Sache zu tun habt und auch Sven höchstwahrscheinlich nicht der gesuchte Rauschgiftverteiler ist. Genauso wie der getötete Michael Müller.«

»Das heißt, Sven ist von der Fahndungsliste gestrichen.«

»Nein, das jetzt nicht gerade, aber sie sucht immerhin auch nach entlastendem Material.«

»Leider glaubt Michaels Vater anscheinend noch immer, dass wir die Polizei auf seinen Sohn gehetzt haben, um ihn von Sven zu trennen. Immerhin hat er schon den Kommissar getötet, der den tödlichen Schuss ausgeführt hat.« Dann erzählte er auch Jörg von den Drohbriefen.

»Das ist übel«, sagte Jörg, »und es deckt sich mit dem, was Frau Enders gesagt hat. Er dreht vor Schmerz um seinen Sohn völlig durch. Ihm ist alles egal, und er will Rache. Ich verstehe nur nicht, dass es da offenbar jemanden gibt, der das alles mitmacht. Braucht ihr Polizeischutz? Es wäre kein Wunder und auch keine Blöße für euch.«

»Auf keinen Fall. Wie sollen wir uns frei bewegen, wenn ständig eine Klette an unseren Fersen hängt?«

»Wollt ihr in dieser Sache etwa weiter ermitteln?«

»Natürlich, das sind wir Sven schuldig. Immerhin hat er seine große Liebe verloren, wird von dessen Vater verfolgt und, als wenn das nicht genug wäre, des Rauschgifthandels verdächtigt. Sollen wir dabei tatenlos zusehen?«

»Aber eure Sicherheit …«

»… ist zweitrangig. Außerdem hat Claus seine Familie schon aus der Schusslinie gebracht.«

»Meint ihr wirklich, die Drohung gilt auch ihm?«

»Möglich. Vielleicht auch nur Annika und mir oder Stefan und mir, aber sicher ist sicher. Aber auch, wenn wir den Polizeischutz ablehnen: Könnten wir so etwas wie eine ständige Verbindung zu dir halten?«

»Klar doch. Mein Diensthandy und auch meine Privatnummer werden Tag und Nacht für euch erreichbar sein. Außerdem werde ich noch einige der älteren Kollegen, die euch ebenso gut wie ich kennen, einweihen. Franz Leitner zum Beispiel. Leider weiß auch schon unser Chef in groben Zügen Bescheid, sodass wir ihn nicht völlig übergehen können. Trotzdem, macht euch keine Gedanken. Wenn's brenzlig wird, sind wir da.«

»Kannst du uns ein Taxi nach Kelkheim bestellen?«

»Das ist nicht nötig, ich habe in einer halben Stunde Feierabend und bringe euch selbstverständlich nach Hause. Dann kann ich mir den Brief mal ansehen und mit zur Spurensicherung nehmen. Vielleicht gibt es Fingerabdrücke darauf.«

»Rechne lieber nicht damit. Auch wenn der Kerl völlig durchgeknallt ist, macht der doch nicht solche plumpen Fehler.«

»Es können auch andere sein.«

Am nächsten Morgen kam Peter Stettner erst spät ins Büro. Dass die anderen noch später waren, war ihm fast schon klar gewesen. So konnte er den Vorabend noch einmal vor seinem geistigen Auge Revue passieren lassen. Die Detektive hatten mit ihren Partnern, Sven und Hauptkommissar Stuhlbein, noch lange in der Detektei gesessen, um zu beraten. Eigentlich wäre bei solch einem Treffen auch Kim Li Stuhlbein dabei gewesen, Jörgs Frau, ehemalige Inhaberin einer Kampfsportschule, Ausbilderin von Stefan und gute Bekannte der Detektive, aber der Polizeibeamte hielt es schon allein wegen ihrer zwei süßen Töchter nicht für ratsam, sie auch noch in Gefahr zu bringen.

Dafür war Stefanie, Claus Mergentheimers Frau, die eigentlich mit der Detektei nichts zu tun hatte, unerwartet dazugestoßen. Claus hatte sie samt ihrer inzwischen fast zwanzigjährigen Tochter Carola, nachdem dieser Brief im Postkasten gelegen hatte, zu seiner Tante nach Buxtehude geschickt. Aber Carola hatte schon am zweiten Tag Sehnsucht nach ihrem Freund bekommen. »Was geht mich euer Mist an«, hatte sie gesagt und den nächstbesten Zug nach Frankfurt genommen, obwohl die Mutter ihr eindringlich klargemacht hatte, dass sie das alles nicht auf die leichte Schulter nehmen sollte. Die Sicherheit gehe einfach vor. Tags darauf hatte es Steffi auch nicht mehr ausgehalten, sich von Tante Martha verabschiedet, war ins Auto gestiegen und in einem Rutsch durchgefahren. So weit war Peter in seinen Gedanken gerade gekommen, da standen auch Claus und Stefan auf der Matte.

»Wie geht's denn jetzt weiter?«, fragte Stefan.

»Als Erstes werde ich jetzt mit Dr. Pfannmöller wegen Sven telefonieren. Der Junge sitzt in seinem Apartment unterm Dach und dreht Däumchen. Schließlich kann er nicht raus, ohne verhaftet zu werden. Außerdem steht auch er auf der Abschussliste dieses Stoikovics. Wenn wenigstens diese Scheiß-Fahndung nach ihm endlich vom Tisch wäre.«

»Und wie kriegen wir das hin?«

»Dafür brauchen wir jetzt Burkhard, ansonsten können wir eigentlich nur abwarten und vorsichtig sein. Dieser Irre braucht sich nur irgendwo auf die Lauer zu legen.«

»Dass er hierherkommt, glaubst du nicht?«

»Das halte ich für sehr unwahrscheinlich«, sagte Claus. »Schließlich muss er damit rechnen, dass wir hier in der Überzahl sind, und er hat keine Ahnung, wie verteidigungsbereit, sprich bewaffnet wir sind.«

»Da ist was dran, aber abwarten ist eigentlich nicht mein Ding.«

»Das machen wir auch nicht. Wir klemmen uns jetzt ans Internet und recherchieren alles, was wir über diesen Mann erfahren können. Hat er Helfer oder vielleicht Beziehungen

110

ins Rhein-Main-Gebiet, wie steht's um seine Finanzen, und was weiß ich sonst noch.«

»Sollten wir da nicht Olli …«, begann Stefan, aber Peter schnitt ihm das Wort ab. »An und für sich schon, niemand kitzelt mehr Infos aus dem Netz als Olli, aber lass ihn erst mal außen vor. Wir sollten niemanden und schon gar nicht einen vierfachen Vater unnötig in die Schusslinie bringen.«

»Stimmt, scheiße.«

»Dann rufe ich jetzt erst mal Burkhard an.«

Peter, der bislang auf Claus' Schreibtischkante gesessen hatte, ging zu seinem Tisch hinüber und ließ sich auf seinen Stuhl fallen, dass dieser in allen Fugen ächzte. Dann wählte er die Nummer des bekannten Strafverteidigers im Vorruhestand und guten Freundes der Detektive.

»Pfannmöller«, drang ihm die bekannte Stimme entgegen, die allerdings irgendwie müde klang.

»Hallo, Burkhard, dir scheint der Vorruhestand nicht sonderlich zu bekommen«, versuchte Peter einen Scherz, obwohl ihm nicht danach zumute war.

»Das kann man so sagen«, sagte der Anwalt prompt. »Die zwei Tage in der Woche, die ich meiner Tochter in der Kanzlei zur Hand gehe, unterfordern mich. Und ständig nach Mallorca, Rhodos oder sonst wohin zu reisen ist auch nicht die Erfüllung.«

»Na prima, dann kannst du dich um Svens Angelegenheit kümmern, damit dir nicht langweilig wird. Annika hat dich ja bereits am Montag ins Bild gesetzt. Hast du schon etwas unternommen?«

»Ja, es ist bereits einiges am Laufen. Morgen früh werde ich ein ausführliches Gespräch mit Oberkommissarin Enders führen.«

»Warum erst jetzt? Ging das nicht schneller?«

»Ich habe schon kurz mit ihr gesprochen. Gestern war sie kaum zu erreichen, weil sie den ganzen Tag in diversen Besprechungen war und heute im Außeneinsatz. Es muss in Bad Füssing eine größere Polizeiaktion geben wegen dieser Rauschgiftsache. Vielleicht weiß ich morgen um elf Uhr, wenn die Oberkommissarin mich anruft, bereits mehr. Ich melde mich, sobald es bei euch klappt.«

»Okay«, sagte Peter, bedankte sich und legte auf.

Er war zwar nicht ganz zufrieden, aber was sollte er tun? Burkhard war, auch wenn er kurz vor seinem fünfundsechzigsten Geburtstag stand, immer noch der taffste Anwalt, den er kannte.

Wenn er sagte: Schneller geht's nicht, dann war das auch so. Im nächsten Moment fiel ihm ein, dass auch er schon zweiundsechzig Lenze zählte. Das machte die Sache auch nicht besser.

In Passau war gerade die groß angelegte Polizeiaktion zu Ende gegangen. Sie war erst möglich geworden, nachdem bei einer Telefonüberwachung des Betrugsdezernats zufällig von einer Rauschgiftübergabe in Bad Füssing gesprochen worden war.

Leider war etwas von dieser Aktion durchgesickert, sodass sie nur einen Teilerfolg verbuchen konnten. Die Übergabe hatte an einem ganz anderen Ort stattgefunden, und als die Beamten mit einer Hundertschaft am neuen Übergabeort auftauchten, waren die Lieferanten gerade dabei, sich abzusetzen. Nach einem kurzen, aber heftigen Schusswechsel konnten sie unerkannt entkommen. Ihre Fluchtfahrzeuge, die kurz zuvor in Deggendorf gestohlen worden waren, fand man nur wenig später lichterloh brennend in einer Kiesgrube. Als das Feuer gelöscht war, waren sämtliche möglicherweise vorhandenen Spuren vernichtet.

Aber gänzlich erfolglos war der Einsatz dennoch nicht. Der Mann, der die Drogen in Empfang genommen hatte, konnte festgenommen und die Rauschmittel verschiedenster Art, mit einem Marktwert von annähernd hunderttausend Euro, konnten sichergestellt werden. Ein herber Verlust für die Ganoven. Aber der größte Erfolg der Aktion stellte sich erst im Verlauf des Verhörs des Mannes heraus, das Angelika Enders vom frühen Nachmittag an bis tief in die Nacht leitete.

Zuerst gab er sich verstockt und unzugänglich, aber nachdem die Oberkommissarin ihm begreiflich gemacht hatte, dass er seine Position nur mit einem umfassenden Geständnis verbessern konnte und man ihn auch für zahlreiche Morde mitverantwortlich machen würde, er bei einer Verurteilung also auch mit einer Sicherheitsverwahrung rechnen müsse, begann er auszupacken. Er redete wie ein Wasserfall.

»Sie heißen Harald Berling und arbeiten eigentlich für die Konkurrenz von Boris Stoikovic?«

»Ja, man hat mich dort eingeschleust.«

»Warum?«

»Um ihn fertigzumachen. Mein Chef will seine Läden.«

»Wie sollte das geschehen?«

»Ich sollte seinem Sohn Rauschgift unterschieben und ihn dann bei der Polizei verpfeifen.«

»Aber das hätte sich doch schnell aufgeklärt. Wie hätte man Stoikovic damit fertigmachen können?«

»Sein Sohn sollte den Polizeieinsatz nicht überleben und Stoikovic durchdrehen. Hat ja auch geklappt.«

Angelika Enders riss entsetzt die Augen auf. »Wie, Hauptkommissar Stein war auch gekauft?«

»Nein, Stein nicht, der war nur schneller mit dem Schieß-eisen.«

»Wer denn dann?«, fragte die Beamtin, und ihr kam ein fürchterlicher Verdacht.

»Der Einsatzleiter vom SEK. Er stand schon eine ganze Weile auf der Lohnliste meines wirklichen Chefs.«

»Sie meinen Dietmar Schreiber? Der am vergangenen Samstagmorgen vor dem Hofgarten in Bad Füssing ver-storben ist?«

»Verstorben ist gut. Das war Stoikovics erster Mord, den er beging, kurz nachdem ich ihm die Schreckensnachricht vom Tod seines Sohnes überbracht hatte. Damals gingen wir noch davon aus, dass alles wie geplant gelaufen ist.«

»War da Stoikovics Assistent schon beteiligt?«

»Dieser, äh ... bescheuerte Thomas?«

»Ja, genau.«

»Nein, da noch nicht, weil Stoikovic zu diesem Zeitpunkt noch rational handelte. Er wollte nicht erwischt werden. Ich weiß das deshalb so genau, weil ich es geschafft habe, in seiner Organisation mit der Zeit zu seinem persönlichen Berater zu werden. Als wir dann erfuhren, dass es nicht Schreiber war, der geschossen hat, habe ich ihm das brüh-warm erzählt. Da muss irgendwas in ihm kaputtgegangen sein. Plötzlich holt er sich dieses Schoßhündchen namens Thomas, der Spielschulden bei ihm bis zum Abwinken hat. Bislang durfte der immer nur Handlangertätigkeiten verrichten und den Lohn dafür gleich wieder bei ihm ver-spielen. Dann beginnt Stoikovic einen Rachefeldzug, den nicht einmal mein wirklicher Chef in dieser Größenord-nung vorausgesehen hat.«

»Meint er, dass er aus dieser Nummer noch mal unbe-schadet rauskommt?«

»Ich glaube, das ist ihm inzwischen völlig egal. Thomas glaubt tatsächlich, alles geht anschließend weiter wie vorher und er wird dann Stoikovics bisherige rechte Hand Franco, der im Moment die Geschäfte führt, ablösen – blöde, nicht?«

Angelika Enders fand die Machtkämpfe in der Unterwelt von Regensburg zwar sehr interessant, dachte aber auch, dass sie die Angelegenheit der dortigen Kollegen war. Deshalb ging sie mit keiner Silbe darauf ein und fragte stattdessen: »Wie war das mit dem Rauschgift in Michael Müllers Wohnung?«

»Habe ich selbst dort platziert.«

»Hatte dieser Müller etwas damit zu tun?«

»Der war unschuldig wie ein Neugeborener. Wegen dieser Art von Geschäften herrschte letztlich Funkstille zwischen Boris und Michael. Er hat mir mehrmals sein Leid geklagt, sein Sohn wäre so furchtbar anständig. Er hätte so gar nichts von ihm und seinem Geschäftssinn.«

»So weit, so gut, aber wie hat Stoikovic es geschafft, den Mord an Dietmar Schreiber so darzustellen, dass er als natürlicher Todesfall durchging?«

»Ganz einfach. Da Schreiber auf der Gehaltsliste meines Chefs stand, wussten wir, dass er vor wenigen Wochen von seinem Arzt die Diagnose Diabetes Typ 1 bekommen hatte. Das durfte bei der Polizei niemand erfahren, denn dann wäre er vermutlich in den Innendienst versetzt worden. Also hielt er es geheim. Allerdings nicht vor meinem Chef und mir, und so erfuhr es auch Stoikovic. Der hat ihm einige seiner Insulinspritzen gegen Placebos ausgetauscht. Dass er gleich eine davon erwischt, sich den Magen vollschlägt und an einer Überzuckerung stirbt, war für Stoikovic ein glücklicher Zufall.«

»Aha«, sagte die Oberkommissarin nur, dann ließ sie den Mann abführen.

Danach rief sie in der Pathologie an. Sie erzählte dem diensthabenden Mediziner, was sie gerade erfahren hatte, und fragte, wie es sein könne, dass man eine solche Möglichkeit völlig außer Acht gelassen hatte. Schließlich hätte ihnen die Diskrepanz zwischen einer frischen Injektionsstelle und dem Nichtvorhandensein des dazugehörenden Insulinspiegels doch auffallen müssen.

»Wir gingen von einem unglücklichen Zufall aus. Dass ein Neu-Diabetiker seinen Insulinbedarf völlig falsch berechnet und viel zu niedrig dosiert hat«, verteidigte sich der Pathologe.

»Wissen Sie, wer der Mann war?«

»Nur, dass er Polizeibeamter war.«

»Er war der Leiter des SEK. Das hätte Sie stutzig machen sollen. Haben Sie den Leichnam nicht auf eventuell verabreichte Placebos untersucht?«

»Dazu bestand kein Anlass. Außerdem bekommen wir ständig Druck von oben, nicht zu viele unnötige Untersuchungen zu machen wegen der Kostenfrage.«

»Diese Entscheidungen sollten Fachleute treffen, nicht Sessel…«, begann Angelika Enders ärgerlich, fragte dann aber: »Ist die Leiche noch in der Pathologie?«

»Ja, sie sollte eigentlich gestern abgeholt werden, aber das Beerdigungsunternehmen hat es nicht mehr geschafft. Übrigens habe ich während unseres Gesprächs bereits veranlasst, dass der Mann aus dem Kühlhaus geholt wird. In fünf Minuten habe ich ihn auf dem Tisch.«

»Prima«, sagte die Oberkommissarin nur, bedankte sich und legte auf.

Sie hatte das Gespräch kaum beendet, da läutete ihr Tele-

fon. Als sie abnahm, schallte ihr die Stimme von Dr. Pfannmöller aus dem Hörer entgegen.

An diesem Nachmittag saßen Peter, Stefan und Claus gerade im Büro und erledigten mit einigem Widerwillen die
leidige Buchhaltung, da sie wegen der Drohung bis auf
Weiteres keine neuen Aufträge angenommen hatten. Die
beiden Frauen saßen zusammen mit den Zwillingen im
Wohnzimmer und tranken Kakao und Kaffee. Sven hatte
sich in seinem Apartment unterm Dach vergraben und
trauerte, nun, da er zur Ruhe kam, um Michael.

Allen gemeinsam war, dass sie sich zur Untätigkeit verdonnert fühlten und langweilten.

Aber Peter beschäftigte sich unentwegt weiter mit dem
Fall. »Wir wissen jetzt zwar so einiges über diesen Stoikovic«, sagte er, »sogar, dass er Deutscher und kein Kroate
oder Serbe ist, wie man vermuten könnte. Sein Großvater
war es, der aus dem Dorf Rudnik, gute hundert Kilometer
südlich von Belgrad, in den sechziger Jahren mit seiner Familie nach Deutschland gekommen war. Boris Stoikovic ist
erst 1972 geboren. Aber was nutzt uns dieses Wissen? Weil
wir keine Ahnung haben, wo er sich aufhält, müssen wir
warten, bis er sich aus der Deckung wagt.«

»Na ja, ganz so ist es auch wieder nicht«, widersprach
Claus Mergentheimer. »Immerhin haben wir erfahren, dass
Stoikovics Großvater nach seinem Umzug nach Deutsch-
land in Frankfurt untergekommen ist und den Rest seines
Lebens im Rhein-Main-Gebiet gelebt hat. Sein Sohn, Boris'
Vater, ist der Arbeit wegen in den frühen Achtzigern nach
Regens…«

Weiter kam Claus in seinen Ausführungen nicht, denn
plötzlich läutete das Telefon auf Peters Schreibtisch. Peter

erkannte im Display Burkhard Pfannmöllers Nummer, der die direkte Durchwahl zu ihm genommen hatte.

»Was gibt's, Burkhard?«, fragte Peter nur, und der Anwalt sagte: »Gute und schlechte Nachrichten. Die gute zuerst: Die Fahndung nach Sven ist vom Tisch. Es liegt die Aussage eines Mannes vor, der Sven und Michael das Rauschgift untergeschoben hat.«

»Prima. Wie kam das?«

»Das würde jetzt zu weit führen. Ich komme heute Abend vorbei und erzähle euch alles.«

»Aber die Gefahr durch Stoikovic?«

»Das ist die schlechte Nachricht. Die ist eher noch grö-ßer geworden, weil wir jetzt sicher wissen, dass dem Mann inzwischen alles egal ist.«

»Okay, danke. Sagst du es Sven, oder soll ich das machen?«

»Überbringe du ihm die gute Nachricht. Ich mache heute Abend den Rest.«

»Okay, tschüss«, sagte Peter noch, und da er den Laut-sprecher eingeschaltet hatte, wussten auch die Kollegen, dass sie weiter vorsichtig sein mussten.

»Ich geh mal schnell zu dem Jungen rauf«, sagte Peter, und Stefan meinte: »Lass dir ruhig Zeit. Mit der Buchhal-tung sind wir so gut wie durch. Däumchen drehen und uns dabei anstarren brauchen wir nicht.«

»Aber recherchieren.«

»Was denn?«

»Wo der Großvater von Stoikovic gelebt hat, wie lange, ob er hier gestorben ist oder gar noch lebt, hier Besitz er-worben hat und so weiter.«

»Auch wenn du mich für begriffsstutzig hältst. Was soll uns das bringen? Der Großvater und auch Stoikovics Vater waren unbescholtene Bürger.«

»Gerade deshalb, irgendwo muss er untertauchen. Was würde sich besser eignen als vergessener Grundbesitz des Großvaters? Immerhin hatten wir das vor annähernd zehn Jahren schon mal.«[5]

»Verdammt, du hast recht«, sagte Stefan und machte sich gleich ans Werk.

Unterdessen stieg Peter in den zweiten Stock hinauf, wo Sven sein eigenes Apartment eingerichtet bekommen hatte. Er nahm den offiziellen Zugang über die Innentreppe, denn er respektierte Svens Wunsch, dass die eigens für ihn eingerichtete Außentreppe ihm vorbehalten blieb. Als er oben ankam, klopfte er an, was er bei der offen stehenden Balkontür an der Außentreppe nicht gemusst hätte.

Sven öffnete und sah ihn verwundert an: »Du hier oben in meinem Reich? Das kommt aber auch nicht oft vor. Komm rein.«

Nachdem Peter auf dem Sofa Platz genommen und Sven ihm einen Espresso serviert hatte, fragte er ihn: »Peter, du grinst so, ist Stoikovic gefasst?«

»Nein, das leider nicht. Aber die Fahndung nach dir ist vom Tisch.«

Sven sprang unvermutet auf und umarmte Peter stürmisch. »Dass du das geschafft hast, vergesse ich dir nie.« Dabei liefen ihm Freudentränen übers Gesicht. »Wenigstens etwas. Wie kam denn das so plötzlich?«

»Burkhard kommt heute Abend hierher und erzählt uns alles.«

»Wir können doch zusammen zu ihm fahren, oder? Ich kann mich jetzt wieder frei bewegen.«

»Das ist der schlechte Teil der Nachrichten, die ich über-

---

5 Vgl. Die Taunus-Ermittler, Band 4 , Wo ist Verena?

bringen muss. Wir sollten uns nach wie vor nicht ohne Rückendeckung in der Öffentlichkeit zeigen. Stoikovic hat es noch immer auf uns alle abgesehen und nimmt dabei keine Rücksicht auf sich selbst. Ihm scheint inzwischen alles egal zu sein.«

»Na, danke. Soll ich vielleicht das Leben einstellen? Und wie lange noch?«

»Das kann im Moment keiner sagen, aber wir arbeiten verstärkt daran – auch Jörg Stuhlbein. Der wollte übrigens auch noch vorbeikommen und mit uns reden.«

»Okay, heute noch mal ... aber am Samstag fahre ich ins Main-Taunus-Einkaufszentrum, ich will etwas abholen.«

»Was denn?«

»Ich habe etwas bestellt, das bringe ich später zu Michaels Grab in Nürnberg. Ich finde es schlimm genug, dass ich bei seiner Beerdigung, sie findet heute in Nürnberg statt, nicht dabei sein kann.«

»Hm, ja ...«, sagte Peter, dem die richtigen Worte fehlten, und fragte dann, um abzulenken: »Was hast du denn bestellt?«

»Eine Vinyl-Schallplatte von der Dutch Swing College Band – eine sehr seltene und alte Aufnahme. Die gibt's nicht mal im Netz zum Runterladen, und Michael hat nach dieser Platte schon seit einigen Jahren gesucht. Ich will sie ihm sozusagen als letzten Gruß aufs Grab legen.«

»Das bringt mich zu einer Frage, die ich dir schon seit Tagen stellen möchte.«

»Was denn?«

»Wie soll es bei dir beruflich weitergehen?«

»Ich werde Detektiv, was sonst?«

»Nicht Musiker? Seit ich dich gehört habe ... Du spielst einfach fantastisch.«

»Nein!«, sagte Sven so energisch, dass Peter aufhorchte. Er sah seinen Stiefsohn fragend an, und der meinte: »Ich werde in diesem Leben kein Instrument mehr anfassen. Das bin …«

Weiter kam Sven nicht, denn seine kunstvoll aufgerichtete starke Fassade brach in Sekundenbruchteilen in sich zusammen. Er begann hemmungslos zu weinen.

Peter nahm seinen Stiefsohn in die Arme und hielt ihn fest, bis der Tränenstrom versiegt war.

Dann sah Sven seinen Stiefvater, der ihm längst zu seinem engsten Vertrauten geworden war, ratlos an und fragte: »Was habe ich nur an mir, dass das Glück abschreckt? Erst hintergeht mich meine erste große Liebe so sehr, dass alles zerbricht, dann lerne ich ein halbes Jahr später tatsächlich noch mal jemanden kennen, mit dem ich hätte glücklich werden können. Er wird vor meinen Augen erschossen, weil er sich in den Schuss wirft, der eigentlich mir galt. Ich verstehe das alles nicht.«

»Es ist auch verdammt schwer. Damit komme ich zu einem weiteren Grund, warum ich dringend mit dir sprechen muss. Das wäre beinahe im allgemeinen Tohuwabohu untergegangen.«

»Was denn? Du machst mich neugierig.«

»Als ich dich vorhin fragte, ob du Musiker werden willst, und du Nein sagtest, wollte ich dich eigentlich fragen, ob du es vielleicht für Marco Ferreira werden würdest?«

»Wieso sollte ich? Das Kapitel Marco ist vorbei – endgültig«, sagte Sven schärfer, als er beabsichtigt hatte.

»Da bin ich mir aber nicht so sicher. Marco kommt nach Deutschland.«

»Woher weißt du das? Hast du das arrangiert?«, fragte Sven verärgert, und es war offensichtlich, dass das Kapitel Marco für ihn noch längst nicht abgeschlossen war.

Stattdessen drohte nun die vertraute Stimmung zwischen ihnen zu kippen.

»Nein, darauf hatte ich keinen Einfluss. Nur hat Marco schon seit Tagen versucht, dich auf deinem Handy zu erreichen.«

»Weiß ich. Ich habe ihn wiederholt weggedrückt. War echt lästig.«

»Ich weiß, daraufhin hat er mir eine SMS geschickt, und ich habe ihn dann angerufen.«

»Danke auch, aber wie kommt er dazu, ausgerechnet dir ... Ach so, sein Vater. Was habt ihr denn hinter meinem Rücken ausgekungelt?«

»Nichts. Ich habe ihm berichtet, was hier gerade los ist, und er hat mir von sich erzählt.«

Obwohl Sven eigentlich stinksauer sein wollte, gelang ihm das zu seinem Ärger nicht so recht, denn die Neugier war stärker.

»Was hat er denn gesagt?«

»Als ich ihm erzählt habe, was mit deinem Freund geschehen ist, war Marco echt betroffen und schockiert. Aber es hat ihn noch mehr bestärkt, nach Deutschland zu fahren und dir beizustehen.«

»Jetzt verstehe ich gar nichts mehr.«

»Das ist auch nicht so leicht, denn ich verstehe es, ehrlich gesagt, auch erst, seit wir gestern Abend eine halbe Stunde lang miteinander telefoniert haben.«

»Dann hilf mir auf die Sprünge. Ich würde es auch gern verstehen, was dieser Arsch noch von mir will.«

»Weil er genau mit dieser Reaktion gerechnet hat, wollte er ja, dass ich dich schonend darauf vorbereite, dass er am Sonntagabend hier aufkreuzen wird.«

Sven blieb vor Verblüffung der Mund offen stehen, und

das kam zum Teil auch daher, dass ihm diese Nachricht weit weniger unangenehm war, als er es sich eingestehen wollte.

»Marco hat mir erzählt, dass er sich nach eurer Trennung mit Elan in sein Publizistikstudium gestürzt hat, aber schon bald merkte, dass ihm der Stoff einfach zu trocken war. Er wäre mehr der Praktiker, hat er gesagt. Außerdem hat er sich gleich zu Semesterbeginn in eine kurze, aber umso heftigere Affäre geflüchtet, die er aber schon nach wenigen Wochen beendete, da es sich, in seiner Erinnerung an dich, falsch anfühlte. Leider hatte seine Vermieterin, eine stockkonservative Frau, schon vorher Wind von seinem Verhältnis bekommen und ihm die Wohnung gekündigt. Da stand er nun. Mit einem Studium, das ihm nicht lag, einer Affäre, die ihn nicht glücklich machte, am Hals, und einer Vermieterin, die ihn nicht mehr als Mieter haben wollte. Er nutzte die Weihnachtsfeiertage zum Nachdenken. Noch am Heiligen Abend schickte er einen Exmatrikulationsantrag an die Uni. Zwischen den Jahren hatte er seinem Freund den Koffer vor die Tür gestellt und zum ersten Januar die Wohnung selbst geräumt. Da auf die Schnelle in ganz Madrid keine auch nur annähernd bezahlbare Wohnung zu finden war, flog er erst mal nach Mallorca zu seinen Eltern zurück, um sich dort von seinem verkorksten Lebensauftakt, wie er es nicht ohne Galgenhumor nannte, zu erholen. Anfang März stand dann seine Entscheidung fest. Er wollte sich um ein Volontariat bei einer deutschen Zeitung bewerben. Sein Vater hatte ihn mit seinen guten Verbindungen zur deutschen Presse dabei unterstützt. Dennoch hatte es einige Zeit gedauert, bis sie etwas Passendes – es sollte hier im Rhein-Main-Gebiet sein – fand. Am ersten September fängt er beim Taunus-

Express in Bad Homburg an. Bis dahin hofft er, im vorderen Taunus eine bezahlbare Wohnung gefunden zu haben.«

»Er will doch nicht etwa vorübergehend hier einziehen?«, fragte Sven erschrocken und stellte noch entsetzter fest, dass sich der Schreck in Grenzen hielt.

»Nein, er wird bis auf Weiteres in der Neustadt-Pension in Oberursel wohnen. Wirst du am Sonntag mit ihm sprechen?«

Sven überlegte kurz, dann sagte er: »Ja, meinetwegen«, und hoffte, dass es einigermaßen gelangweilt klang.

8.

»Diese verdammten Arschlöcher halten sich ziemlich bedeckt«, murrte Boris Stoikovic, der mit Thomas Enders in ihrem Versteck, einer einsam gelegenen Hütte am Waldrand, irgendwo im Taunus ausharrte. »Aber irgendwann werden sie unvorsichtig.«

»Boris«, sagte Thomas. »Sag mir bitte die Wahrheit. Kommen wir jemals zurück in unser altes Leben, wenn das hier erledigt ist? Werde ich jemals dein Assistent werden?«

Wenn Thomas erwartet hatte, wieder einmal nur die gewöhnlichen Beschwichtigungen zu hören, dann war er umso überraschter, als Boris nur trocken sagte: »Nein, das denke ich nicht.«

Er ließ sich aber nichts anmerken. Stattdessen sah er seinen Boss fragend an, der ihm nach kurzem Zögern sagte: »Hör zu, ich sage dir jetzt etwas, das weiß sonst niemand. Nicht einmal mein Geschäftsführer in Regensburg.«

»Was denn?«

»Ich habe Anfang der Nullerjahre, kurz nach der Euro-Umstellung, mit einem Kumpel zusammen in Frankfurt am Main einen Geldtransporter überfallen. Dabei ist mein Kumpel bei der Flucht erschossen worden. Ich bin mit der Beute, fast fünf Millionen Euro, unerkannt entkommen. Das Geld liegt hier im Taunus vergraben.«

»Wo?«

»Das werde ich dir gerade jetzt auf die Nase binden. Für so blöde solltest du mich besser nicht halten.«

»Ich würde dich nie hintergehen, Boss«, sagte Thomas in einem so ehrlichen Tonfall, dass so mancher es ihm direkt abgenommen hätte.

»Mag sein, aber Vorsicht ist besser. Haha, aber weil du bislang so loyal zu mir gestanden hast und es weiterhin tun willst, verrate ich dir eines. Wenn ich nach getaner Arbeit mich nach Afrika absetze, kommst du mit. Dort bauen wir uns mit dem Geld etwas auf.«

»Natürlich stehe ich weiter zu dir«, sagte Thomas, und es klang abermals ehrlich.

Dass Boris Stoikovic schon lange andere Pläne mit Thomas hatte, ahnte der ebenso wenig, wie es Boris in den Sinn kam, dass auch Thomas in diesem Moment beschloss, sich das Geld allein unter den Nagel zu reißen.

Sven ließ sich nicht beirren und fuhr, ganz wie er es geplant hatte, am Freitagmorgen ins Main-Taunus-Zentrum, einen großen, auf dem freien Feld bei Sulzbach stehenden Einkaufskomplex. Das riesige Areal mit über einhundertfünfzig Geschäften und viertausend Parkplätzen war unübersichtlich genug, um einem Angreifer überall Deckung zu bieten. So kam es denn auch, dass Sven den einen Wagen unter hunderten, der kurz nach ihm die Zufahrt zum Einkaufszentrum befuhr, übersah.

Er war froh, dass er sein Auto wiederhatte, das bis zum Vortag noch in Bad Füssing gestanden hatte und von Olli Krause auf Peters Bitten hin abgeholt worden war. Der ehemalige Hacker und heutige Internetermittler hatte sich zuerst dagegen gesträubt und gemeint, er sei doch kein Chauffeur, aber was blieb ihm bei seiner ewigen Geldnot und seiner ständig wachsenden Familie anderes übrig, als Peters äußerst großzügiges Angebot anzunehmen?

Sven parkte auf einem der Parkdecks und fuhr mit dem Aufzug hinunter in die Ladenstraße, die dorthin führte, wo der Plattenladen lag, der eine beachtliche Anzahl Vinylscheiben im Angebot hatte. Direkt neben einem großen Kaufhaus kauerte sich das unscheinbare Geschäft in eine Nische, wo nur wenig Publikumsverkehr herrschte. Sven setzte sich auf dem Hauptweg auf eine der zahlreichen Bänke, um kurz darüber nachzudenken, wann er nach Nürnberg zum Grab von Michael fahren würde – da geschah es.

Kurz hintereinander knallten zwei Schüsse. Der junge Mann fühlte einen heftigen Schmerz am Oberarm und warf sich instinktiv zu Boden. Das war sein Glück, denn nur so verfehlte ihn der zweite Schuss, der vermutlich, wie es später hieß, seinen Kopf nicht verfehlt hätte. Da hatte die ältere Frau, die sich gerade neben ihm auf der Bank niederlassen wollte, weniger Glück. Die Kugel traf sie schräg von hinten und blieb in ihrer Nierengegend stecken. Mit einem lauten Aufschrei ging auch sie zu Boden. Nur wenige Sekunden später waren sämtliche Menschen im Umkreis von zwanzig Metern verschwunden und in Deckung gegangen. Nur zwei Polizisten, die gerade auf Streife im Einkaufszentrum unterwegs waren, suchten mit gezogener Waffe die Umgebung ab. Während der eine mit seinem Sprechfunkgerät Verstärkung herbeirief, wagte der andere sich zu den beiden Verletzten vor. Sven, der außer einem Riesenschrecken und einem Streifschuss am Arm nicht allzu viel abbekommen hatte, signalisierte dem Beamten, dass die etwa fünfundsechzigjährige Frau, die wimmernd am Boden lag, dringend ärztliche Hilfe benötigte.

»Schon klar«, sagte der Beamte unwirsch und rief, als alles ruhig blieb, nach dem Rettungswagen auch die Kriminalpolizei in Hofheim an. So erfuhr auch Jörg Stuhlbein von den Ereignissen.

Er beorderte sofort eine Hundertschaft ins Main-Taunus-Zentrum, hatte aber nur wenig Hoffnung, den oder die Täter noch stellen zu können. Ihm war klar, dass der Heckenschütze oder Sniper, wie man heute in einer nach Anglizismen lechzenden Welt sagte, längst über alle Berge war. Zumal er sofort ahnte, wer da auf wen geschossen hatte.

Auf seinem Weg ins Bad Sodener Kreiskrankenhaus, wohin man die beiden Verletzten gebracht hatte, fuhr er noch schnell in der Detektei vorbei, um Peter und Annika darüber zu unterrichten, dass auf ihren Sohn geschossen worden war.

»Um Himmels willen! Ich muss sofort zu ihm«, schrie Annika entsetzt auf, und Peter hatte alle Hände voll zu tun, ihr auszureden, mit ins Krankenhaus zu fahren.

»Bleib bitte zu Hause, wer weiß, ob dieser Irre schon wieder dort lauert. Es reicht, wenn ich mich der Gefahr aussetze.«

»Vielleicht sollte ich mitkommen und Svens Rolle im Krankenhaus übernehmen«, warf Claus Mergentheimer ein.

»Als Lockvogel?«, fragte Stuhlbein ganz entsetzt.

»Ja, klar. Warum nicht?«

»Weil er dich bis jetzt hoffentlich noch gar nicht auf dem Schirm hat. Dich können wir vielleicht noch besser bei der Suche nach ihm einsetzen«, sagte er zu seinem ehemaligen Kollegen, und dann wieder an alle gewandt: »Sven ist zum Glück nur leicht verletzt. Ich werde ihn hierher zu euch bringen, und ihr bekommt ab jetzt, ob euch das passt oder nicht,

Polizeischutz. Keinesfalls lasse ich mich von euch umstimmen, denn ich habe das alles meinem Vorgesetzten gegenüber zu vertreten. In den nächsten Tagen wird sich immer ein Beamter der Kripo in eurer Nähe aufhalten, basta.«

Seine Freunde sahen Jörg entsetzt an, und Peter fragte mehr oder weniger energisch: »Wie sollen wir denn dabei arbeiten?«

»Gar nicht. Ich hoffe, in wenigen Tagen ist der Spuk vorbei. Bis dahin wäre es gut, ihr würdet euch so weit wie möglich alle hier im Haus aufhalten.«

»Auch wir?«, fragte Claus.

»Steffi und Carola, denke ich, sind nicht in Gefahr. Nichtsdestotrotz werde ich die Polizeistreifen in eurer Straße verdoppeln. Du solltest zumindest vorerst vorsichtig sein, wenn du abends heimfährst.« Dazu fiel dem Hofheimer Kommissar noch etwas ein, er wollte aber zumindest vorerst zu Claus nichts sagen. Deshalb sprach er schnell weiter: »Aber Stefan und Verena sollten am besten vorübergehend hier einziehen.«

»Du hast die Zwillinge vergessen. Auch wenn noch Sommerferien sind und sie im Moment nicht in die Schule müssen, wollen sie abends heim in ihr Reich und nicht hier auf dem unbequemen Sofa schlafen«, sagte Stefan, und Verena schob nach: »Wahrscheinlich wirst du das selbst erst dann merken, wenn deine Kinder in die Schule gehen.«

»Stimmt, wenn ich nachher mit Sven zurückkomme, wird auch meine Kollegin Barbara Seeger hierherkommen. Dann reden wir weiter.«

Mit diesen Worten verabschiedete sich der Kommissar von seinen Freunden.

Wenige Minuten später fuhr er über die Limesspange dem Sodener Krankenhaus entgegen.

Gar nicht so dumm, Claus' Idee mit dem Lockvogel, dachte er unterwegs. Den Typen war durchaus zuzutrauen, dass sie es im Krankenhaus nochmal versuchen. *Besonders wenn wir sie mit der richtigen Rundfunkmeldung füttern.*

Noch bevor er in der Klinik ankam, wusste er, wie er weiter vorgehen wollte. Als Erstes musste er Franz Leitner im Kommissariat anrufen, um in Funk und Fernsehen die passende Meldung zu platzieren. Außerdem dachte Jörg weiter darüber nach, ob Claus wirklich nicht in Gefahr war. Immerhin hatte man es hier mit unberechenbaren Elementen zu tun. Claus brauchte zusätzlichen Schutz. Am besten, ohne dass er selbst es merkte.

Genau das war des Rätsels Lösung, dachte Jörg, als er am Krankenhaus vorfuhr. Er würde mit Franz Leitner darüber sprechen, ob dieser oder vielleicht auch ein anderer Kollege hinter Claus herfahren könnte, bis er zu Hause war. Dann wäre ihm wohler zumute. Gleich wenn er wieder in Hofheim war, würde er mit Leitner reden.

Auf dem Parkdeck im Sodener Krankenhaus angekommen, stieg Jörg schnell aus und ging mit eiligen Schritten auf den Gebäudekomplex zu. Am Anmeldeschalter fragte er nach dem Weg zur Unfallchirurgie. Dort angekommen, hatte er das Glück, dass ihm der Chefarzt auf dem Flur begegnete und ein paar Minuten Zeit hatte, mit dem Kommissar zu reden.

»Ist es irgendwie möglich, ein Zimmer, oder besser noch, einen ganzen Flur für zwei oder drei Tage zu räumen, um niemanden zu gefährden, wenn wir die Gangster in die Falle locken?«

Etwa zur gleichen Zeit kamen die beiden Ganoven in ihr Versteck zurück. Thomas, dem der ganze Rachefeldzug entschieden zu lange dauerte, murrte: »Du prahlst doch immer damit, dass du so ein hervorragender Schütze bist! Der zweite Schuss, okay, das war halt Pech. Konnte wirklich keiner ahnen, dass der sich gleich in wilder Panik auf den Boden wirft. Aber schon der erste hätte einfach sitzen müssen.«

»Hast ja recht«, sagte Boris unerwartet zahm, und ihm schien gar nicht aufzufallen, dass sein Helfer dafür immer aufmüpfiger wurde. »Aber das mit der Frau hätte ...«

»Was ist mit dir? Wirst du zum Softie? Die Alte hätte nicht so blöde sein und in den Schuss reinlaufen müssen«, kam es prompt.

»Darum geht es mir nicht. Aber hast du das riesige Bullenaufgebot gesehen, als wir verduftet sind?«

»Ja schon, aber die sind ohnehin zu doof, um etwas zu schnallen.«

»Glaub ich nicht ... die waren verdammt schnell da und wussten Bescheid – gleich mit acht, neun Wagen. Jetzt heißt es vorsichtig sein.«

»Boss, warum hauen wir nicht gleich ab? Noch haben wir Zeit dazu. Lass mich das Geld holen und dann nichts wie weg von hier.«

»Erstens habe ich hier noch etwas zu erledigen, und zweitens werde ich gerade dich schicken, das Geld auszugraben. Für wie blöd hältst du mich denn?«

Boris Stoikovic hatte genau gemerkt, wie Thomas die Ohren gespitzt hatte, als das Wort »ausgraben« gefallen war.

Na, dann such mal schön, dachte er und grinste in sich hinein.

Ihm war nunmehr klar, dass sein skrupelloser Juniorpartner genau das tun würde und nur darauf lauerte, allein mit dem ganzen Bündel verduften zu können.

Deshalb ließ er ihn gar nicht erst zum Nachdenken kommen: »Schalt das Radio ein, irgendwas werden die in den Nachrichten bringen. Wenn nicht, sehen wir uns heute Abend die Hessenschau an, da ist garantiert was dabei.«

»Wozu sollte das gut sein?«

»Schalte auch dein Hirn ein, vielleicht kommst du ja von selbst drauf.«

Im Bad Sodener Krankenhaus liefen unterdessen die Vorbereitungen für die Falle auf Hochtouren. Peter und Stefan ärgerten sich, dass sie nicht dabei sein konnten.

Hauptkommissar Stuhlbein hatte Kriminalrat Christian Tauber unterrichtet, der seit zwei Jahren die Geschicke der Hofheimer Kriminalpolizei leitete und wirklich ein guter Nachfolger Schuchheims war. Manfred Schuchheim war immer etwas umständlich gewesen und hätte bestimmt allergisch auf die Nachricht reagiert, dass die Taunus-Ermittler in der Sache drinhingen. Zwar war auch Christian Tauber nicht gerade glücklich darüber, dass die Privatdetektive ihnen immer wieder einmal in die Parade fuhren, aber er war inzwischen umfassend über das Regensburger Mörderduo informiert und pragmatisch genug, um persönliche Animositäten außen vor zu lassen.

»Selbstverständlich machen wir das genauso« war alles, was er am Telefon zu seinem Hauptkommissar gesagt hatte. »Ich spreche mit Kommissar Leitner den Text für die Rundfunkmeldung ab, dann komme ich zu Ihnen in die Klinik.«

Jörg Stuhlbein hatte nicht einmal »Das ist doch nicht nötig« zu seinem Vorgesetzten sagen können, so schnell hatte Tauber den Hörer aufgelegt.

Nun stand der Kriminalrat neben dem Hauptkommissar,

hatte ihm die Leitung des Einsatzes aus der Hand genommen und sprach mit dem Vertreter der Klinikleitung.

»Wir konnten Ihrem Wunsch nach einem ganzen Flur für diesen Einsatz nur deshalb entsprechen, weil wir gerade eine Station renovieren und diese ohnehin geräumt ist«, sagte der stellvertretende Leiter der Klinik. »Da die Handwerker mit ihrer Arbeit bereits fertig sind, haben sie schon begonnen, ihr Werkzeug abzuräumen. Im laufenden Betrieb hätten wir Ihr Ansinnen rundweg ablehnen müssen. Das wäre für die anderen Patienten viel zu gefährlich gewesen.«

»Ich bin schon froh, dass Sie uns so weit entgegenkommen«, sagte Kriminalrat Tauber, »das ist nicht selbstverständlich.«

»Schon gut. Aber Sie müssen mir auch versprechen, dass Sie die Gangster noch innerhalb der Station verhaften.«

»Wir werden unser Bestes tun«, sagte Tauber und fragte dann: »Wie geht es eigentlich der angeschossenen Frau und dem jungen Stettner?«

»Die Frau ist über den Berg, obwohl sie sehr viel Blut verloren hat, und Herr Stettner ist putzmunter. Sein Streifschuss am Arm ist auch nicht weiter schlimm. Der junge Mann wollte sogar schon, dass wir ihm ein Taxi rufen. Ich habe ihn gebeten, noch zu bleiben, weil ich dachte, Sie wollen vielleicht mit ihm reden.«

»Prima«, sagte Christian Tauber. Wenigstens ein paar Leute, die weiterdachten, denen man nicht alles haarklein auseinandersetzen musste, dachte er.

Dann sagte er zu Jörg Stuhlbein: »Das können Sie machen. Und bringen Sie den jungen Mann am besten anschließend nach Hause. Da Sie mit allen dort befreundet sind, ist das okay. Sie achten aber bitte darauf, dass die

Taunus-Ermittler auch wirklich zu Hause bleiben und uns hier nicht dazwischenfunken. Das Ganze wird auch ohne die Detektive schon schwierig genug. Ich organisiere das hier inzwischen allein.«

In ihrem Versteck im Hochtaunus saßen Boris Stoikovic und Thomas Enders wie auf glühenden Kohlen. Beide waren unruhig, weil sie zur Untätigkeit verdonnert waren, solange sie nicht wussten, wie dicht ihnen die Polizei auf den Fersen war. Dass sie hier oben, bei ihrer Hütte am Waldrand, und auch im nahe gelegenen Ort keine erhöhte Polizeifrequenz feststellen konnten, ließ sie allmählich aber wieder ruhiger werden.

»Dass so gar nichts darüber im Radio kommt, finde ich seltsam«, sagte Boris gerade, da hätten sie die Suchmeldung der Polizei am Anfang der Sechzehn-Uhr-Nachrichten beinahe überhört. »… Boris Stoikovic und Thomas Enders aus Regensburg, die wegen mehrerer Morde gesucht werden. Sie sollen sich nach letzten Meldungen derzeit im Raum Frankfurt am Main aufhalten. Wer sachdienliche Angaben zum Aufenthalt der beiden bewaffneten Männer machen kann, soll sich beim nächsten Polizeirevier melden.«

»Raum Frankfurt, prima – nichts wissen die«, sagte Thomas triumphierend, und auch Boris wirkte nicht unzufrieden.

Dann folgten einige Nachrichten zum aktuellen Weltgeschehen, bevor der Sprecher auf ihren Auftritt als Heckenschützen am Vormittag einging. Diesem Bericht nach war Sven Stettner doch etwas schwerer verletzt, als es zuerst den Anschein gehabt hatte. Er würde, hieß es, noch wenigstens drei Tage im Krankenhaus verbringen müssen. Außerdem erfuhren sie, dass er streng abgeschirmt wurde und unter Polizeibewachung stand.

»Streng abgeschirmt, Polizeibewachung«, sagte Thomas verächtlich. »Einen übermüdeten Bullen werden sie ihm vor die Tür gesetzt haben, der trotz zehn Tassen Kaffee irgendwann wegknackt. Die haben ohnehin nicht genug Leute.«

»Sag das nicht. Ich denke, da können wir mehr erwarten. Diese Meldung war sowieso für uns bestimmt.«

»Hä?«, fragte Thomas verblüfft und verständnislos. »Wie meinst du das?«

»Das sollte eine Warnung sein und bedeutet so viel wie: Versucht es bloß nicht, wir sind vorbereitet.«

»Wenn das so ist … Vielleicht sollten wir ausnahmsweise mal auf sie hören.«

»Nein, ganz bestimmt nicht. Jetzt erst recht, denn dass sich jemand bis in die Höhle des Löwen wagt, halten die in ihrer Beschränktheit doch für völlig unmöglich. Ich habe auch schon einen Plan.«

»Welchen denn?«, fragte Thomas.

»Wir werden uns morgen den ganzen Tag auf die Lauer legen und die Lage sondieren. Am Sonntag, wenn die höchstwahrscheinlich tatsächlich einen Personalengpass haben, schlagen wir zu. Mit ein bisschen Glück erwischen wir auch noch Peter Stettner, seine Frau, seinen Compagnon Weimershaus oder am besten gleich alle, die gerade kommen, um diesen vermaledeiten Sven zu besuchen.«

»Hoffentlich hast du recht«, sagte Thomas, dem angesichts der Risikofreudigkeit seines Partners richtig mulmig wurde. Aber was sollte er machen? Immerhin musste er so lange das Vertrauen seines Chefs behalten, bis der ihm das Versteck des Geldes preisgegeben hatte. Erst dann würde er ihm sein wahres Gesicht zeigen.

So verging der Samstag verdächtig ruhig im Hause Stettner, und Jörg Stuhlbein hatte seine Truppe, unterstützt von einigen Schutzpolizisten der Hofheimer Wache, so gut eingeteilt, dass rund um die Uhr jemand bei den Detektiven war und auch im Krankenhaus mindestens sechs Leute auf der Lauer lagen.

Selbst wenn Stefan, Verena und die Zwillinge nachts in ihre Wohnung zum Schlafen fuhren, folgte ihnen unauffällig ein ziviler Wagen der Hofheimer Kripo. Dass derjenige, der diesen Job machte, die erste Hälfte der Nacht in der Nähe der Eigentumswohnung der Familie Weimershaus Wache hielt und in der zweiten Nachthälfte von dem Beamten, der Claus eskortiert hatte, abgelöst wurde, ahnten sie nicht. Ebenso wenig, dass die derzeit nur zwölf Mitarbeiter der Hofheimer Kripo für die Sicherheit der Taunus-Ermittler Überstunden ohne Ende schoben und dass für Sonntag tatsächlich ein, wenn auch nur kleiner, Personalengpass bestand.

Doch als Hauptkommissar Stuhlbein in Wiesbaden bei der ständigen Mordkommission im Präsidium und später auch beim LKA anfragte, wurde eine vorübergehende Aufstockung des Hofheimer Personals abgelehnt. »Meinen Sie nicht, dass Sie da etwas übertreiben?«, hatte man ihn gefragt, als er endlich den Verantwortlichen am Apparat hatte, und als er dem hochrangigen Beamten die neuesten Entwicklungen geschildert hatte, hatte dieser gemeint: »Sie wissen doch selbst am besten, dass die Taunus-Ermittler gern im Dreck wühlen. Der Schuss aus dem Hinterhalt im Main-Taunus-Zentrum hat bestimmt andere Hintergründe. Diese Ganoven aus Bayern sind bestimmt schon über alle Berge. Die wären schön blöde ...«

Weiter hörte Jörg Stuhlbein nicht mehr zu. Er knallte

den Hörer auf die Gabel und brüllte laut in den Raum: »Du hirnamputierter Sesselfurzer!«

Glücklicherweise hatte er das Gespräch so schnell beendet, dass der Kriminaloberrat beim LKA nichts mehr davon mitbekam.

Am Sonntagmorgen um sechs Uhr war Wachablösung im Krankenhaus. Jörg Stuhlbein, der nach einer aufreibenden Sechsunddreißig-Stunden-Schicht für einige Stunden zum Ausschlafen nach Hause gefahren war, hatte die Leitung des Einsatzes im Krankenhaus an seinen Chef, Kriminalrat Tauber, übergeben. Ganz wohl war ihm nicht dabei, schließlich hatte Tauber schon einige Jahre keine Einsatzpraxis mehr, aber es war erst recht unverantwortlich, dass er selber auf seinem Posten blieb, denn er war hundemüde.

Während er nach Flörsheim-Wicker in sein schmuckes Einfamilienhaus fuhr, wo er mit seiner halbasiatischen Frau Kim Li und ihren beiden Kindern wohnte, ging er noch mal alle Vorbereitungen durch, die sie getroffen hatten.

Sie hatten die ganze geräumte Station so hergerichtet, dass auf den ersten Blick unmöglich zu erkennen war, dass hier kein regulärer Krankenhausbetrieb stattfand. Die Beamten saßen als Schwestern und Pfleger getarnt im Schwesternzimmer, und einer hielt vor dem Zimmer Wache. Außerdem lag ein Polizist als Patient getarnt auf einer Transportliege im Flur. Ganz zu Recht hatte der Hauptkommissar angenommen, dass Stoikovic sofort misstrauisch werden würde, wenn er keinen Wachposten sähe oder die Station unnatürlich wirkte. Dass der Wachmann vor der Tür instruiert war, die beiden unbehelligt ins Zimmer, aber nicht mehr herauszulassen, brauchten die Gangster nicht zu wissen. Aber Jörg Stuhlbein wäre nicht der Perfektionist gewesen, der er war, hätte er nicht auch für den Fall vorgesorgt, dass etwas schiefgehen sollte. Wenn die beiden Gangster es wirklich schaffen sollten zu entkommen, sollten sie die Gewissheit mitnehmen, Sven Stettner getötet zu haben. Deshalb hatten sie das Bett im Zimmer zwölf so präpariert, dass die Deckenrolle nicht nur wie eine schlafende Person aussah, sondern auch noch eine Perücke zu sehen war, die Svens blondem Haarschopf aufs Haar glich. Außerdem hatten die Beamten sich eine hochwertige Beinprothese, die kaum von einem echten Bein zu unterscheiden war, beschafft, die sie so unter der Rolle hervorschauen ließen, als ob dort wirklich jemand liege. Da Stoikovic und Enders nicht viel Zeit blieb, wenn sie unerkannt entkommen wollten, würde der Bluff bestimmt gelingen.

So weit, so gut. Nur die Nachmittagsschicht machte ihm Sorgen. Wenn um vierzehn Uhr Wachablösung war, hätte er bis zweiundzwanzig Uhr nur vier Beamte auf der Station. Deshalb wollte er unbedingt versuchen, bis spätestens halb zwei wieder in der Klinik zu sein, um Christian Tauber, der bis dahin schon zu Hause …

So weit war er in seinen Gedanken gerade gekommen, als er auf sein Grundstück fuhr und vor der Garage anhielt. Er war noch nicht ganz ausgestiegen, da stürmten seine beiden Töchter, die inzwischen beide dem Kinderwagenalter entwachsen waren, aus der Haustür und rannten auf ihren Vater zu.

Während sie ihn erst umarmten und dann seine Hände fassten, um ihn mit ins Haus zu ziehen, ahnte er, dass an Schlafen wohl kaum zu denken war. Als sie dann noch sagten: »Papa, spiel mit uns!«, wusste er es.

Christian Tauber stand am Fenster im Schwesternzimmer, in dem er sich mit mehreren Beamten aufhielt, und starrte auf das ungefähr fünfzig Meter entfernte Parkdeck des Krankenhauses. Ihm fielen zum wiederholten Mal zwei Ärzte in weißen Kitteln auf, die rauchend an ein Auto gelehnt standen und sich angeregt unterhielten.

»Hans, sehen Sie mal«, sagte er zu seinem Kollegen, dem vom Dienstrang zweithöchsten Kommissar der Hofheimer Kriminalpolizei. Der inzwischen Sechzigjährige würde schon bald in seinen verdienten Ruhestand gehen. So stand der Mann schwerfällig auf und trat neben seinen Chef ans Fenster. Sein lädiertes Knie, das er sich bei einem Einsatz vor zwei Jahren zugezogen hatte, schmerzte fürchterlich. Damals hatte ein flüchtender Ganove ihn in die Enge getrieben und es mit einer Eisenstange bearbeitet. Seitdem war Hans Heisslitz, der immer der Fitteste von allen gewesen war, nicht mehr der Alte.

»Was gibt's, Chef?«

»Die beiden Ärzte da unten sehe ich jetzt schon zum dritten Mal.«

»Die auf dem Parkplatz? Können Sie die zwei auf diese Entfernung erkennen? Donnerwetter. Solche Augen möchte ich auch haben.«

»Nein, ihre Gesichter erkenne ich natürlich nicht.«

»Sind Sie sicher, dass es immer dieselben sind? Stehen Sie immer bei dem gleichen Wagen?«

»Nein, das erste Mal standen sie am Geländer – ganz am Ende des Parkdecks. Das zweite Mal am anderen Ende an einen Wagen gelehnt.«

»Das ist doch noch weiter weg. Welches Auto war es denn?«

»Damit ist vorhin eine junge Frau weggefahren.«

»Okay, was spricht sonst dafür, dass es immer dieselben Leute sind?«

»Größe und Statur sind gleich und könnten auch in etwa auf Stoikovic und Enders zutreffen, nach allem, was wir aus Bayern wissen.«

»Hat jemand von euch ein Fernglas dabei?«, fragte Heisslitz seine beiden Kollegen, und als einer von ihnen zurückfragte: »Wozu denn? Willst du Vögel beobachten?«, sagte er grinsend: »Schräge vielleicht.« Er fügte hinzu: »Kommt doch mal her, vielleicht hat jemand von euch gute Augen«, korrigierte sich aber gleich wieder: »Ihr könnt sitzenbleiben, die Vögel sind ausgeflogen. Zur Sicherheit mache ich aber noch eine Halterabfrage zu dem Wagen, an dem sie gestanden haben.«

Wenige Minuten später wussten sie, dass auch diese Idee zu nichts geführt hatte. Der Wagen gehörte einem Dr. Robert Reiter, seines Zeichens Stationsarzt auf der Gynäkologie.

»Ich mach mich dann nach Hause zu meiner Frau, die wartet schon viel zu lange mit dem Essen auf mich«, sagte Christian Tauber, und zwei Kollegen, deren Schicht zu Ende war, wollten sich anschließen.

»Wartet noch einen Moment, bis Barbara Seeger da ist. Außerdem müssen wir nicht gerade zu dritt rausgehen. Wenn die vielleicht das Krankenhaus beobachten, fallen wir auf.« Tauber schwieg einige Sekunden. Dann fragte er Hans Heisslitz: »Sind Sie noch fit? Kann ich Ihnen eine zweite Schicht zumuten?«

»Klar«, sagte Heisslitz und biss die Zähne aufeinander. In dem Moment betrat Barbara Seeger den Raum.

»Hallo, Kollegen«, sagte sie und nickte ihrem Chef zu. »Ist Jörg noch nicht da?«

»Nein, aber er wird sicher bald kommen. Gönnen wir ihm noch etwas Ruhe.«

Dann ging Christian Tauber, und nur fünf Minuten nach ihm gingen auch die beiden Kollegen.

Auf dem Parkplatz standen unterdessen Boris Stoikovic und Thomas Enders. In ihren Arztkitteln fielen sie kaum auf, und die Mitarbeiter des Krankenhauses, die nach Feierabend zu ihren Wagen gingen, schienen ihnen ihre Verkleidung abzunehmen. Nicht wenige grüßten höflich und respektvoll, wenn sie in der Nähe vorbeigingen.

»Da oben im zweiten Stock in der Mitte muss die Station sein, wo dieser Sven liegt. Nicht mehr lange, dann liegt er ganz woanders – im Kühlraum.«

Thomas grinste und wollte etwas erwidern, da sagte Boris: »Verdammt, was war das?«

»Boss, was ist?«

»Mir war, als ob sich die Jalousie bewegt und ich mehrere Leute am Fenster gesehen hätte.«

»Das kannst du von hier aus erkennen?«, fragte Thomas ehrlich verblüfft. »Sollten wir dann nicht besser abbrechen?«

»Ganz bestimmt nicht«, sagte Boris. »Aber wir gehen mal ein bisschen aus der Sonne.«

Die beiden traten in den Schatten des Treppenhauses, von wo aus sie den Eingangsbereich des Klinikums fast ebenso gut im Blick hatten, aber ihrerseits von den Stationen aus nicht gesehen werden konnten.

»Boss, wann willst du zuschlagen?«, fragte Thomas, dem das Ganze nicht gefiel.

»Sehr bald. Siehst du den Mann, der gerade aus dem Haupteingang kommt?«

»Ja, wer ist das?«

»Siehst du, das ist der Unterschied zwischen dir und mir. Ich weiß es. Hättest du gestern Abend mit mir die Hessenschau angesehen, wüsstest du es auch. Das ist der Chef der Hofheimer Kriminalpolizei. Er hat gestern eine Pressekonferenz gegeben.«

»Wann soll's denn endlich losgehen?«, fragte Thomas, der das Ganze gern hinter sich gehabt hätte, noch einmal eindringlich.

»Jetzt. Wenn du nicht nur jammern, sondern stattdessen die Lage sondieren würdest, wüsstest du, dass soeben noch zwei Polizisten in Zivil das Krankenhaus verlassen haben. Es ist Wachablösung, aber die anderen sind noch nicht da.«

»Woher willst du das wissen?«

»Weil ich Bullen auf hundert Meter Entfernung rieche. Es sind aber in der letzten halben Stunde keine reingegangen. Los, auf, komm jetzt.«

Kurz darauf gingen die beiden durch den Eingangsbereich der Klinik am Informationsschalter vorbei, wo sie am Vortag bereits nachgefragt hatten, auf welcher Station sie Sven Stettner finden konnten. Der Mann am Empfang hob gelangweilt den Kopf und sah aus seiner Zeitung auf, senkte ihn aber gleich wieder. Von Weitem konnte Boris Stoikovic die Schlagzeile erkennen, und was er sah, beruhigte ihn: *Nach dem Desaster vom Samstag! Eintracht rutscht ins untere Tabellendrittel.* Der Mann interessierte sich demnach deutlich mehr für das Abschneiden des Frankfurter Fußballvereins als dafür, wer ins Krankenhaus kam.

Boris Stoikovic grinste Thomas zu und flüsterte: »Klappt doch.«

Was sie nicht ahnen konnten, war, dass der Mann am Schalter, kurz nachdem sie aus seinem Blickfeld verschwunden waren, sein Funkgerät zückte und »Sie kommen!« hineinsprach.

Dieser Funkspruch war für Hans Heisslitz bestimmt, der die Leitung der Aktion innehatte, nachdem Hauptkommissar Jörg Stuhlbein noch immer nicht aufgetaucht war.

»Kein Wunder, auch er muss nach vier Schichten in Folge auch mal ausschlafen. Die zwei Stunden im Ruheraum auf der Wache können einen regulären Feierabend nicht ersetzen«, sagte er zu Barbara Seeger, die zustimmend nickte. Auch sie schob ganz wie der Kollege einen Riesenberg von Überstunden vor sich her, der der heftigen Personalnot im gesamten Polizeiapparat geschuldet war.

Er trat an die Tür des Schwesternzimmers und gab dem Beamten der Schutzpolizei auf der Liege im Flur ein Zeichen. Der zog sich daraufhin die Decke bis zum Kinn, sodass man seine Uniform nicht mehr sah. Heisslitz' nächster Blick galt dem Beamten vor der Tür, dem er ein Zeichen gab, jetzt aufzustehen und sich draußen am Automaten einen Kaffee zu holen. Schließlich sollten die beiden Verbrecher ihn sehen und glauben, dass sie ungehinderten Zugang zum Krankenzimmer hatten. Erst wenn sie wieder hinaus wollten, würden Barbara und er die Männer, unterstützt durch den Beamten auf der Liege, in Empfang nehmen und verhaften. Als zusätzliche Sperre, nur für den Fall der Fälle, sollte der Kollege am Kaffeeautomaten dienen, der inzwischen die Eingangstür zur Station sicherte. Dann war auch der Beamte vom Empfang noch da, aber den würden sie wohl nicht brauchen. Hans Heisslitz nickte zufrieden, ging wieder ins Schwesternzimmer zurück und begann, mit Barbara Theater zu spielen. Sie stritten sich nach einem vom Stationsarzt vorbereiteten Text über die Behandlung einer älteren Patientin. Die beiden Verbrecher sollten schließlich glauben, dass die überforderten Pfleger auf der unterbesetzten Station so sehr mit sich selbst beschäftigt waren, dass sie nicht merkten, was draußen vor sich ging.

Das Ganze musste so glaubhaft wirken, dass die beiden gar nicht erst auf die Idee kamen, in eines der anderen Zimmer zu sehen, die sie leer vorfinden würden. Darin lag der vermeintlich einzige Schwachpunkt der Aktion.

Dann kamen sie. Hans Heisslitz und sein Vorgesetzter Jörg Stuhlbein waren eigentlich von Anfang an dafür gewesen, sie sofort zu verhaften, aber Kriminalrat Tauber hatte gemeint: »Lassen Sie die beiden ihren versuchten Mord zu begehen. Dass sie nur eine Kissenrolle erschießen, ist zweitrangig. In flagranti von Polizeibeamten gestellt macht die Sache im Prozess wasserdicht. Außerdem sitzen sie, sobald sie das Zimmer betreten, in der Falle.«

So ließen sie die beiden unbehelligt passieren, und Tauber schien recht zu behalten. Die Männer gingen zielstrebig auf das Zimmer zu, vor dem der leere Stuhl des Beamten stand, und verschwanden darin.

Barbara Seeger schaltete die Sprechanlage ein, mit der man Durchsagen in den einzelnen Zimmern machen, aber auch schwerkranke Patienten besser überwachen konnte. Kurz darauf vernahm das geschulte Gehör von Hans Heisslitz dreimal hintereinander ein leises Plopp. Er wusste, dass es das Restgeräusch eines aufgesetzten Schalldämpfers war. Er sprang auf und stürmte zur Tür des Schwesternzimmers. Barbara folgte ihm.

Nun geschah etwas, womit keiner gerechnet hatte. Ein

vom aufreibenden Dienst übermüdeter und wohl auch etwas schusseliger Assistenzarzt hatte völlig übersehen, dass er sich im falschen Stockwerk befand und der Patient, zu dem er unterwegs war, einen Stock tiefer lag. Er hatte die Station betreten und war zielstrebig zum Schwesternzimmer gegangen. Gerade als er durch die offen stehende Tür trat, stieß er mit Hans Heisslitz, der hinausstürmen wollte, zusammen, Barbara Seeger, die direkt hinter ihm war, lief auf, und Bruchteile von Sekunden später lagen alle drei auf dem Boden. Kommissar Heisslitz wollte sofort aufspringen, aber mit einem Schmerzensschrei sackte er zu Boden zurück. Sein lädiertes Knie hatte den Rest bekommen. Der vollkommen verblüffte Assistenzarzt blockierte im Aufstehen den Ausgang, sodass Barbara Seeger tatenlos zusehen musste, wie Stoikovic und Enders an ihr vorbeistürmten. Nicht mal schießen hätte sie können, ohne den Arzt, der ihr im Wege stand und nichts begriff, zu gefährden.

Aber auch der Beamte auf der Liege, der sein Einsatzzeichen noch nicht bekommen hatte, begriff erst spät, was da gerade geschah, und bis er sich aus seiner Decke befreit hatte, war es zu spät. Er wurde im Vorbeilaufen von Thomas Enders mit einem gezielten Faustschlag ins Bett zurückgeschickt. Erst jetzt fiel Hans Heisslitz auf, dass auch der Beamte, der an der Stationstür postiert sein sollte, nicht an seinem Platz war. Mühsam rappelte er sich hoch, und von Barbara Seeger gestützt humpelte er zum Stationsausgang. Sie fanden den Beamten auf der Sitzgruppe beim Kaffeeautomaten im Tiefschlaf.

Hans Heisslitz war sofort klar, dass er nicht einfach nur schlief, sondern betäubt worden war. Bis er das Funkgerät aus der Gürtelschlaufe des Beamten genestelt hatte, verging wertvolle Zeit. Als er den Beamten am Empfang erreicht und ihm erklärt hatte, was schiefgelaufen war, hatten die Verbrecher bereits das Klinikgebäude verlassen und ihren Wagen erreicht.

Genau in diesem Moment bog Jörg Stuhlbein in die Straße zum Klinikum ein. Es wurmte ihn ungemein, dass er sich von seinen Töchtern hatte breitschlagen lassen, noch eine Stunde mit ihnen zu spielen, bevor er sich schlafen gelegt hatte. Aber er wollte einfach nicht das Schicksal so vieler seiner Kollegen teilen, bei denen Ehe und Familie über all den Zusatzschichten auf der Strecke blieben. Doch die zusätzliche Spielrunde mit seinen Kindern hatte bewirkt, dass er den Wecker nicht gehört hatte, und als seine Frau Kim Li ihn wachgerüttelt hatte, war der vereinbarte Zeitpunkt der Ablösung schon fast gekommen.

Als er beim Kreisklinikum Bad Soden an die Schranke zum Parkplatz heranfuhr, hatte er eine gute halbe Stunde Verspätung. Er wollte gerade das Ticket ziehen, da sah er direkt in die Augen von Boris Stoikovic, der auf der Ausfahrtspur mit seinem Wagen hinter einem anderen Auto stand, das gerade den Parkplatz verlassen wollte. Als Stoikovic in Jörg Stuhlbein einen Polizeibeamten erkannte und ihm klar wurde, dass er ohne bezahltes Ticket ohnehin nicht vom Parkplatz käme, trat er kurzerhand das Gaspedal durch, durchbrach die Holzschranke, die sich gerade wieder vor ihm gesenkt hatte. Sie zerbarst dabei in tausend Splitter, und der Ganove raste mit quietschenden Reifen vom Klinikgelände, die Straße hinunter.

Jörg Stuhlbein ließ seine Seitenscheibe herunterlaufen, stellte das mobile Blaulicht aufs Dach und hoffte, dass der Mann im Wagen hinter ihm verstand und zurücksetzte. Als er zwei Sekunden später begriff, dass der Mann damit völlig überfordert war, gab er seinerseits Gas, durchbrach die Schranke vor ihm ebenfalls, driftete um die Schrankenhalterung herum und brauste dem Wagen des Flüchtenden hinterher. Als er an der Einmündung zur L3367 ankam, war von Boris Stoikovic und seinem Kumpanen nichts mehr zu sehen. Hier war der schnelle Wagen des Verbrechers eindeutig im Vorteil gewesen.

Da Jörg Stuhlbein von hier aus drei Richtungen zur Auswahl hatte, in die der Mann gefahren sein konnte, gab er das Vorhaben, ihm zu folgen, auf. Er stellte sich an den Straßenrand und rief stattdessen erst Hans Heisslitz an, ließ sich einen Lagebericht geben und unterrichtete dann den Kriminalrat. Dass Tauber von dieser Entwicklung nicht gerade begeistert war, verstand sich von selbst, aber statt des erwarteten großen Donnerwetters sagte der Chef nur: »Ein Ergebnis haben wir wenigstens. Wenn ich jetzt die Meldung im Rundfunk platziere, dass der Anschlag geglückt ist, ist wenigstens dieser Sven Stettner aus dem Schneider.«

Hauptkommissar Stuhlbein stimmte seinem Vorgesetzten zu, legte auf und stieg aus dem Wagen, um sich zu vergewissern, dass sein Privatauto bei dem Schrankendurchbruch keinen größeren Schaden genommen hatte. Kurz darauf wusste er, dass eine Verfolgungsjagd ohnehin nicht von Erfolg gekrönt gewesen wäre. Ein Splitter der Schranke hatte sich in den Kühler gebohrt, und unter dem Wagen bildete sich bereits eine Wasserpfütze.

9.

Auch im Hause Stettner hatte sich bereits herumgesprochen, was am Nachmittag im Kreisklinikum geschehen war – auch dass den Verbrechern über gezielte Rundfunkmeldungen suggeriert worden war, der Anschlag sei trotz allem geglückt. Jörg Stuhlbein hatte bei einem kurzen Update-Besuch seinen Freunden berichtet, wie alles abgelaufen war und wie sich die Situation seiner Vermutung nach weiterentwickeln würde: Sven sei zwar nunmehr in Sicherheit, dafür aber würden wohl die Detektive und ihre Familien stärker in den Fokus des amoklaufenden Unterweltbosses rücken.

»Könnt ihr euch nicht endlich durchringen, mit euren Kindern bis auf Weiteres hier im Haus zu wohnen?«, hatte der Hauptkommissar Stefan und Verena am Nachmittag gefragt, aber noch bevor die beiden ihm antworten konnten, kamen die Zwillinge hereingestürmt und widersprachen vehement.

Eigentlich hatten Stefan und Verena versucht, das alles von ihren Kindern fernzuhalten, um sie nicht unnötig zu beunruhigen, aber den cleveren Mädchen konnte man nichts vormachen. Sie hatten sehr genau mitbekommen, dass ganz schlimme Dinge im Gange waren. Doch mochten sie aufgrund ihres Alters und ihrer noch eher geringen Lebenserfahrung die Gefahr unterschätzen. Das war auch

Hauptkommissar Stuhlbein klar. Dennoch stimmte er, gegen seine Überzeugung, schweren Herzens zu, alles beim Alten zu belassen.

Trotz des Personalengpasses würde jeden Abend ein Beamter die kleine Familie mit einem Streifenwagen von der Detektei nach Hause bringen und deutlich sichtbar vor dem Haus Posten beziehen.

So weit, so gut. So konnte es noch eine Woche lang weitergehen, aber was geschah, wenn die Sommerferien zu Ende waren und der Schulbetrieb wieder losging?

»Vermutlich hat bis dahin der Spuk ein Ende und wir haben Stoikovic und seinen Helfer gefasst«, sagte Jörg Stuhlbein und hoffte, dass er wenigstens einigermaßen zuversichtlich klang, als er sich gegen siebzehn Uhr von seinen Freunden verabschiedete.

Aber keinem im Raum war der besorgte Unterton in seiner Stimme entgangen.

Über all dem Tohuwabohu hatten Peter und Annika beinahe aus den Augen verloren, dass Marco Ferreira sich für den Abend angekündigt hatte. Die SMS, dass es bei ihm etwas später würde, weil sein Flug mit einer Stunde Verspätung in Frankfurt gelandet war und er erst sein Pensionszimmer beziehen musste, um es nicht zu verlieren, war gerade eingetroffen, als Stefan, Verena und die Zwillinge um halb acht nach Hause aufbrachen.

»Wir hätten ihm besser absagen sollen«, sagte Annika, und Peter meinte: »Ja, schon, aber vielleicht …«

»Du meinst, die beiden könnten wieder zusammenkommen?«, fragte Annika, und Peter sah erstaunt zu ihr hin, denn er hatte den zum Positiven hin veränderten Unterton in ihrer Stimme deutlich vernommen.

»Das vielleicht nicht, aber es wäre schön, wenn Marco Sven in dieser Zeit ein wenig Trost und Stütze sein kann. Der Junge ist seit Michaels Tod so niedergeschlagen, wie ich ihn noch nie zuvor gesehen habe. Ich mache mir mehr Sorgen um ihn als jemals zuvor.«

Dann ging Peter hinaus zu dem verbliebenen Polizisten, der im Hof in seinem Streifenwagen saß, und instruierte ihn, dass sie in Kürze noch Besuch erwarteten. Nicht dass Marco, wenn er vorfuhr, vom Fleck weg verhaftet würde.

Als Peter ins Haus zurückkehrte, kam ihm Sven im Flur entgegen und fragte: »Wollte Marco nicht längst schon da sein?«

»Er hat mir eine SMS geschrieben, dass sein Flug eine Verspätung hatte. Kurz nach acht Uhr hofft er, hier zu sein.«

»Er schreibt dir?«, fragte Sven erstaunt, und Peter antwortete grinsend: »Wundert dich das bei deiner ersten Reaktion?«

»Nein, eigentlich nicht«, sagte Sven, und das Gesicht, das er dabei machte, sprach Bände. Seine anfängliche Ablehnung und spätere Gleichgültigkeit war, je näher das Wiedersehen mit seiner ersten wirklich großen Liebe kam, fast schon gegen seinen Willen einer stetig wachsenden Vorfreude gewichen.

In ihrem Versteck im Taunus saßen Boris Stoikovic und sein Helfer und ließen es sich gutgehen. Sie hatten sich schon vor Tagen mit reichlich Lebensmitteln und Wein eingedeckt, um im Notfall autark zu sein. Als am Abend in den Fernsehnachrichten ein ausführlicher Bericht über die vollkommen misslungene Polizeiaktion aus dem Krankenhaus gesendet worden war, hatte sich die angespannte Stimmung von Boris Stoikovic zuerst noch mehr an- und dann schlagartig entspannt.

Es war berichtet worden, dass auf den jungen Mann, der am Freitag im Main-Taunus-Zentrum von einem Heckenschützen niedergeschossen worden war, ein weiterer, akribisch geplanter Anschlag verübt worden war, den er nicht überlebt hatte.

Zuerst war Stoikovic noch misstrauisch gewesen, ob der Bericht nicht manipuliert war. Aber als die Bilder aus dem Krankenhaus, die Leiche und der Chefarzt zu sehen waren, wich das Misstrauen langsam. Als dann auch noch zu sehen war, dass der verärgerte Arzt den Kameramann nur mit Mühe davon abhalten konnte, Nahaufnahmen vom Getöteten zu machen, war er sicher, dass es sich nicht um gestellte Aufnahmen handelte.

»So, jetzt können wir feiern. Der nächste Punkt auf der Liste ist abgehakt. Jetzt kommen die Alten dran – aber erst morgen. Heute besaufen wir uns. Hol mal eine Flasche Wein aus dem Kühlschrank.«

Als Thomas mit der Flasche und zwei Gläsern zurückkam, fragte er: »Alle vier?« und sah seinem Chef direkt ins Gesicht. Er wollte feststellen, wie viel Zeit ihm noch blieb, das Geld zu finden und damit zu verduften. Dachte Boris noch einigermaßen rational, oder drehte er inzwischen vollends ab?

»Diesen Peter Stettner und seinen Kompagnon mal auf alle Fälle. Die Frauen auch, wenn es sich ergibt, ist aber mehr als Zugabe zu werten. Zumindest Stettners Frau würde ich schon gern auch erledigen.«

»Und der dritte Kompagnon?«

»Ist mir scheißegal, solange er sich von uns fernhält. Wenn er mir irgendwie in die Quere kommt, hat er eben Pech gehabt.«

»Dann sind da noch die Zwillinge«, sagte Thomas, und

zum ersten Mal konnte man so etwas wie Mitgefühl in seiner Stimme mitschwingen hören.

Das war auch Boris Stoikovic nicht entgangen. Er fragte sich zum wiederholten Mal, inwieweit er sich auf Thomas noch verlassen konnte. Doch dann kam ihm eine Idee. Je länger er darüber nachdachte, desto klarer wurde ihm, dass hier die Lösung seines Problems liegen konnte.

Grinsend sagte er zu Thomas: »Die Zwillinge werden es sein, die uns zu den Alten führen. Wir planen das jetzt und hier genau durch. Die Gläser kannst du im Schrank lassen. Gib die Weinflasche her.«

»Was hast du vor?«, fragte Thomas misstrauisch.

»Das wirst du gleich merken«, sagte Boris, nahm die Weinflasche vom Tisch, setzte sie an und trank einen mächtigen Schluck.

Während nun auch Thomas zu der Flasche griff, sagte Boris: »Ich hoffe, du hast genügend von diesem guten Rheingauer Riesling kaltgelegt«, und Thomas ließ die Weinflasche lange am Mund, trank aber nur einen kleinen Schluck.

Besauf dich ruhig, dachte er. *Wenn ich Glück habe, kann ich dir heute Nacht noch entlocken, wo du dein Geld gebunkert hast.*

Inzwischen war Marco angekommen, und Sven, der sich vorgenommen hatte, ihm einen kühlen Empfang zu bereiten, ließ innerhalb weniger Minuten seine guten Vorsätze sausen. Marco, der bislang noch nicht wusste, was in den letzten Wochen geschehen war, zeigte sich ehrlich betroffen darüber, was Sven ihm zunächst in aller Kürze erzählte, und war bereit, bei den Ermittlungen zu helfen.

In der nächsten halben Stunde berichtete Peter ihm ausführlich, was seit ihrem Besuch in Bad Füssing alles geschehen war und was sie bis dato herausgefunden hatten.

»Schön von dir, dass du uns helfen willst«, schloss er, »aber wenn es dir zu gefährlich ist, dich hier aufzuhalten, kann ich Sven auch morgen früh zu dir rausbringen, ohne dass die Gangster etwas davon mitbekommen. Dann könnt ihr von dort aus ermitteln.«

»Nicht nötig, ich komme hierher. Wir werden vermutlich erst mal im Netz recherchieren«, sagte Marco, und Sven fügte hinzu: »Wir können auch Olli Krause hinzuziehen.«

»Wer ist das?«, fragte Marco.

»Ein begnadeter Hacker und Internet-Ermittler«, antwortete Peter. »Er hat uns mit seinen Recherchen schon oft aus der Patsche geholfen. Ich kenne ihn schon aus meiner Zeit bei der Polizei. Da war er noch ein Teenager, und das Internet steckte damals noch in den Kinderschuhen. Schon damals war er ein äußerst fähiger Hacker. Er hielt die Polizei seinerzeit schwer auf Trab. Wir und seine spätere Frau Mona haben ihn dazu gebracht, sein Talent im Regelfall legal zu nutzen.«

»Prima, so jemanden können wir bestimmt gut gebrauchen«, sagte Marco, und Peter sah es nicht ungern, wie schnell und unkompliziert sich der junge Mann einbrachte.

»So, ich werde euch jetzt mal allein lassen«, sagte er. »Ihr habt euch bestimmt so einiges zu berichten, was im letzten Jahr in eurem Leben passiert ist. Das geht mich nichts an.«

Als Peter aufgestanden und zur Tür gegangen war, sagte Marco: »Ich komme dann um neun Uhr morgen früh. Könntest du den Polizisten, die dann hier Wache halten, Bescheid sagen? Ich möchte nicht unbedingt verhaftet werden.«

»Ja, schon, aber …«

»Nein, ich weiß schon, was du sagen wolltest, aber es ist besser, ich fahre heute Abend in die Pension nach Oberursel zurück.«

Am nächsten Morgen saßen Alina und Anina schon lange wach auf ihren Betten im Kinderzimmer der elterlichen Wohnung in der Krakauer Straße.

»Ich geh ja gern zu Peter, Annika und Sven, aber dass wir den ganzen Tag dort rumsitzen ...«, sagte Alina, und ihre Zwillingsschwester nickte zustimmend.

Die beiden nannten Peter und Annika beim Namen, denn immerfort Großonkel und Großtante zu sagen, war den cleveren Mädchen einfach zu umständlich.

»Zumal wir morgen auf dem Spielplatz mit unseren besten Freundinnen verabredet sind«, gab Anina ihrer Schwester recht.

»Stimmt, das hätte ich vor all der Langeweile beinahe vergessen. Wir können Emily und Lilly unmöglich versetzen.«

»Deshalb machen wir heute eine Generalprobe, ob wir uns absetzen können. Wenn es nicht klappt, müssen wir uns für morgen was Besseres ausdenken.«

Alina zwinkerte ihrer Schwester zu und flüsterte, während sie fertig angezogen zum Frühstückstisch in die Küche gingen: »Ich hab schon eine Idee.«

Stefan, der bereits auf seinem Platz saß und seiner Frau gerade Kaffee einschenkte, sagte, als die beiden zur Tür hereinkamen: »Na, ihr kommt aber auch immer später. Wird Zeit, dass nächste Woche die Schule wieder anfängt.«

»Och, ja«, sagte Anina, und es sollte gelangweilt klingen, um ihre Eltern erst gar nicht auf dumme Gedanken zu bringen.

Die beiden Mädchen frühstückten schnell, und als sie

fertig waren, sagte Alina: »Wir gehen noch mal schnell in unser Zimmer, um noch etwas zum Spielen einzupacken.«

»Ja, beeilt euch aber, in einer Viertelstunde fahren wir«, rief Verena ihnen nach.

Als die beiden im Zimmer verschwunden waren, sagte Alina: »Los, wir ziehen unsere Kapuzenjacken über und dann raus.«

»Meinst du, das fällt nicht auf? Im Sommer?«

»Schau mal raus, es regnet, und das nicht zu knapp.«

»Stimmt, könnte klappen. Probieren wir es aus.«

Kurz darauf schlichen sich die Mädchen an der fast geschlossenen Küchentür mit ihren Eltern dahinter vorbei ins Treppenhaus und zogen die Tür leise ins Schloss.

Sie rannten die Treppe hinunter und öffneten die Haustür. Dabei trat ihnen jemand in den Weg.

Kurz vor halb zehn rollte Stefans Wagen auf den Hof von Peters Haus, in dem seit gut zwei Jahren auch das Detektivbüro untergebracht war. Endlich hatten die Detektive so viel Platz, wie sie benötigten, zumal sie inzwischen regelmäßig zu fünft ermittelten.

Stefan stieg aus und stürmte so schnell ins Haus, dass seine Familie kaum folgen konnte. Als er im Büro ankam, staunte er nicht schlecht, Olli Krause und Marco Ferreira zu erblicken, sagte dann aber: »Stellt euch mal vor, was unsere Zwillinge sich gerade geleistet haben.«

»Was denn?«, fragte Claus Mergentheimer.

»Die beiden wollten tatsächlich ausbüxen. Gut, dass der Beamte vor der Tür mitgedacht hat. Die kleinen Racker hatten nämlich wegen des Regens ihre Kapuzen übergezogen. Aber Polizeihauptmeister Schäfer hat die beiden dank des vollverglasten Treppenhauses aus unserer Wohnungstür kommen sehen. Er hatte vom Polizeiwagen aus freie Sicht dorthin und hat sie direkt an der Haustür abgefangen.«

Die Zwillinge, die inzwischen mit ihrer Mutter ebenfalls hereingekommen waren, gaben sich zerknirscht, und wer genau hinsah, konnte an ihren Gesichtern ablesen, was sie wirklich dachten. Anina fasste es in Worte, die sie ihrer Schwester zuraunte: »Danke für den Hinweis.«

»So, genug geschwafelt«, sagte Peter einige Minuten später in seiner unnachahmlichen direkten Art. »Setzen wir uns zusammen und schreiben auf, was wir wissen; dann verteilen wir die Aufgaben.«

Eine gute Stunde später waren die Detektive zusammen mit Olli Krause, Sven Stettner und Marco Ferreira zu der Erkenntnis gekommen, dass sie im Grunde nichts wussten, außer dass Dragoslav Stoikovic, der Großvater des Verbrechers, in Frankfurt gelebt hatte, Gärtner von Beruf und wenig vermögend gewesen war. Das war bislang alles, was Olli im Netz ausgegraben hatte. Ein alter Zeitungsartikel über Migrantenschicksale in Deutschland enthielt ein Interview mit dem damals schon fast siebzigjährigen Serben, der trotz Rente weiterhin arbeiten gehen musste. Stefan resümierte: »Ich werde im Netz alles recherchieren, was es über Boris Stoikovic zu erfahren gibt. Marco und Sven, ihr recherchiert zu Boris' Vater Milan. Peter und Claus, ihr versucht, beim Einwohnermeldeamt, beim Arbeitsamt und ähnlichen Behörden auf legalem Weg etwas zu erreichen. Sollte das zu nichts führen, setzen wir Olli ein. Peter hat recht, wenn er sagt, dass die beiden Ganoven sich irgendwo verstecken müssen, und da sie keine weiteren Komplizen zu haben scheinen, müssen sie auf ein Grundstück oder ein Haus Zugriff haben. Dieses Versteck müssen wir finden.

Also bleibt uns nichts anderes übrig, als möglichst lückenlos zu recherchieren, was seit der Ankunft von Dragoslav Stoikovic in Deutschland geschehen ist.«

»Das ist ja alles schön und gut«, warf nun Annika ein. »Aber was machen wir – Verena und ich? Du hast vergessen, uns einzubinden.«

»Ja«, sagte Stefan vorsichtig. »Ich habe gedacht, ihr könntet derweil die Buchhaltung ...«

Das hätte er besser nicht gesagt, denn statt Zustimmung, wie er gehofft hatte, sagte nun seine Frau scharf: »Das könnte euch so passen. Ihr ermittelt, und wir sind für die Handlangerdienste gut. Außerdem hat eure ganze Theorie einen Haken.«

»Welchen denn?«, fragte Peter verwundert und hellhörig zugleich, denn er wusste aus Erfahrung, dass die beiden Frauen oftmals gute Ideen beisteuerten, die nicht selten den Schlüssel zur Lösung ihrer Fälle enthielten.

»Was ist, wenn die beiden sich unter falschem Namen in einem Kleingartenverein eine Parzelle verschafft haben?«

»Gar nicht so abwegig, der Gedanke. Auch wenn es jetzt im ausklingenden Sommer schwierig sein dürfte, sich dort unbemerkt zu verstecken.«

»Wieso? Es kennt sie dort keiner. Als offizielle neue Pächter können sie sich frei bewegen und müssen sich nur abends, wenn die anderen Kleingärtner nach Hause gehen, bedeckt halten. Wenn das Gelände leer ist, hätten sie wieder ihre Ruhe.«

»Okay, überzeugt. Ihr recherchiert alles dazu, und für alle gilt: Haltet auch im Umfeld von Dragoslav Stoikovic die Augen offen. Der Mann war Gärtner, und es würde mich nicht wundern, wenn er nicht auch privat irgendwo etwas Gemüse angebaut hätte.«

Während die Detektive im Büro hitzig diskutierten, saßen die Zwillinge gelangweilt im Wohnzimmer der Stettners. Ihr Tablet-Computer mit Kinderfilmen war genauso in die Ecke geflogen wie die große Kiste mit Bausteinen, die sie nach dem gefühlt hundertsten Haus, das sie gebaut hatten, nur noch angewidert anstarrten.

»Ich will endlich raus auf den Spielplatz – Emily und Lilly treffen. Wir haben schließlich vor den Ferien schon ausgemacht, dass wir uns morgen dort sehen. Ich gehe morgen früh dorthin. Kommst du mit?«, fragte Alina, die die mutigere der beiden Schwestern war. So ähnlich die Zwillinge sich sonst waren, die Initiative für verbotene Aktionen ging meist von ihr aus.

»Klar bin ich dabei«, sagte Anina beinahe schon entrüstet. »Schließlich sind die beiden gerade aus Mallorca zurück und haben außerdem ganz tolle Fotos gemacht.«

Emily und Lilly Spielberg waren die besten Freundinnen der beiden, ebenfalls Zwillinge, aber über den Jahreswechsel hinweg geboren, sodass sie unterschiedliche Geburtsdaten hatten. Die vier Mädchen saßen in der Klasse nebeneinander. Emilys und Lillys Eltern besaßen eine Ferienwohnung im Südosten von Mallorca, und seit Alina und Anina mit ihren Eltern im letzten Sommer selbst dort gewesen waren, waren die Mädchen von der Insel hin und weg.

Thomas Enders war frustriert. Irgendwie, glaubte er, dauerte das alles jetzt schon zu lange, als dass sie noch mit heiler Haut davonkommen würden. Aber Boris schien das nicht im Geringsten zu interessieren. Er spulte in aller Gemütsruhe sein Programm ab nach dem Motto: »Komme, was da wolle.«

Leider ließ er seit seinem Versprecher im Suff nichts mehr über das Geld verlauten, das er irgendwo hier im Taunus vergraben haben wollte. Thomas hatte schon den Verdacht, dass das nur ein Köder war, um ihn bei diesem Himmelfahrtskommando bei der Stange zu halten.

Er überlegte fieberhaft, wie er seinen Chef aus der Reserve locken könnte, um einen weiteren Hinweis auf das Versteck aus ihm herauszukitzeln.

Als ob er die Gedanken seines Gehilfen erraten hätte, sagte Boris plötzlich: »Tom, du wüsstest gern, wo sich das Geld befindet, damit du klammheimlich damit verschwinden kannst. Stimmt's?«

Thomas, der bislang auf einem alten, ziemlich verschlissenen Sessel vor sich hingedöst hatte, riss die Augen weit auf und sah erschrocken zu Boris hinüber.

»Nei… nein, ganz bestimmt nicht. Ich will nicht abhauen! Wir ziehen das hier jetzt gemeinsam durch. Aber so ein ganz kleiner Vertrauensbeweis wäre schon gut – nicht immer nur Misstrauen von dir.«

»Du misstraust mir doch auch.«

»Ich wüsste halt gern, ob du wirklich noch vorhast, unbeschadet davonzukommen. Manchmal sieht es so aus, als wenn dir das scheißegal ist.«

»Versteh ich, aber du musst auch mich verstehen. Ich kann nicht neu anfangen, wenn ich weiß, dass da draußen noch Leute rumlaufen, die meinen Sohn, den einzigen Menschen, den ich jemals geliebt habe, in den Abgrund gerissen haben. Erst wenn ich sie alle zur Rechenschaft gezogen habe, bin ich frei.«

Thomas, der wusste, dass man hinter vorgehaltener Hand über ihn munkelte, er sei ein bisschen doof und zudem nicht ganz richtig im Kopf, dachte: *Doof bin ich bestimmt nicht, und wer hier durchgeknallt ist, das wird sich noch herausstellen.*

Dann sagte er: »Komm, lass uns einen trinken«, und Boris meinte: »Später, jetzt sprechen wir erst mal unser weiteres Vorgehen ab.«

»Du hast einen Plan?«

»Klaro.«

Am nächsten Morgen standen die Zwillinge schon sehr früh auf. Ihr Plan, wie sie den Polizisten vor der Tür überlisten könnten, hatte schon am Nachmittag des Vortages Gestalt angenommen, und am Abend hatten sie bereits begonnen, ihn umzusetzen. Sie hatten die Wasservorräte im Kühlschrank so weit reduziert, dass sie zum Frühstück fast aufgebraucht waren. Als Stefan sich ein Glas Wasser nehmen wollte, mit dem er normalerweise sein Frühstück beendete, ging er zum Kühlschrank, öffnete ihn und murrte: »Verdammt, schon wieder leer. Wie oft habe ich gesagt …«

Dann ging er zum Küchenschrank, wo in der Regel Flaschen für drei bis vier Tage standen, aber auch hier herrschte gähnende Leere.

»Scheiße«, sagte er unflätig, was ihm sofort einen strafenden Blick von Verena einbrachte, die ihre Kinder ohne den Gebrauch von Schimpfwörtern erziehen wollte.

Noch bevor er irgendwas sagen konnte, sagte Anina, die beim Schwindeln die Coolere war: »Wir gehen schnell runter und holen Wasser aus dem Keller.«

Dann nahm jedes der Mädchen einen Flaschenträger, Alina schnappte sich noch unbemerkt die vorbereitete Stofftasche mit ihren Kapuzenjacken, die an der Wohnungstür stand, und die beiden verließen die Wohnung.

Auf der Treppe fragte Alina: »Hast du den Zettel für Mama und Papa hingelegt? Sie sollen sich schließlich keine Sorgen machen.«

»Klar, liegt auf dem Tisch und ist gut zu sehen.«

»Prima.«

Dann gingen sie schnell weiter in den Keller und schlüpften zur Hintertür hinaus in den Garten. Hier mussten sie nur noch dicht am Haus, sodass sie von oben nicht gesehen werden konnten, die Rasenfläche überwinden und sich dann durch die Hecke auf die Straße quetschen. Seit sie im Frühsommer das Loch im Maschendrahtzaun, der von der Hecke umwachsen war, entdeckt hatten, hatten sie um die Grundstücksecke herum ihren Privatausgang.

Als sie draußen auf der Seitenstraße standen, kicherten sie erst mal, warfen sich dann ihre Jacken über und rannten durch den Nieselregen in Richtung des Parks mit dem Spielplatz davon.

Unterdessen hatte Stefan in der Wohnung Verdacht geschöpft, dass die Mädchen mal wieder irgendeinen Streich ausheckten, weil sie nicht aus dem Keller zurückkamen. Er wollte gerade aufstehen und nachsehen, da läutete das Telefon.

Er nahm den Hörer aus der Basisstation, meldete sich, und aus dem Gerät drang ihm die Stimme des Beamten entgegen, der zu ihrem Schutz vor dem Haus Wache hielt: »Ihre Kinder sind gerade wieder einmal die Treppe hinuntergegangen. Ich finde, das sollten Sie nach der Erfahrung von gestern wissen.«

»Schon gut, ich habe die beiden in den Keller geschickt zum Wasserholen.«

»Ach, dann waren die blauen Dinger, das sie in der Hand hatten, Flaschenträger. Das hatte ich aus meiner Position nicht erkennen können.«

»Schon gut. Vorsicht ist ... äh, hatten die Mädchen ihre Jacken an?«

»Nein, sie gingen im Pulli, das habe ich genau gesehen – wo liegt denn Ihr Kellerraum?«

»Direkt neben der Treppe.«

»Sollten sie dann nicht langsam wieder …«

»Verdammt ja, sie sind schon …«, dabei sah Stefan auf die Küchenuhr, »… sieben Minuten unten. So langsam müssten sie wieder auf dem Weg nach oben sein. Wir treffen uns im Keller.«

Während Stefan aufstand, rief er zu Verena ins Schlafzimmer hinein, wo sie gerade die Betten machte: »Geh doch mal ins Kinderzimmer und sieh nach, ob die Jacken weg sind.«

Dann ging er die Treppe in den Keller hinunter und nahm an der Eingangstür den Polizeibeamten mit. Er öffnete die Tür zu ihrem Kellerraum, und tatsächlich standen dort neben den Getränkekisten die beiden Flaschenträger. Von den Kindern aber fehlte jede Spur.

Stefan stürmte, so schnell er konnte, nach oben, sodass der Beamte ihm kaum folgen konnte. An der Wohnungstür angekommen, fragte er Verena, die in der offenen Tür stand, schnaufend: »Die Jacken …?«

»Weg«, antwortete Verena genauso knapp, obwohl sie nicht außer Atem war.

»Sonst irgendein Hinweis, wo sie sind?«

»Nein, ich habe nichts gesehen«, antwortete Verena wahrheitsgemäß, denn sie konnte ja nicht ahnen, dass der Zettel, den die Zwillinge für ihre Eltern hinterlassen hatten, vom Luftzug, der beim Öffnen der Tür entstanden war, erfasst und unter die Klappcouch geweht worden war.

Draußen vor dem Haus hatte nicht nur der Polizist Position bezogen, gut getarnt lagen dort auch Stoikovic und sein

Gehilfe Thomas auf der Lauer. Sie hatten sich einen fensterlosen Lieferwagen beschafft, der für ihr Vorhaben bestens geeignet war. Der Handwerker, von dessen Werkstatthof sie den Wagen gestohlen hatten, würde ihn die nächsten Tage nicht vermissen, da er noch bis zum Ende der Woche Betriebsferien hatte und ganz offensichtlich im Urlaub war.

»Wir hätten uns doch auch bei ihm einnisten können und hätten es dort bestimmt bequemer gehabt«, sagte Thomas, während er den Wagen verließ, um sich ein ruhiges Plätzchen für seine Notdurft zu suchen.

»Na ja, sicherer sitzen wir aber da oben im Taunus«, sagte Boris und ärgerte sich zum wiederholten Mal darüber, dass der fensterlose Laderaum sie zwar gut tarnte, aber die Übersichtlichkeit nach draußen zu sehr einschränkte.

Da kam Thomas aufgeregt zurück. »Die kleinen Teufel hauen ab und rennen gerade die Seitenstraße runter.«

Sofort war Boris hellwach. »Komm rein«, sagte er knapp, setzte sich ans Steuer und fuhr den Lieferwagen in die Seitenstraße hinein.

Als er nach nicht einmal fünfzig Metern wieder anhielt, fragte Thomas: »Was soll das? So fallen wir den Bullen aber bestimmt auf.«

»Wohl kaum, der Bulle ist gerade ins Haus gegangen. Los, komm.« Boris sprang aus dem Wagen und rannte in die Richtung, in der die Mädchen gerade verschwunden waren. Thomas eilte ihm hinterher und fragte keuchend: »Warum haben wir den Wagen nicht weiter mitgenommen?«

»Weiß ich, ob man ihnen da, wo sie hinwollen, mit dem Auto folgen kann? Außerdem stehe ich so weit in der Straße drin, dass der Bulle uns und den Wagen nicht mehr sehen kann. Und wenn die Kleinen auf diesem Weg verschwunden sind, kommen sie auch von da zurück. Wir brauchen sie nur im Auge zu behalten und hinter ihnen herzuschleichen. Wenn sie auf der Höhe des Wagens sind, Tür auf und rein mit ihnen.«

»Genial … aber einer von uns sollte im Wagen bleiben, um die Tür aufzumachen.«

»Stimmt, du.«

Dann rannte Boris weiter, und Thomas ging zum Wagen zurück.

Boris Stoikovic hatte die nächste Straßenecke erreicht, von wo ein Weg in den Park abzweigte. Er sah sich um und glaubte schon, die Mädchen verloren zu haben, da entdeckte er sie. Die Zwillinge mit ihren grellpinken Kapuzenjacken leuchteten selbst an diesem trüben Tag fast wie Signallampen. Sie waren an der Wegkreuzung gerade abgebogen und schienen dem Spielplatz, den er am Rande des Parks erkannte, entgegenzustreben. Aber was war das? Jetzt waren es schon vier, denn aus der Gegenrichtung kamen zwei weitere Kinder mit den gleichen Jacken auf sie zu.

Scheiße, welche waren denn jetzt die richtigen? Thomas herbeizuordern und alle vier einzukassieren, könnte zu riskant werden, dachte er, behielt aber die Ruhe und beobachtete hinter einem dicken Baum stehend die Szene.

Die Kinder schienen viel Zeit zu haben. Sie gingen zum Spielplatz und dort zum Klettergerüst, wo neben einer Seilwand auch eine Spielblockhütte stand. Da sich an diesem unwirtlichen Tag kaum ein Kind auf dem Abenteuerspielplatz verirrte, hatten die vier die Hütte für sich allein. Sie setzten sich hinein und schienen sich etwas auf ihren Handys anzusehen. Sie lachten und kicherten so laut, dass es bis zu ihm herüberklang. Obwohl es noch Sommer war, fröstelte ihm, und er fragte sich, wie lange das noch so weitergehen würde. Endlich schienen sie genug davon zu haben. Sie verließen die Hütte, umarmten einander und gingen auf unterschiedlichen Wegen davon. Damit glaubte er, dass sich das Problem von selbst gelöst hatte, wer denn nun wer war. Die beiden Kinder, die erst auf dem Spielplatz dazugestoßen waren, schienen sich wieder in die Richtung zu entfernen, aus der sie gekommen waren.

Boris Stoikovic hängte sich an die Fersen der Zwillinge und folgte ihnen auf dem Weg, den sie gekommen waren, nach Hause zurück.

Schon von Weitem gab er Thomas ein Zeichen mit der Taschenlampe, was so viel bedeuten sollte wie: »Es ist alles okay.«

Kurz darauf waren die Zwillinge in Höhe der Schiebetür des Lieferwagens angekommen, und ehe sie begriffen, was passierte, war Boris hinter ihnen und versetzte beiden einen kräftigen und nicht gerade zimperlichen Stoß. Sie fielen in den Wagen hinein und wurden von Thomas, der sie auch nicht gerade wie Prinzessinnen behandelte, in Empfang genommen. Während er die weinenden Kinder, die erst so langsam ihre Lage erfassten, an den Handwerkerregalen im Laderaum festkettete, erklomm Boris den Fahrersitz, startete den Wagen und fuhr mit quietschenden Reifen davon.

10.

Stefan und Verena Weimershaus waren in heller Aufregung. Der Polizeibeamte, der zu ihrem Schutz abgestellt war, konnte sie gar nicht beruhigen. Immerzu jammerte Verena: »Wo können sie nur hingegangen sein? Wer beschützt sie, wenn diese Barbaren ... ach, ich darf gar nicht darüber nachdenken.«

Aber auch Stefan, der sich eigentlich dazu zwingen wollte, einen kühlen Kopf zu bewahren, rang merklich um Fassung und rannte wie ein Tiger im Käfig auf und ab.

Polizeihauptmeister Frank Schösser, einer der erfahrensten Schutzpolizisten, die Hofheim aufzubieten hatte, rief Jörg Stuhlbein an, der sich gerade im Hause Stettner aufhielt.

»Was soll ich tun? Soll ich die Eheleute Weimershaus zu Ihnen rüberbringen?«, fragte er.

»Im Prinzip eine gute Idee«, drang es ihm aus dem Hörer entgegen, »aber dann ist niemand da, um die Kinder in Empfang zu nehmen, wenn sie unbeschadet zurückkommen sollten, was wir doch alle hoffen. So skrupellos diese Leute auch sein mögen, aber sich an unschuldigen Kindern vergreifen? – Das kann ich mir nur sehr schwer vorstellen. Halten Sie vor dem Haus die Stellung. Ich schicke Ihnen einen Wagen rüber, der die Eltern hierherbringt. Wenn die Kinder kommen, packen Sie die beiden ins Auto und kommen mit ihnen auch hierher. Mir ist es lieber, wenn ich alle hier unter meiner Aufsicht habe, bevor irgendjemand noch Mist baut.«

Unterdessen wurde auch im Hause Stettner unermüdlich gearbeitet. Seit den frühen Morgenstunden wurde an allen Computern recherchiert, und Jörg Stuhlbein, der seine Kollegin Barbara Seeger beim Wachehalten in der Detektivagentur ablösen wollte, staunte nicht schlecht über die Anwesenheit von Olli Krause und Marco Ferreira.

Krause war dem erfahrenen Beamten als begnadeter Hacker bekannt, und unter anderen Umständen hätte er sich viel mehr dafür interessiert, was der Mann, der allein drei Computer mit Beschlag belegte, da eigentlich so trieb. Aber im Moment war ihm jede Hilfe, selbst wenn sie nicht ganz legal sein mochte, willkommen.

Nur zu Marco Ferreira fiel ihm nichts ein. Er fragte Peter und ließ sich von ihm ins Bild setzen. Als Peter all diese Fragen zu seiner Zufriedenheit beantwortet hatte, sagte Jörg nachdenklich: »Ich weiß nicht, ob es gut ist, immer mehr Leute hier hineinzuziehen. Es ist ja weiß Gott auch hier nicht gerade ungefährlich.«

»Ja, schon«, antwortete Peter. »Trotzdem kann ich es Marco nicht verwehren, in dieser schweren Stunde an der Seite von Sven zu sein, zumal die beiden eine reelle Chance haben, wieder zusammenzukommen. Außerdem ist Marco ein begnadeter Ermittler. Sven und ihm haben wir es in weiten Teilen zu verdanken, dass ich letztes Jahr auf Mallorca so schnell freikam. So lass uns mal rübergehen und nachfragen, ob die Recherchen zum Background von Boris, Milan und Dragoslav Stoikovic etwas ergeben haben.«

Zur gleichen Zeit fuhren die beiden Gangster mit ihrer lebenden Fracht in den Taunus hinauf. Unterwegs hatte Thomas so lange an die Trennwand zur Fahrerkabine geklopft, bis Boris Stoikovic sich gezwungen sah, auf einem einsamen Waldparkplatz anzuhalten.

»Was gibt's? Du sollst doch bei denen bleiben!«, sagte Boris ungehalten, worauf Thomas unbekümmert antwortete: »Die laufen uns schon nicht weg. Es sei denn, sie reißen das ganze Regal mit raus. Ich habe allerdings ein paar Fragen an dich, das brauchen die zwei aber nicht zu hören.«

»Na gut, komm hier rein, ich fahr derweil weiter. Wir sind in gut fünfzehn Minuten sowieso da.«

Boris Stoikovic startete den Lieferwagen und fuhr aus dem Waldweg auf die Straße hinaus. Als Thomas nach fünf Minuten immer noch nichts fragte, wurde er ungehalten.

»Ich denke, du hast so viele Fragen? Was ist?«

»Ich weiß nicht, wie ich es sagen soll. Was willst du mit diesen Kindern anstellen? Die sind so jung, die kann man nicht mal …«

Thomas hatte den Satz noch nicht richtig beendet, da hatte er einen Leberhaken kassiert, der ihm fast die Sinne schwinden ließ.

»Das war dafür, dass du einen solchen Gedanken überhaupt denkst. Ich bin, äh, war, selbst Vater, und wenn das jemand mit meinem Kind gemacht hätte, wäre er bestimmt nicht mehr am Leben. Ich will, damit du es auch kapierst, sie erst mal gegen die Detektive austauschen. Am liebsten auch noch gegen Svens Mutter, aber dafür muss ich mir erst mal was ausdenken.«

»Was machen wir, wenn irgendwas nicht klappt und wir schnell abhauen müssen? Murksen wir sie als unliebsame Zeugen dann ab?«, fragte Thomas, der sich langsam von dem Schlag erholt hatte.« »Das ... das muss ich mir erst noch überlegen«, sagte Boris zögernd, als er im Schatten des Waldes bei ihrem Versteck den Transporter so parkte, dass er nicht gleich zu sehen war. Denn diese Möglichkeit hatte er bislang noch gar nicht ins Kalkül gezogen.

»Rufen wir jetzt die Detektive an?«

»Nein, die haben bestimmt schon gemerkt, dass die Kleinen nicht zurückkommen. Wir lassen sie noch ein bisschen schmoren.«

Stefan und Verena waren inzwischen im Hause Stettner angekommen und saßen in den Räumen der Detektivagentur. Ihre Verzweiflung war inzwischen so groß, dass sie fast schon apathisch auf ihren Stühlen am Besprechungstisch saßen und Löcher in die Luft starrten. Um sie etwas aufzumuntern, sagte Peter wider besseres Wissen: »Wir haben inzwischen schon so viel über diesen Stoikovic herausbekommen, dass es nur noch eine Frage der Zeit ist, bis wir ihren Aufenthaltsort kennen.«

»Ja?«, fragte Stefan aufhorchend, und zumindest bei ihm schien Peters Taktik aufzugehen. In seine Gestik und Mimik kehrte etwas Leben zurück, während Verena nach wie vor nicht reagierte.

»Wir haben inzwischen so viel herausgefunden, dass wir das halbe Leben der Leute rekonstruieren können, seit sie in Deutschland sind. Dragoslav und auch sein Sohn Milan waren absolut ehrbare Bürger. Ersterer hat, als er um 1965 nach Deutschland kam, in einer Gärtnerei in Niederrad gearbeitet, er war, wie wir ja schon wissen, gelernter Gärtner. Milan ist mit Ehefrau und Söhnchen Boris der Arbeit wegen nach Nürnberg gezogen. Er war Industriemeister in einer großen Maschinenfabrik. Milan Stoikovic ist inzwischen auch Rentner. Übrigens hatten Dragoslav und Milan genau wie dieser Boris die deutsche Staatsangehörigkeit.«

»Du sagtest ›hatte‹, ist dieser Milan auch schon tot?«

»Nein, da habe ich mich wohl falsch ausgedrückt, er lebt noch.«

»Dann müssen wir mit ihm sprechen«, sagte Stefan, und es schien so, als ob er sich so langsam wieder in die Ermittlungen einklinken würde.

Aber dann ging die Tür zum Besprechungszimmer auf, und Claus kam herein. Er setzte sich und seufzte: »Es ist wie verhext. Das Netz ist voll mit Infos über Boris, der wirklich ein ganz hohes Tier in der Regensburger Rotlichtszene gewesen war. Das hat sich seit seinem Amoklauf gründlich geändert. Da ist einiges bei den Machtverhältnissen in Unordnung geraten. Aber zu Milan und erst recht zu Dragoslav sind die Infos eher spärlich. Dass Dragoslav auch als Rentner noch arbeiten musste, wissen wir ja schon aus dem Zeitungsartikel. Dabei erlitt er, das haben wir nun noch herausgefunden, einen leichten Schlaganfall. Zwei Wochen später verließe er auf eigenen Wunsch die Klinik, hatte abermals einen Schlaganfall, diesmal allerdings einen sehr heftigen, den er nicht überlebte. Frag lieber nicht, wo wir das recherchiert haben. Aber wann genau und wo sich alles ereignet hat, war selbst auf weniger legalen Wegen nicht mehr zu ermitteln – ach, halt, beim ersten Schlaganfall hat sein bester Freund, ein gewisser Fritz M., ebenfalls Rentner, der sich im Alter was hinzuverdienen musste, ihm durch sein schnelles Rufen des Rettungswagens das Leben gerettet.

»Fritz M., wer ist das, und wie kommt ihr an diesen Namen?«, fragte Stefan, und Claus sagte: »Den haben wir … äh … aus einem nicht öffentlich zugänglichen Pressearchiv. Mehr sag ich dazu aber besser nicht.«

»Dann müssen wir diesen Milan finden. Der kann …« Mitten in Stefans Satz ging die Tür auf, und Alina und Anina betraten den Raum.

Verena fuhr hoch wie von der Tarantel gestochen, und auch Stefan stockte der Atem so sehr, dass er vergaß, seinen Satz zu beenden. Beide sprangen auf und rannten zu ihren Kindern hin. Überglücklich drückten sie die beiden fest an sich. Alina und Anina waren viel zu verblüfft, als dass sie gewusst hätten, was sie dazu sagen sollten. Ihnen fehlten zum allerersten Mal in ihrem Leben die Worte.

Verena rannen die Freudentränen übers Gesicht, und auch Stefan stand das Wasser in den Augen. Er wollte streng sagen: »Wo kommt ihr denn jetzt her?«, aber es klang nur erleichtert.

Die cleveren Mädchen merkten sehr wohl, dass hier etwas schiefgelaufen war, und sie erzählten abwechselnd und zerknirscht, dass sie ausgebüxt waren, um ihre besten Freundinnen Emily und Lilly auf dem Spielplatz im Park zu treffen. Dann erzählten sie verlegen grinsend, dass sie die beiden zu ihrer Adresse geschickt hatten und selbst zu ihrer Großtante und ihrem Großonkel gehen wollten, um etwas Unterstützung gegenüber ihren Eltern zu haben zum Abfedern des erwarteten Donnerwetters.

»Aber wir haben extra einen Zettel in unserem Zimmer abgelegt, damit ihr euch keine Sorgen zu machen braucht. Habt ihr ihn denn nicht gefunden?«, fragte Alina zum Abschluss.

»Nein, da war …«, sagte Verena gerade, da fiel Peter ihr ins Wort: »Verdammt, du musst sofort die Spielbergs anrufen, ob ihre Kinder wohlbehalten nach Hause gekommen sind.«

Stefan sah seinen Freund und Kompagnon entsetzt an,

nickte stumm und ging ins Nebenzimmer, um ungestört telefonieren zu können.

Er musste jetzt Ruhe bewahren, um nicht zu viel von den Ereignissen der letzten Woche preiszugeben. Schließlich war nicht gesagt, dass den Töchtern der Spielbergs wirklich etwas widerfahren war.

Als Robert Spielberg jedoch sagte, dass sie ihre Kinder schon längst zurückerwarteten und sie eigentlich zur Pünktlichkeit erzogen hätten, läuteten auch bei Stefan sämtliche Alarmglocken. Dennoch hielt er sich erst einmal zurück und sagte nur: »Unsere Zwillinge sind gerade vom Spielplatz zurückgekommen. Dort haben sich die vier getroffen. Allerdings sind wir alle in der Hauptstraße, Alina und Anina auch.«

»Das ist seltsam«, sagte nun Robert Spielberg, »reden wir Klartext. Jetzt ist keine Zeit für Spielchen. Ich weiß aus den Fernsehnachrichten von dem Anschlag im Main-Taunus-Zentrum und dass der Sohn Ihres Kompagnons tot ist. Deshalb hatten wir unseren Kleinen eigentlich erst mal verboten, zu dem Treffen mit Ihren Zwillingen zu gehen. Aber die machen ja ohnehin immer nur, was sie wollen.« Der Familienvater klang äußerst beunruhigt. »Wenn Ihre Zwillinge bei Ihnen in der Hauptstraße sind, warum sind sie dann nicht zusammen mit meinen Kindern gegangen? Sie hätten doch fast den gleichen Weg gehabt. Sie sind schon fast eine Stunde überfällig.«

Stefan bemerkte die aufsteigende Panik in der Stimme des sympathischen Familienvaters nur zu deutlich und ärgerte sich, dass er die Hauptstraße überhaupt erwähnt hatte. Denn dass die Spielbergs in der Bahnstraße wohnten, hatte er in diesem Moment nicht bedacht. Um den Mann nicht noch weiter zu beunruhigen, beendete er das Gespräch möglichst schnell. Schließlich war es ja immer noch möglich, dass sich alles als falscher Alarm herausstellte.

Robert Spielberg legte mit zitternden Fingern den Hörer des Telefons im Retro-Look auf die Gabel zurück und ging zu seiner Frau hinüber, die auf dem Sofa saß und das Gespräch mitverfolgt hatte, da ihr Mann den Lautsprecher eingeschaltet hatte. Der Schal, den sie gerade strickte, hatte schon eine beachtliche Länge aufzuweisen. Sibylle, die ein knappes Jahr jünger als ihr Mann war, legte die Strickarbeit aus den Händen, die sie in den vergangenen Minuten ohnehin kaum beachtet hatte. Denn je länger das Gespräch ihres Mannes mit Stefan Weimershaus gedauert hatte, umso unruhiger wurde auch sie. Zumal die Zeiger der Wanduhr Minute um Minute vorrückten und ihre Kinder noch immer nicht auftauchten.

Als sich ihr Mann sich neben sie setzte und in den Arm nahm, sah ihm aus ihren Augen die nackte Panik entgegen.

»Ob man unsere beiden mit Alina und Anina verwechselt hat?«, fragte sie.

»Sibylle, Schatz«, sagte Robert Spielberg zu seiner Frau. »Jetzt müssen wir die Nerven bewahren, egal, wie schwer uns das fällt. Emily und Lilly darf einfach nichts passieren, sie sind doch unser Ein und Alles.«

Was als Versuch gemeint war, seine Frau zu beruhigen, bewirkte jedoch eher das Gegenteil.

»Was soll denn nun werden?«, sagte Sibylle kläglich, dann begann sie hemmungslos zu weinen.

Als der Tränenstrom versiegt war, sagte sie wieder etwas gefasster zu ihrem Mann: »Emily und Lilly haben sich mit den Weimershaus-Kindern getroffen, vielleicht wissen die schon mehr. Wir sollten mit ihnen in Kontakt bleiben. Wir kennen Stefan und Verena Weimershaus von den Eltern-abenden her doch als vernünftige und zugängliche Leute. Mit denen kann man doch bestimmt reden. Genau das sollten wir tun.«

»Du hast recht. Das ist eine gute Idee von dir. Komm, wir fahren rüber in die Hauptstraße.«

»Und wer ist da, wenn sie doch noch heimkommen?«

»Ich sag schnell Sandra Bescheid. Die Mädchen werden zwar dumm gucken, wenn ihre frühere Babysitterin sie hier empfängt, aber was soll's, wenn sie nur heil zurückkom-men.«

Zum Glück wohnte Sandra gleich nebenan und hatte so-gar Zeit.

Eine Viertelstunde später saßen Robert und Sibylle Spiel-berg in der Detektivagentur. »Ich weiß, was bei Ihnen los ist und dass Sie Polizeischutz bekommen«, sagte Robert Spielberg in die versammelte Runde. »Deshalb wollte ich ja, dass unsere Kleinen sich in den nächsten Tagen nicht mit Alina und Anina treffen. Aber verbieten Sie den Rackern mal etwas, was sie sich in den Kopf gesetzt haben.«

Da mussten alle schmunzeln, obwohl die Situation alles andere als lustig war.

Dann beschrieb Herr Spielberg seine Befürchtung, dass man die Kinder wegen der gleichen Jacken verwechselt ha-ben könnte, schloss aber, da er ein umgänglicher Mensch war, mit den Worten: »Natürlich kann es immer noch sein, dass sie sich nur grausam verträdelt haben. Trotzdem bitten wir Sie um Ihre Hilfe. Möglichweise wurden ja auch unsere Kinder gezielt entführt, ganz unabhängig von Ihrem Fall.«

»Aber klar helfen wir Ihnen«, sagte Stefan, und Peter

fügte hinzu: »Die Sicherheit der Kinder hat absoluten Vorrang. Was wollen Sie wissen?«

Nun fragte Sibylle die Zwillinge, ob denn auf dem Spielplatz etwas los gewesen war.

»Kalt war's heute«, sagten die Zwillinge gleichzeitig, und Alina fuhr fort: »Deshalb waren wir auch gar nicht so lange dort, wie wir eigentlich wollten. Außerdem waren wir die Einzigen, hat sich wohl niemand rausgetraut. In diese Hütte haben wir uns reingekauert. Emily und Lilly haben uns etliche Bilder vom Urlaub gezeigt. Toll waren die.«

»Ist euch sonst noch irgendwas aufgefallen?«, fragte Stefan.

»Nein, Papa«, sagte Anina, während Alina kurz überlegte. Dann sagte sie: »Ich habe erst gedacht, da war was, aber ich glaube, ich habe mich geirrt.«

»Wie meinst du das?«, hakte Verena sogleich nach, die ihre ältere Tochter zu gut kannte und wusste, dass sie viel mehr mitbekam, als für ihr Alter gut war. »Komm, los, raus mit der Sprache.«

»Irgendwie kam es mir vor, als ob ich hinter einem Baum jemanden hätte stehen sehen. Als ich nochmal hingesehen habe, war es aber weg.«

»Es?«, griff Peter die Äußerung sofort auf. »Könnte dort jemand gestanden und euch beobachtet haben? Ein Mann vielleicht?«

»Schon möglich. Aber ob das ein Mann, eine Frau oder ein rosa Einhorn war, kann ich wirklich nicht sagen.«

»Was sagt denn ihr zu Roberts Befürchtungen?«, fragte Stefan in die Runde, als die Spielbergs gegangen waren und auch die Zwillinge sich zurückgezogen hatten. »Ich halte sie für wahrscheinlicher, als mir lieb ist.«

Noch bevor irgendjemand im Raum etwas antworten konnte, begann das Festnetztelefon zu läuten. Wie im Display zu erkennen war, war es eine unterdrückte Nummer. Peter nahm das Gespräch entgegen und stellte den Lautsprecher an. Er meldete sich beim Namen, da schallte ihm auch schon eine aggressive männliche Stimme entgegen, von der er zu Recht annahm, dass es die von Boris Stoikovic war:

»Gut, dass ich Sie gleich erwische, Stettner.«

»Was wollen Sie?«

»Holen Sie Ihren sauberen Kompagnon dazu.«

»Der ist schon da.«

»Okay, dann hören Sie beide gut zu. Ich sage das alles nur einmal. Wir haben die Zwillinge Ihres Kompagnons. Wenn Sie wollen, dass die beiden das hier überleben, lassen Sie sich gegen die beiden austauschen. Ich will Sie – nicht Ihre Kinder, ist das klar? Wenn Sie nicht spuren, zögere ich keinen Moment, die Kleinen abzumurksen und hier im Wald zu verscharren – so viel dazu. Wie der Austausch stattfindet, dazu später mehr. Jetzt …«

Der Verbrecher wollte eigentlich noch etwas sagen, aber in dem Moment geschah etwas, das keiner so vorausgesehen hatte. Die Zwillinge, die sich unbemerkt angeschlichen hatten, hatten alles mitangehört und glauben, ihren Freundinnen helfen zu können, indem sie laut riefen: »Ätsch, ihr habt die Falschen. Wir sind längst zu Hause!«

Man konnte förmlich spüren, wie Boris Stoikovic der Atem stockte. Doch nach einer kurzen Pause sagte er: »Das ändert gar nichts – Austausch oder Tod. Ich melde mich wieder.«

Dann war es still in der Leitung.

Der Erste, der seine Sprache wiederfand, war Stefan. »Ist Jörg Stuhlbein noch da?«, fragte er.

»Ja, er macht gerade die Übergabe an Kommissar Leitner, der uns nun die nächste Schicht lang auf den Wecker geht.«

»Ruf ihn schnell rein.«

Im Versteck von Boris und Thomas herrschte schiere Aufregung. Die Nachricht, dass sie die falschen Kinder entführt hatten, brachte vor allem Thomas aus der Fassung.

»Scheiße, scheiße, scheiße!«, brüllte er so laut, dass Boris befürchtete, man könne das Geschrei seines Helfers bis in den nicht allzu weit entfernten Ort hören.

»Mensch, halt dein Maul und denk lieber nach!«, herrschte er ihn an. »Im Grunde bleibt doch alles beim Alten. Sie können unmöglich riskieren, die Schuld am Tod der Kinder auf sich zu laden. Sie werden kommen.«

»Und wenn sie mit den Bullen zusammenarbeiten?«

»Das werden sie sowieso. Also denk nach, streng deine grauen Zellen an, ein vernünftiger Plan muss her.«

»Sollten wir nicht lieber das Geld holen, und nichts wie weg? Die Sache wird einfach zu riskant«, versuchte Thomas einmal mehr, Boris zu übertölpeln und ihm das Versteck der Beute zu entlocken. »Wenn wir erst noch dorthin müssen, wo das Geld liegt, kann es für eine Flucht zu spät sein.«

»Da mach dir mal keine Sorgen«, sagte Boris großspurig und ohne nachzudenken. »Dazu brauchen wir nirgen…«
Erst dann merkte er, dass er gerade im Begriff war, einen Fehler zu machen, und hielt inne.

Aber sein kurzer Versprecher hatte gereicht, um Thomas seinem Ziel ein Stück näher zu bringen. Das Geld war vergraben, wie ihm Boris' letzter Versprecher im Suff verraten hatte, und heute hatte er erfahren, dass es ganz in der Nähe sein musste. Vermutlich sogar hier auf dem Grundstück.

Thomas nahm sich vor, in den nächsten Stunden das Gelände genau zu untersuchen und bei der erstbesten Gelegenheit an den vielversprechendsten Stellen zu graben. Nur durfte Boris davon nichts merken, und es musste schnell gehen, bevor es für ihn zu spät war.

Deshalb lenkte er seinen Boss erst einmal ab, indem er sagte: »Vielleicht sollten wir die Gelegenheit nutzen und aus der Sache etwas Extra-Kohle rausschlagen.«

»Extra-Kohle?«

»Ja, googele doch mal die Eltern der Kinder, vielleicht sind die reich.«

»Mensch, Thomas, manchmal bist du direkt zu gebrauchen – gar nicht so blöde. Die Detektive sollen beim Austausch die Kohle gleich mitbringen. Wie heißen die eigentlich?«

»Keine Ahnung, das haben wir gleich«, sagte Thomas und ging in den Nebenraum des kleinen Hauses, wo Emily und Lilly Spielberg an einem Regal angekettet waren.

»Hey, ihr kleinen Scheißer!«, fuhr er die Zwillinge an, die still vor sich hin weinend auf einer Decke in der Ecke saßen.

Lilly schaute vorsichtig zu ihrem Peiniger auf, der mit einer Sturmhaube maskiert den Raum betreten hatte. Sie war die Mutigere der beiden. Emily klammerte sich noch fester als bisher schon an ihre Schwester und vergrub ihren Kopf noch tiefer in der pinkfarbenen Jacke von Lilly.

»Wie heißt du?«, fragte Thomas.

»Lilly.«

»Meinetwegen, den Nachnamen meine ich, verdammt noch mal.«

Dazu hob er drohend die Hand, was auch bei Lilly Wirkung zeigte.

»Spiel... Spielberg.«

»So, und wo wohnt ihr?«

»In Kelkheim.«

»Meine Fresse, Straße, Hausnummer. Das kann doch nicht so schwer sein. Muss man euch kleinen Arschlöchern alles einzeln aus der Nase ziehen?«, fuhr Thomas die Kleinen an und kam drohend näher.

Das zog.

»Bahnstraße, El… Elektro-Spielberg, das …das sind un… unsere Eltern«, sagten die beiden stockend und im Chor.

»Na, geht doch«, meinte Thomas zufrieden, drehte sich um und ging zu Boris zurück.

Der hatte alles mit angehört und sich derweil im Internet über die Spielbergs informiert.

»Nicht mal schlecht«, sagte er. »Das Elektrogeschäft dieser Leute wirft sicher einiges ab. Da können wir ruhig hunderttausend verlangen.«

»Prima, und wie willst du alles organisieren?«

»Lass mich mal machen. Heute Abend arbeiten wir den Plan bis ins Detail aus, und morgen früh rufen wir bei denen an. Ich hab da schon so meine Ideen.«

Am nächsten Morgen, es war noch nicht ganz sieben Uhr und Peter lag noch im Bett, hatten die Polizeibeamten, die zum Schutz der beiden Familien anwesend waren, gerade Schichtwechsel. Sie machten vor dem Haus die Übergabe. In diesem Augenblick läutete das Telefon auf Peters Nachttisch, und er erkannte sofort die aufgeregte Stimme Robert Spielbergs wieder.

»Die Entführer haben sich bei mir gemeldet.«

»Die Polizei weiß …«

»Nicht alles. Sie sollen sich davonschleichen. Wir treffen uns im Café in der Bahnstraße. Ich erwarte Sie.«

Dann war die Leitung tot. Peter starrte das Telefon in seiner Hand einige Sekunden lang an und dachte: *Der scheint allen Ernstes vorauszusetzen, dass wir uns gegen die Kinder austauschen lassen.*

Dann schwang er sich für seine zweiundsechzig Lenze erstaunlich behände aus dem Bett und ging ins Gästezimmer hinüber, wo Familie Weimershaus vorübergehend Quartier bezogen hatte. Er erzählte Stefan von dem Anruf, und sie beschlossen, auf Nummer sicher zu gehen und die Anweisungen der Verbrecher vorerst zu befolgen. Erst wenn sie wussten, was die vorhatten, würden sie entscheiden, wann sie Jörg Stuhlbein gegenüber die Karten auf den Tisch legten. Auch wenn er ihr Freund war und ihr vollstes Vertrauen genoss, der etwas schwerfällige Polizeiapparat, der an ihm hing, hatte sich in der Vergangenheit schon öfters gerade in der Anfangsphase einer Operation als hinderlich erwiesen.

Die beiden zogen sich an, und während Stefan die beiden Beamten auf eine Tasse Kaffee in die Küche bat, stieg Peter auf der anderen Seite des Hauses aus dem Fenster und schlich sich davon.

Als er im Café ankam, fragte er den Besitzer des Elektrogeschäfts: »Was wollen die?«

»Zuerst einmal, bitte, lassen Sie sich austauschen. Wenn es jemanden gibt, der diesen Ganoven das Handwerk legen kann, dann Herr Weimershaus und Sie. Ich habe da vollstes Vertrauen. Bitte retten Sie meine Kinder.«

»Ich kann Sie beruhigen, wir machen das. Allerdings nur mit Rückendeckung der Polizei.«

»Meinen Sie nicht, dass es auch ohne geht? Denn genau das wollen die Entführer, dass Sie die Polizei austricksen.«

»Vergessen Sie nicht, es geht hier auch um unser Über-leben«, sagte Peter, ungehalten über die Dreistigkeit der Bitte. »Sie haben eine reelle Chance, davonzukommen, aber meine Kinder nicht«, kam es so kläglich aus dem Mund von Robert Spielberg, dass Peter, hätte es noch einer Über-legung bedurft, spätestens jetzt ohnehin zugestimmt hätte.

»Ich kann natürlich nicht für Herrn Weimershaus spre-chen, aber ich für meinen Teil bin einverstanden. Ich werde Ihren Kindern zuliebe das bisher größte Risiko meines Le-bens eingehen. Ich hoffe, Sie wissen das zu schätzen. Wie genau stellen die Ganoven sich das weitere Vorgehen vor?«

»Mich haben sie gestern Nachmittag noch angerufen, be-vor die Polizei mein Telefon angezapft hat. Sie haben an-gekündigt, dass ein Päckchen unterwegs sei, in dem zwei Prepaid-Handys liegen. Auf dem einen wollten sie mich anrufen. Das haben diese Ganoven heute Morgen um vier gemacht und mir weitere Anweisungen gegeben.«

»Weiß die Polizei darüber Bescheid?«

»Nein, das durfte ich nicht tun. Sie haben mir gedroht, wenn die Polizei irgendetwas mitkriegt, leben meine Mäd-chen nicht mehr lange.«

»Wenn Hauptkommissar Stuhlbein im Moment nicht Bescheid weiß, ist das vielleicht auch besser so.«

»Sie werden es also tun?«

»Ja, gegen jede Vernunft.«

»Ich stehe auf ewig in Ihrer Schuld.«

»Lassen wir diese großen Worte. Ich habe eine Scheiß-angst, dass dieses Ewig nur noch ein, zwei Tage dauert. Das können Sie mir glauben. Ich tu's für Ihre Kinder – also, was muss ich noch wissen?«

»In dem einen Paket lag noch ein Zettel mit Anweisungen für Sie drin. Die Gangster wollen, dass Sie sich gegen die

Mädchen austauschen lassen und obendrein noch einhunderttausend Euro Lösegeld von mir!«

»Haben Sie so viel?«

»Kein Problem, ich stehe schon in Kontakt zu meiner Bank, und was ich nicht flüssig habe, lege ich als Kredit obendrauf. Sie sollen das Geld mitnehmen. Was haben Sie denen getan, dass die Sie wollen?«

»Nichts. Es reicht denen, es zu glauben, aber das ist eine verdammt lange Geschichte. Vielleicht habe ich die Chance, es Ihnen irgendwann zu erzählen. Jetzt muss ich aber zurück, damit meine Abwesenheit nicht auffällt. Bringen Sie das Geld heute Nachmittag einfach vorbei. Dass wir uns austauschen lassen sollen, weiß die Polizei ohnehin schon. Das mit dem Geld können sie ruhig auch wissen.«

»Okay«, sagte Robert Spielberg, und obwohl er wusste, dass Peter Stettner und Stefan Weimershaus sehr erfolgreiche Detektive waren, die es schaffen konnten, alles zu einem guten Ende zu bringen, wurde er zunehmend unsicher. Ihm war klar, dass die beiden eher ihr eigenes Leben opfern würden, als das Leben seiner Kinder zu gefährden, dennoch hatte er plötzlich allergrößte Bedenken gegen seinen eigenen Wunsch, sich der Polizei nicht völlig zu offenbaren. Aber was hätte er schon anderes tun sollen, als Peter Stettner beim Abschied »Viel Glück« zu wünschen.

Peter war unbemerkt von den Polizisten ins Haus zurückgekommen und hatte mit Stefan sprechen können, ohne dass irgendjemand etwas davon bemerkte. Auch ihre Frauen, Claus und die anderen Helfer nicht.

»Ich fürchte, wir haben es hier mit ganz ausgefuchsten Profis zu tun, die keine Fehler machen oder verzeihen«, sagte er.

»Ja, die scheinen an alles gedacht zu haben. Hier mit diesem Handy, das wir vor der Polizei geheim halten sollen, bekommen wir per SMS Anweisungen. Die rechnen damit, dass wir verkabelt sind und die Polizei bei Sprachverkehr mithört. Außerdem rechnen sie damit, dass uns mindestens zwei zivile Polizeiwagen folgen, und die sollen wir auf Kommando abhängen. Den Treffpunkt bekommen wir erst dann mitgeteilt.«

»Wie wollen die Ganoven denn das kontrollieren?«

»Ich denke da an eine oder mehrere Drohnen.«

»Scheiße.«

»Kannst du laut sagen. Außerdem kommt heute Nachmittag Robert Spielberg vorbei und bringt das Lösegeld für seine Kinder, das wir übergeben sollen. Danach kommt ganz offiziell die Nachricht, dass wir losfahren sollen, damit die Polizei erst gar nicht auf die Idee kommt, dass es Absprachen gibt, die sie nicht kennen.«

»Lösegeld? Was soll denn dieser Scheiß? Das ist mir neu.«

»Das weiß ich auch erst seit eben. Ich fürchte, das ist kein Amoklauf, oder vielleicht nicht mehr, wie die Polizei in Passau immer noch meint. Ich sag dir, es sieht ganz danach aus, als wollten die das inzwischen überleben.«

»Sollten wir dann nicht doch besser Jörg und seinen Kollegen gegenüber mit offenen Karten spielen?«

»Grundsätzlich ja, aber jetzt noch nicht. Die haben alles so gut geplant. Ich fürchte, die Gangster sind über jeden Schritt von uns informiert. Wenn wir nicht spuren, sind die Kinder tot. Wir sollten aber unsere Frauen einweihen und, sobald die Kinder frei sind, den Polizeiapparat einschalten. Was die Fahndung nach flüchtigen Tätern angeht, sind die Beamten besser aufgestellt.«

»Und was wird mit uns? Die wollen uns töten.«

»Ich denke, wir sind gewitzt genug, uns aus der Affäre zu ziehen.«

»Und wenn nicht?«

»Na ja, was wohl … Exitus.«

Peter und Stefan gingen in Peters privates Arbeitszimmer im ersten Stock und verfassten ein Schreiben mit Anweisungen für Annika und Verena und übergaben beiden in der Küche den Zettel mit der Maßgabe, vorerst mit niemandem darüber zu sprechen. Auch nicht mit Claus, Sven, Marco und Olli, die seit einer guten Stunde unten in der Detektei schon fleißig am Recherchieren waren.

»Seid ihr völlig bekloppt?«, wetterte Annika los, und Verena stimmte ihr aus vollem Herzen zu. »Ihr begebt euch freiwillig auf die Schlachtbank? Das können wir nicht zulassen. Da haben wir auch noch ein Wörtchen mitzureden.«

»Ihr müsst es zulassen. Zumindest du, Annika. Ich habe meine Zusage bereits gegeben, und was ich zusage, das gilt. Wie ist es mit dir, Stefan?«

Peter entging das kurze Zögern Stefans nicht, bevor er sagte: »Ich bin dabei.«

»Wollt ihr, dass es bald zwei Witwen mehr in Kelkheim gibt?«

»Das wird nicht geschehen«, sagte Peter so überzeugend, dass er es selbst fast glaubte. Damit war die Diskussion beendet.

Dann gingen sie hinunter, um zu hören, was die anderen inzwischen herausgefunden hatten. Auf dem Weg begegneten sie Hauptkommissar Stuhlbein, der auf der Suche nach ihnen war. Das Ansinnen der Entführer mit dem Austausch, das schon seit dem Vortag bekannt war, ließ ihm keine Ruhe mehr.

»Peter, Stefan, wollt ihr euch wirklich dieser Gefahr aussetzen?«

»Was sollen wir anderes tun?«

»Unsere Leute hinschicken, an eurer Stelle. Das klappt, denn die beiden kennen euch schließlich nicht persönlich.«

»Im Netz existieren massenhaft Bilder von Stefan und mir. Wir sind einzigartig, Doppelgänger werdet ihr nicht finden. Aber wenn die Entführer nur den Hauch eines Verdachtes schöpfen, dass da was nicht stimmt, sind die Kinder tot. Das möchte ich nicht zu verantworten haben.«

»Okay, wenn ihr euch wirklich sicher seid, dass ihr das Risiko für euch in Kauf nehmen wollt, dann soll es meinetwegen so sein. Schließlich weiß ich, was ihr schon alles in der Vergangenheit gestemmt habt. Trotzdem, so eng wie dieses Mal war es noch nie. Wir werden euch mit drei Wagen folgen. Außerdem verkabeln wir euch, um euren Telefonverkehr zu überwachen. Irgendwie müssen sie euch ja Anweisungen geben. Wenn sie sagen, wohin, wiederholt ihr das laut und deutlich. Vielleicht können wir vor ihnen am vereinbarten Treffpunkt sein. Außerdem haben wir eure beiden Wagen mit jeweils einem Peilsender ausgestattet. So können wir mehr Abstand halten und müssen nicht auf Sicht fahren.«

»Okay, danke. Wir gehen mal jetzt rein zu den anderen. Kommst du mit?«

Ohne Jörgs Antwort abzuwarten, setzte Peter sich wieder in Bewegung und verschwand in den Räumen der Detektei. Stefan und Jörg folgten ihm.

»Hallo, was habt ihr denn herausgefunden?«, fragte Peter, als sich die Tür hinter ihnen geschlossen hatte.

»Nicht sehr viel«, gab Oliver Krause zu, der sich in die

Ermittlungen mit einbrachte wie niemals zuvor. »Lediglich das Leben von Dragoslav Stoikovic liegt nun ziemlich ausgebreitet vor uns. Der Arbeitsplatz, an dem er seine Rente aufbesserte, war ein metallverarbeitender Betrieb in Griesheim. Sein bester Freund, dieser Fritz M., dessen Familiennamen wir immer noch nicht kennen, hat ihn dort hineingebracht. Dort hat er auch vor acht Jahren diesen Schlaganfall erlitten, an dem er letztlich verstorben ist. Er wurde vorher noch aus dem Krankenhaus entlassen, aber wohin, ist unbekannt. In seine Wohnung jedenfalls nicht, denn er wurde dort abgemeldet.«

»Vielleicht könnte Boris' Vater Licht ins Dunkel bringen.«

»Da sind wir dran. Er ist im Frühsommer in Rente gegangen. Seine ehemalige Firma, Molto Maschinenbau in Nürnberg, gibt uns keine Auskunft. Olli hat sich der Sache angenommen.«

»Aha«, sagte Peter nur, denn er wusste gleich, was das hieß.

Noch während er seinen Gedanken nachhing – immerhin hatte auch er kein wirklich gutes Gefühl, wenn er an die nächsten vierundzwanzig Stunden dachte –, rief Olli plötzlich: »Ja, warum denn nicht gleich so!« Alle sahen erstaunt zu ihm hin.

»Ich hab die Adresse von Milan Stoikovic. War nicht ganz einfach, über das Archiv der Firma hätte es viel zu lange gedauert. Bei der Stadt haben sie eine gute Absicherung, da hätte ich noch länger gebraucht, aber bei der Krankenkasse … aber ihr wollt Ergebnisse und kein Geschwafel. Milan Stoikovic, Nürnberg-Langwasser, Bauernfeindstraße. Telefon…«

Olli Krause redete nicht lange, sondern handelte. Statt die Nummer zu nennen, tippte er sie gleich ins Telefon,

und alle lauschten dem Freizeichen, das aus dem einge-
schalteten Lautsprecher drang. Aber nichts tat sich. Milan
Stoikovic schien nicht zu Hause zu sein.

Im fernen Passau saß Oberkommissarin Angelika Enders
an ihrem Schreibtisch und dachte nach. Nach ihrem Anruf
in Hofheim und ihrer Nachfrage, ob denn Boris Stoikovic
bereits verhaftet sei, hatte man ihr von den Ereignissen der
letzten Tage berichtet. Das hatte sie derart beunruhigt – dabei hatte sie von der neuesten Entwicklung noch gar nichts
gehört –, dass sie unverzüglich zu ihrem Chef, Kriminaloberrat Wolfhagen, gegangen war und ihm gegenüber ein-
geräumt hatte, dass Boris Stoikovics Helfer ihr Bruder war.

»Dann muss ich Sie unverzüglich von diesem Fall abzie-
hen«, hatte der Boss gesagt, aber Frau Enders hatte ihm
einen anderen Vorschlag unterbreitet. »Niemand kennt
meinen Bruder Thomas so gut wie ich. Ich weiß genau,
wie er tickt und in bestimmten Situationen reagiert. Dieses
Wissen könnte vor Ort gebraucht werden. Sollte ich nicht
nach Hofheim fahren und den Kommissaren vor Ort dort
beratend zur Seite stehen?«

Zuerst war ihr Chef von ihrem Vorschlag nicht sehr
begeistert, doch dann meinte er: »Aber nur in beratender
Funktion. Sie nehmen keinesfalls an den Einsätzen teil.«

Er versprach ihr, sich schnellstens mit Hauptkommissar
Stuhlbein und Kriminalrat Tauber auseinanderzusetzen
und deren Zustimmung einzuholen.

»Na ja, immerhin besser als nichts«, murmelte sie, während sie das Büro verließ.

Als der Kriminaloberrat seine Untergebene eine gute
Stunde später anrief und grünes Licht für die Dienstreise
gab, hatte sie ihr Zimmer in dem kleinen, gemütlichen

Landhotel im Kelkheimer Stadtteil Münster bereits gebucht.

Als am frühen Nachmittag Robert Spielberg in die Hauptstraße kam und den Detektiven das Lösegeld übergab, staunte Jörg Stuhlbein nicht schlecht. Dass noch eine Lösegeldforderung im Raum stand, davon hatte er bislang noch nichts gewusst.

»Wie kam es denn dazu? Warum wurde ich nicht informiert?«, fragte er den Besitzer des Elektrogeschäftes.

»Die Entführer haben mich gestern noch am frühen Nachmittag kontaktiert, bevor Ihre Beamten die Telefonüberwachung eingerichtet hatten, und mir eingeschärft, Ihnen vorerst nichts davon zu sagen.«

»Warum?«

»Das weiß ich nicht«, schwindelte Robert Spielberg.

Dennoch war der Hauptkommissar mit dieser Entwicklung gar nicht so unzufrieden, zeigte es ihm doch, dass die Verbrecher mit dem Leben davonkommen wollten. Das hieß nicht, dass die Gefahr für Peter und Stefan geringer geworden war, aber immerhin. Sie würden vermutlich kein sinnloses Blutbad mehr anrichten und versuchen, wilde Schusswechsel zu vermeiden, wenn die Polizei ihr Versteck stürmte.

Kurz darauf kam der Anruf der Entführer. Die Stimme aus dem Telefon, vermutlich die von Boris, fragte, ob das Geld inzwischen angekommen sei.

»Nein, leider noch nicht«, versuchte Hauptkommissar Stuhlbein etwas Zeit zu schinden, wurde aber von der Stimme gleich deutlich in die Schranken gewiesen: »Erzählen Sie mir keinen solchen Bockmist, sonst können Sie das erste Mädchen in Einzelteilen zurückhaben.«

Dann wollte er die Detektive sprechen, aber da man gerade dabei war, das Mikrofon unter Peters Hemd zu installieren, sagte Jörg Stuhlbein, dass das zurzeit nicht möglich sei.

Statt sich aufzuregen, wie es der Hauptkommissar erwartet hatte, sagte Boris Stoikovic fast schon zu ruhig für seine Begriffe: »Sagen Sie den beiden, sie sollen sich in den nächsten zehn Minuten in Stettners Auto setzen und losfahren. Weitere Anweisungen folgen.«

Nachdem er aufgelegt hatte, fragte Hauptkommissar Stuhlbein seinen neben ihm stehenden Untergebenen knapp: »Hat die Ortung geklappt?«, und der Mann rief in der Zentrale an, erfuhr aber, dass die Zeit nicht ausgereicht hatte.

Peter und Stefan, die gerade in den Raum zurückkamen, hörten noch die letzten Worte des Polizisten und fragten: »Sollen wir losfahren?«

Jörg Stuhlbein nickte Peter kurz zu, Stefan nahm das Geldbündel vom Schreibtisch, und beide verließen mit einem mulmigen Gefühl in der Magengegend das Büro.

Draußen im Auto sagte Peter nur: »Wünschen wir uns viel Glück für dieses Himmelfahrtskommando.«

Dann startete er den Wagen, und langsam rollten sie die Hauptstraße entlang, der Bahnstraße entgegen.

11.

Inzwischen war Oberkommissarin Angelika Enders in Hofheim angekommen. Sie war entgegen der Anweisung ihres Chefs mit ihrem Privatwagen gefahren, weil sie flexibler sein wollte, als es dem Polizeioberrat lieb war. Sie hatte ganz und gar nicht vor, wie es in ihrer Dienstanweisung hieß, sich auf eine beratende Funktion zu beschränken. Zu gern wäre sie es, die ihren Bruder verhaftete, aber dafür musste sie unbedingt mobil sein.

Nach einem Riesenkrach mit ihrem Lebensgefährten, der sich einmal mehr bei ihren Entscheidungen übergangen fühlte, war sie am Mittag mit den Worten: »Warte nicht auf mich, es kann Freitag oder Samstag werden, bis ich zurück bin«, aufgebrochen.

Nun saß sie im Büro der Hofheimer Kriminalpolizei Hans Heisslitz gegenüber, der dank seines dick bandagierten Knies zum Innendienst verdonnert worden war. Eigentlich war Hans sogar krankgeschrieben, aber wenn Peter und Stefan, die bei der gesamten Hofheimer Kripo bekannt und beliebt waren, in Gefahr gerieten, wollte er nicht außen vor bleiben. Er hatte die Koordination der Verfolger vom Büro aus übernommen.

»Der Wagen der Detektive ist mit einem Peilsender ausgestattet, die beiden sind verkabelt, sodass wir mithören können, und mit vier Wagen folgen wir ihnen«, erklärte der nach Jörg Stuhlbein ranghöchste Kriminalbeamte in Hofheim der Passauer Beraterin. »Ursprünglich sollten es nur drei Wagen sein, aber einen habe ich zusätzlich noch loseisen können.«

»Sind die Detektive schon losgefahren?«

»Ja, vor zehn Minuten. Sie scheinen derzeit allerdings etwas planlos in der Gegend herumzukurven.«

Er hatte es kaum ausgesprochen, da begann das Funkgerät vor ihm zu krächzen, und kurz darauf meldete sich Jörg Stuhlbeins Stimme: »Die beiden scheinen jetzt Kurs auf Königstein zu nehmen. Wir verlassen mit etwa fünfhundert Metern Abstand soeben Kelkheim.«

»Kann das gutgehen?«, fragte Angelika Enders, die notgedrungen einsah, dass sie im Moment zum Zuschauen verdonnert war.

»Ich hoffe es inbrünstig«, sagte Hans Heisslitz nur, aber man merkte deutlich, dass er es ehrlich meinte.

Während Peter und Stefan an diesem ausklingenden Spätsommernachmittag in den Taunus hineinfuhren, folgten ihnen nicht nur vier Polizeiwagen, auch Boris und Thomas folgten jedem ihrer Schritte. Wie Peter es ganz richtig vorausgesehen hatte, brauchten sie das nicht einmal persönlich zu tun, denn das hatte eine ferngesteuerte Drohne übernommen.

»Was willst du jetzt tun?«, fragte Thomas, der am Morgen einen neuen Lieferwagen gestohlen hatte, seinen Boss. Ihm war ganz und gar nicht klar, ob Boris wirklich so durchgeknallt war, wie er sich meist gab, oder ob er in Wahrheit irgendwelche anderen Ziele verfolgte. Und wenn ja, welche? Dass Boris, während er selbst auf einer Autobahnraststätte den Wagen besorgt hatte, sich ein Enduro-Motorrad beschafft und es vor ihm versteckt hatte, hatte er nur durch Zufall entdeckt. Wäre er nicht in den Schuppen gegangen, um einmal mehr nach dem vergrabenen Geld zu suchen, wäre er nicht über das gut abgedeckte Motorrad gestolpert.

Immer größere Zweifel plagten Thomas, ob es dieses Geld überhaupt gab. Hatte Boris am Ende vorausgesehen, dass er ihm etwas in Aussicht stellen musste, um ihn bei der Stange zu halten? Hatte er die einhunderttausend Euro nur deshalb gefordert, weil es das andere Geld gar nicht gab? So konnte er ihn in der Scheiße zurücklassen und sich mit dem Motorrad absetzen, sobald es eng wurde.

Thomas, der am Steuer saß, wartete noch immer auf eine Antwort seines Kumpels, der sich den Laderaum mit den beiden verängstigten Mädchen teilte. Auf dem Bildschirm seines Laptops überwachte er die Drohne, die ihm gestochen scharfe Bilder von Peter, Stefan und den ihnen folgenden Polizeiwagen lieferte. Auch wenn es sich um zivile Wagen handelte, er erkannte sie aufgrund seiner langjährigen Erfahrung sofort.

»Vier Wagen setzen sie also ein. Damit hatte ich zwar nicht gerechnet, aber es ist auch für diesen Fall vorgesorgt. Nicht umsonst habe ich den Übergabeort so ausgewählt, dass er keinerlei Rückschlüsse auf unseren wahren Rückzugsort zulässt.«

»Schön«, sagte Thomas vom Steuer her, als er nach Bad Camberg hineinfuhr, »aber das ist keine Antwort auf meine Frage. Wie gehen wir vor, wenn der Austausch stattfindet? Knallen wir die Detektive ab und nichts wie weg?«

»Lass dich überraschen.«

»Verdammt, ich muss wissen, auf was ich mich einlasse.«

»Das wirst du in Kürze sehen, und denk immer schön an

die fünf Millionen, die auf uns warten«, sagte Boris Stoikovic, aber mit einem seltsam höhnischen Unterton, sodass Thomas einmal mehr ein mulmiges Gefühl beschlich. Er drehte sich auf dem Fahrersitz zu Boris um, der ihn anherrschte: »Schau auf die Straße. Ich will nicht im Graben landen!«

Thomas tat, wie ihm geheißen, und fuhr über die große Kreuzung mitten in Bad Camberg. Boris erschien ihm äußerlich ruhig, fast schon gelassen, aber sein Blick verriet eine extreme innere Anspannung. Er wurde einfach nicht schlau aus ihm.

Claus Mergentheimer und seine Helfer arbeiteten unermüdlich daran, Boris Stoikovics Versteck ausfindig zu machen. Es war wie verhext, nicht mal Milan Stoikovic war zu erreichen. Doch dann hatte Marco Ferreira die rettende Idee.

»Milan Stoikovic stammt doch ursprünglich aus Serbien, stimmt's?«

»Ja, aber er hat eine deutsche Frau und selbst seit vielen Jahren die deutsche Staatsbürgerschaft«, sagte Sven und sah Marco fragend an. »Ich glaube nicht, dass er nach Serbien zurückgegangen ist.«

»Ich auch nicht. Aber er hat bestimmt Verwandte dort, die er länger nicht gesehen hat. Wenn Milan vor einigen Monaten in Rente gegangen ist, hat er vielleicht jetzt endlich die Zeit, sie einmal zu besuchen.«

»Aber warum geht er dann nicht an sein Handy?«

»Gute Frage. Auf jeden Fall sollten wir versuchen, etwas über seine Verwandten herauszufinden. Nur er kann uns etwas über Boris verraten, das ihn für uns durchschaubarer macht.«

Sven sah seinen Exfreund begeistert an, und fast schon gegen seinen Willen stieg ein tiefes Gefühl der Zuneigung in ihm auf, das er längst verloren geglaubt hatte. Gleichzeitig fühlte er sich richtig mies, denn es kam ihm so vor, als hinterginge er seinen toten Freund Michael aufs Schändlichste.

Aber noch bevor er sich näher mit seiner Gefühlswelt befassen konnte, rief Olli Krause plötzlich laut: »Ja, verdammt, ich habe es.«

Alle Köpfe flogen herum zu ihm, und ohne dass jemand nachfragen musste, erklärte er: »Vermutlich Milans Aufenthaltsort in Serbien.«

»Wie hast du das geschafft?«, fragte Claus nun doch.

»Ich habe seinen E-Mail-Account gehackt. War gar nicht mal so schwer. Er stand in regem Kontakt zu seiner alten Tante in Rudnik, die schwer erkrankt ist und ihn darum gebeten hat, sie zu besuchen. Er hat ihr geantwortet, dass er mit seiner Frau kommt, sobald sie Urlaub hat.«

»Hast du ihre Telefonnummer?«

»Klar.«

»Wer ruft an, kann jemand serbokroatisch?«

Alle verneinten, nur Marco Ferreira meinte: »Einige wenige Worte nur, aber vielleicht reicht das. Gib mir mal die Nummer.«

Olli Krause nannte sie ihm, und Marco wählte. Erst ertönte einige Zeit lang das Freizeichen, aber dann wurde auf der Gegenseite abgehoben.

»Ja sam Marco Ferreira«, meldete er sich. Mehr brauchte er nicht zu sagen. Auf der Gegenseite unterbrach ihm eine Frauenstimme: »Franziska Stoikovic. Sie rufen, wie ich sehe, aus Deutschland an. Was wünschen Sie?«

»Ich müsste dringend Ihren Mann sprechen, erreiche ihn aber nicht.«

»Um was geht es?«

»Wir bräuchten dringend Auskünfte über Ihren Sohn Boris.«

»Nein, dazu …«, begann die Frau zuerst, überlegte es sich dann aber anders und fragte: »Sind Sie von der Polizei?«

»Nein, wir sind Privatdetektive. Ihr Sohn läuft Amok, er hat schon mehrere Menschen getötet. Im Moment ist der Vater meines Freundes in höchster Gefahr«, spielte Marco gleich mit offenen Karten, weil er hoffte, so am ehesten Zugang zu Milan zu bekommen.

»Warum kümmert sich die Polizei nicht darum?«, fragte die Frau erstaunlich ruhig, sie schien wohl so einiges von ihrem Sohn gewohnt zu sein.

»Sie ist überfordert, fürchte ich.«

»Wir können Ihnen ohnehin nicht viel sagen, wir haben schon vor vielen Jahren den direkten Kontakt zu ihm verloren. Nur die Polizei kommt ab und zu … Mein Mann kommt in Kürze aus dem Krankenhaus zurück, ich werde ihm sagen, dass Sie angerufen haben. Ihre Nummer habe ich hier im Display. Falls er es will, wird er innerhalb von zwei Stunden bei Ihnen zurückrufen.«

»Danke«, sagte Marco Ferreira noch, dann war die Leitung tot.

»Na, wenigstens etwas«, sagte Annika und bedankte sich bei Marco und Olli, die diesen Kontakt erst möglich gemacht hatten.

Dann fragte sie Marco direkt: »Frieden?«, und als dieser nickte, sagte sie zum ihm und Sven: »Ich werde euch keine Steine mehr in den Weg legen, und wenn wir das alles heil hier überstehen, dann glaube ich auch im Namen von Peter sagen zu können: Du bist uns jederzeit herzlich willkommen.«

Sven sah seine Mutter staunend an, denn so offen hatte er sie in dieser Frage noch nicht erlebt. Dennoch blieb keine Zeit mehr, das Thema weiter zu vertiefen, denn in diesem Augenblick läutete wieder das Telefon.

Claus Mergentheimer hob ab und meldete sich: »Detektivbüro Die Taunus-Ermittler, Claus Mergentheimer am Apparat. Was kann ich für Sie tun?«

Am anderen Ende der Leitung meldete sich Milan Stoikovic und sagte: »Meine Frau hatte vorhin mit einem Marco Ferreira gesprochen.«

»Ich gebe weiter«, sagte Claus und reichte den Hörer weiter.

Marco erklärte Boris' Vater haarklein, was alles geschehen war, und schloss mit den Worten: »Irgendwo im Taunus muss er ein Versteck haben. Leider haben wir keinerlei Anhaltspunkte, wo es sein könnte.«

»Ich auch nicht, leider. Ich sehe ein, dass Boris unbedingt gestoppt werden muss, aber ich wüsste nicht, wie ich Ihnen helfen könnte.«

»Indem Sie uns alles über Ihren Vater Dragoslav erzählen.«

»Mein Vater hatte auch schon viele Jahre keinerlei Kontakt mehr zu Boris. Er war, ganz im Gegensatz zu meinem Sohn, ein durch und durch ehrbarer Bürger«, sagte Milan scharf, und Marco musste sich beeilen, zu versichern: »Das habe ich auch nicht in Abrede stellen wollen. Aber ihr Vater war Gärtner von Beruf. Da ist es doch naheliegend, dass er irgendwo ein Gartengrundstück hatte, in einem Verein oder sogar etwas Eigenes. Vielleicht sind Sie inzwischen sogar der Besitzer, und Ihr Sohn nutzt es als Unterschlupf, ohne dass Sie davon etwas wissen.«

»Ach so, nein, ein solches Grundstück gibt es nicht.

Nicht mehr. Mein Vater hatte vor vielen Jahren mal einen Kleingarten, aber als das Vereinsgelände zu Bauland erklärt wurde, hat sich der Verein aufgelöst und er hat den Garten verloren. Ein eigenes Grundstück hätte mein Vater sich unmöglich leisten können. Doch halt, da fällt mir noch was ein. Er hatte in späteren Jahren tatsächlich im Taunus draußen ein Grundstück bewirtschaftet, aber es gehörte ihm nicht. Was daraus geworden ist, weiß ich allerdings nicht. Sein bester Freund, Fritz Ma… Me… oder so, könnte, falls er noch lebt, Bescheid wissen. Die beiden haben viel von ihrer Freizeit zusammen verbracht.«

»Über diesen Freund sind wir auch schon gestolpert, haben aber bislang seinen Nachnamen nicht in Erfahrung bringen können. Könnten Sie noch einmal darüber nachdenken und, wenn Ihnen dazu etwas einfällt, uns noch mal anrufen? Gern auch nachts, denn es ist sehr dringend.«

»Auf jeden Fall«, sagte Milan Stoikovic. Dann war das Gespräch beendet.

Peter und Stefan waren in der letzten halben Stunde etwas planlos im Taunus herumgefahren und hatten die Anweisungen, die sie per SMS auf das ihnen zugesteckte Handy bekamen, befolgt.

»Stoikovic scheint nicht so recht weiterzuwissen«, sagte Stefan, gerade nachdem sie eine weitläufige Runde gedreht hatten und nun schon zum zweiten Mal nach Bad Camberg-Erbach hineinfuhren.

Da kam die nächste Nachricht.

Auf dem Display des geheimen Handys stand zu lesen: »Biegen Sie an der Kreuzung links ab und geben danach Vollgas. – Holen Sie alles raus.«

Stefan, der am Steuer saß, sagte: »Was soll denn das?«,

aber Peter meinte: »Wir haben immer noch Feierabend-
verkehr. Die Abbiegespur ist voll, der Gegenverkehr dicht.
Das bringt uns gegenüber der Polizei einen Vorsprung.«

»Den wir gar nicht wollen.«

»Aber Stoikovic umso mehr. Der hat das ganze Unternehmen perfekt geplant, und wir müssen spuren, ob wir
wollen oder nicht.«

Im ersten Polizeiwagen, in dem Jörg Stuhlbein saß und
den Einsatz koordinierte, herrschte dicke Luft. Der
Hauptkommissar war stinksauer, dass von den Detektiven bis jetzt kaum ein Wort gesprochen worden war.
Peter und Stefan hätten bestimmt die Gelegenheit gehabt,
ihnen einen Hinweis zu geben, auch wenn die beiden ihre
Anweisungen nicht fernmündlich bekamen, wie er inzwischen ahnte.

Aber was war das? Barbara Seeger, die auf dem Beifahrersitz saß und den Peilsender an Peters Wagen mit dem Laptop auf ihren Knien überwachte, sagte verwundert: »Die
haben an der Kreuzung in Erbach angehalten.«

»Wie weit sind wir zurück?«

»Etwa dreihundert Meter.«

»Wo sind die anderen?«

»Wagen eins habe ich nach Schwickershausen dirigiert,
Wagen zwei ist links der Autobahn zwischen Beuerbach
und Würges, und Wagen drei folgt uns in gut hundert Metern.«

»Okay, sie werden in Richtung Schwickershausen abbie-
gen. Sagen Sie Wagen eins Bescheid, sie sollen die Augen
offenhalten.«

Barbara Seeger tat, was ihr Vorgesetzter ihr aufgetragen
hatte, doch kaum hatte sie die Anweisung durchgegeben,

meinte sie: »Was ist denn das? Die scheinen Gas zu geben, als wenn der Teufel hinter ihnen her wäre. Der Punkt auf dem Display … ist verschwunden.«

»Das kann nicht sein. Der Sender hat eine Reichweite von etwa fünf Kilometern. So schnell kann nicht mal Peter fahren, dass sie aus dem Empfangsbereich raus wären. – Verdammt, diese Alleingänge werden ihm noch mal das Genick brechen.«

Inzwischen hatte sich auch Hauptkommissar Stuhlbein durch den Stau in der Gegenrichtung gequetscht, was nur dank des aufgesetzten Blaulichts auf dem Dach einigermaßen reibungslos vonstattengegangen war. Endlich war er abgebogen und hatte seinen Dienstwagen auf aberwitzige Geschwindigkeit beschleunigt, aber das Empfangssignal blieb dennoch verschwunden.

In nicht einmal fünf Minuten hatten sie Schwickershausen erreicht und die Ortsgrenze gerade passiert, da entdeckten sie den Wagen der Kollegen am Straßenrand. Stuhlbein hielt daneben an und fragte: »Sind sie hier vorbeigekommen, Rüdiger?«

»Bis jetzt nicht«, sagte der Beamte, der für diesen Einsatz von der Schutzpolizei abbestellt worden war, und der Hauptkommissar meinte nachdenklich: »Sie sind absolut eindeutig in diese Richtung abgebogen. Dann war plötzlich das Signal weg. Wo können sie sein? Sie können sich doch nicht in Luft aufgelöst haben.«

Boris und Thomas standen mitten im Wald, und Boris blickte in das misstrauische Gesicht seines Helfers. »Was hast du? Klappt doch alles wie am Schnürchen. Die beiden haben die Bullen abgehängt, der Störsender, der die Frequenz ihres Peilsenders unterbricht, arbeitet einwandfrei, und die Drohne wird nicht mehr gebraucht. Lass sie abstürzen, die zwei müssten jeden Moment …«

In diesem Augenblick kam Peters Wagen mit aberwitziger Geschwindigkeit auf sie zugerast. Als Peter den Lieferwagen sah, hielt er etwa fünfzig Meter vor ihnen entfernt an. Hier im Wald, gut und gern drei Kilometer von der nächsten Straße entfernt, wurde es inzwischen reichlich dämmrig.

»Warum kommt er nicht näher?«, fragte Thomas misstrauisch.

»Er glaubt immer noch, die Bullen wären in der Nähe und der Austausch …«, sagte Boris grinsend und stieg aus.

Peter hatte das Gleiche getan und rief ihm zu: »Wo sind die Mädchen?«

»Im Wagen.«

»Dann lassen Sie sie frei.«

»Nee, so nicht. Sie beide kommen hier rüber, und im Gegenzug kommen die Mädchen Ihnen Schritt für Schritt entgegen.«

»Okay«, rief Peter ihm zu, denn was hätte er auch anderes tun können angesichts der Pistolenmündung, in die er blickte. Peter ärgerte sich im Nachhinein darüber, dass er sich von Jörg hatte breitschlagen lassen, seine Pistole nicht mitzunehmen. Die Gewissheit, dass acht Polizeibeamte über ihre Sicherheit wachen würden, war einleuchtend und beruhigend, aber auch trügerisch gewesen. Inzwischen war er sich fast sicher, dass sie in diesem Moment nicht in der Nähe waren. Das hieß aber auch …

Einen Moment lang nur hatte er seinen Gedanken nachgehangen und nicht aufgepasst, schon hatte sich die Situation geändert. Boris Stoikovic war verschwunden, und Thomas richtete nun die Waffe auf Peter. »Dein Kompagnon steigt auch aus, wird's bald«, rief er, und Stefan tat, wie ihm geheißen.

Sie waren noch keine zehn Meter auf den Verbrecher zugegangen, da kamen die Mädchen von der Ladefläche des geschlossenen Transporters geklettert und rannten weinend den Detektiven entgegen. Als sie in Stefan den Vater von Alina und Anina erkannten, sagte dieser: »Setzt euch in den Wagen; es wird alles gut.«

Daraufhin rannten die Mädchen zum Auto, und Peter und Stefan gingen zu Thomas Enders. Er nahm sie in Empfang, fesselte sie und kettete sie im hinteren Teil des Busses fest. Dann setzte er sich auf den Fahrersitz und startete den Lieferwagen.

Im gleichen Moment kam Boris Stoikovic zurück. Er zerrte eines der Mädchen hinter sich her, das sich verzweifelt und nach Kräften wehrte, aber gegen die schiere Gewalt des Mannes, der ihr eine schallende Ohrfeige versetzte, keine Chance hatte.

»Was soll denn das?«, fragte Thomas verwundert und vergaß darüber das Losfahren. »Ich dachte wir knallen unterwegs …«, begann er erneut, aber Boris unterbrach ihn brüsk: »Halt's Maul und fahr los; ich musste umdisponieren. Ich erklär dir das später, aber jetzt mach endlich, oder willst du warten, bis die Bullen da sind?«

Das zog. Während Thomas den Wagen auf dem feuchten Waldboden mit durchdrehenden Reifen anrollen ließ, kettete Stoikovic das inzwischen hemmungslos weinende Mädchen neben den Detektiven fest. Während er das tat, musste er unwillkürlich grinsen. Gut, dass Thomas das nicht sehen konnte. Sonst hätte er nicht nur geahnt, dass auch Boris seine Zukunft längst ohne seinen Helfer plante und die Trennung möglichst reibungslos vonstattengehen und gleichzeitig seine eigene Flucht absichern sollte. Dazu war es aber nötig, dass die beiden Detektive vorerst am Leben blieben. Immerhin war Thomas ein passabler Schütze, sodass er es sicherer fand, eine direkte Konfrontation zu vermeiden. Dann beendete er sein Werk und kletterte nach vorn auf den Beifahrersitz.

Während Kommissarin Seeger die anderen beiden Wagen herbeiorderte, sagte Hauptkommissar Stuhlbein gerade: »Wir brauchen eine Hundertschaft, und zwar dalli! Wir müssen den Wald durchkämmen, bevor es zu spät ist. Irgendwo auf der Strecke zwischen Erbach und Schwickershausen haben sie die Straße verlassen und sind in den Wald hineingefahren.«

Plötzlich kam ein Hupton aus Barbaras Laptop, und sie sagte: »Das verstehe, wer will, aber nun ist das Signal wieder da.«

»Scheiße«, entfuhr es ihrem Vorgesetzten. »Hoffentlich kommen wir nicht schon zu spät.«

Dann stieg er in den Wagen, wendete mit quietschenden Reifen und raste in Richtung Erbach zurück. Das Signal, das zuerst nur flackernd aufgeleuchtet hatte, war inzwischen stabil und zeigte auf der detaillierten Karte ganz genau, wo im Wald sich Peters Wagen befand. Als er an dem Waldweg ankam, der zu der Stelle führte, bog er so vehement links ab, dass sein Dienstwagen ins Schleudern geriet und er alle Mühe hatte, ihn noch abzufangen, bevor er in den Graben gerutscht wäre.

»Bleib ruhig«, sagte Barbara, »wenn du durchdrehst, ist niemandem geholfen.«

»Hast ja recht.«

Mit aufgeblendeten Scheinwerfern fuhren die zwei Polizeiwagen in den Wald hinein, und nur zwei Minuten später tauchte Peters Wagen im Licht der Scheinwerfer auf. Dass keine Leichen neben dem Wagen lagen, ließ Jörg Stuhlbein erst mal aufatmen, aber als er bemerkte, dass nur eines der Kinder im Wagen zu sitzen schien, fuhr ihm der Schreck umso tiefer in die Glieder.

Was hatte dieser Irre jetzt schon wieder vor? Dieser Mann hielt sich wirklich an keine Vereinbarung. Das konnte wirklich nichts Gutes bedeuten.

Noch bevor er aussteigen konnte, war seine Kollegin aus dem Wagen gesprungen und zu Peters Auto hinübergesprintet, wo das Mädchen zusammengekauert, tränenüberströmt und nicht ansprechbar auf dem Rücksitz saß. Als sie die Hintertür öffnete, zuckte die Kleine in Todesangst zusammen und starrte sie mit weit aufgerissenen Augen an. In der Hand hielt sie ein Schreiben des Entführers, das Barbara ihr fast schon mit sanfter Gewalt abnehmen musste, so fest hielt das Mädchen das Schriftstück umklammert.

Sie wandte sich ihrem Vorgesetzten zu, der ebenfalls herbeigekommen war, und sagte: »Soll unsere Psychologin hierherkommen, oder soll ich mit diesem Wagen und dem Mädchen nach Hofheim fahren? Der Schlüssel liegt auf dem Fahrersitz.«

»Ich habe bereits die Eltern der Mädchen und auch Frau Dr. Lebrecht verständigt. Sie sind auf dem Weg hierher. Ich glaube, es ist besser so.«

Während sich die Ereignisse in den Taunuswäldern überschlugen, kam man im Detektivbüro der Taunus-Ermittler nicht so recht weiter. Die an sich recht gute Idee, das Umfeld von Boris' Vater und Großvater nach einer Rückzugsmöglichkeit für den Verbrecher auszuleuchten, schien leider nicht von Erfolg gekrönt zu sein.

Erst als die Zeiger der nostalgischen Wanduhr im Büro schon auf acht Uhr zugingen, deutete sich eine Wendung an. Gerade als Claus Mergentheimer sagte: »Verdammt, ich hatte schon geglaubt, zu ahnen, wer dieser Fritz M. ist, jetzt erweist sich auch diese Spur wieder als Sackgasse«, da läutete das Telefon.

Sven, der als Erster am Apparat war, nahm ab – im Eifer des Gefechts dachte niemand daran, dass das keine so gute Idee war, denn offiziell galt er noch als tot, und der Anrufer könnte Boris sein. Aber am anderen Ende der Leitung war Milan Stoikovic, der Marco zu sprechen wünschte.

»Sie können auch mit mir reden, ich bin Sven Stettner, Marcos …« Freund hätte er beinahe gesagt, entschied sich dann aber lieber für »Kollege«.

Irritiert stellte er fest, dass es ihm im Herzen einen erfreuten Stich versetzte, als er an das Wort Freund dachte. Doch dann rief er sich zur Ordnung und reichte den Hörer der Einfachheit halber an Marco weiter. »Was ist Ihnen noch eingefallen?«, steuerte der direkt auf sein Ziel los, und Milan Stoikovic sagte: »Mir ist eingefallen, dass ich noch einige Mails, die ich in seinen letzten beiden Lebensjahren mit meinem Vater gewechselt habe, aus Sentimentalität aufgehoben habe. Darin steht der Familienname von Fritz.«

»Prima. Wie kommen wir da dran? Kann jemand in Ihre Wohnung nach Nürnberg …«

»Nicht nötig, ich habe meinen Laptop vor mir stehen und bereits nachgesehen. Fritz Mergert heißt er. Da steht auch noch mehr. Mein Vater war nicht sehr geübt im Umgang mit Computern. Deshalb tragen seine Mails meist keinen Betreff. Ich muss sie alle durchlesen. Mein Vater hat mit diesem Fritz zusammen ein Grundstück bewirtschaftet. Es muss in der Umgebung von Oberreifenberg liegen, denn Fritz Mergert teilte Papa mit, wie hier steht, dass er in der Altenresidenz Sonnenwinkel in Oberreifenberg ein Zimmer bekommen hat. Von dort aus kann er prima mit dem Bus hinfahren. Vielleicht lebt dieser Fritz Mergert ja noch, dann müsste er jetzt so um die achtzig sein. Ihn können Sie fragen, wo das Grundstück genau liegt.«

»Herr Stoikovic, ich danke Ihnen vielmals. Damit haben Sie uns sehr weitergeholfen«, sagte Marco und wollte sich verabschieden, da sagte Milan Stoikovic: »Passen Sie gut auf sich auf. Mein Sohn ist ein Spieler und versteht es exzellent, andere zu manipulieren. Vor allem kann man mit ihm keine Absprachen treffen, denn er verarscht jeden und sagt eigentlich nie, was er wirklich denkt. Freundschaft oder Fairness sind Fremdworte für ihn. Ich könnte Ihnen da Dinge … ach, das führt jetzt zu weit.«

Boris Stoikovics Vater verabschiedete sich abrupt und legte auf. Marco hatte Milan deutlich angemerkt, dass er, obwohl er keinen Kontakt zu seinem Sohn mehr wünschte, doch sehr unter dem Zerwürfnis litt.

Die anderen, die das ebenfalls mitbekommen hatten, nickten stumm. Nur Claus Mergentheimer brachte ihre Sorgen auf den Punkt und sagte: »Hoffentlich ist es nicht schon …«, dann schwieg auch er.

Genau in diesem Augenblick läutete es an der Tür, und Jörg Stuhlbein trat ein.

»Was ist, habt ihr den Verbrecher?«, fragte Annika am schnellsten und sprach damit allen aus dem Herzen.

»Es ist alles ganz anders gekommen«, sagte der Hauptkommissar, und Verena, die ihre Zwillinge fest umarmt hielt, aber bisher geschwiegen hatte, fragte mit tonloser Stimme: »Sind … sind sie tot?«

»Nein, Peter und Stefan wurden verschleppt, sowie eines der Spielberg-Mädchen. Die andere hatte eine Botschaft für uns in der Hand.«

»Eine Botschaft?«, fragte Verena.

»Ja. Dieser Irre will noch mal fünfzigtausend Euro, und du, Annika, sollst sie ihm bringen.«

»Klar mach ich das«, sagte Annika zornig. »Aber der Kerl kann was erleben, wenn ich ihn in die Finger kriege. Er will auch noch mich, also kriegt er mich auch. Nur anders, als er es sich vorgestellt hat.«

»Nein, Annika, das tust du gewiss nicht«, widersprach Jörg schnell, da er Annika zu gut kannte und wusste, dass sie es genau so meinte, wie sie sagte.

»Ich habe mich schon einmal darauf eingelassen, Zivilisten mitmischen zu lassen, und bereue es bereits jetzt«, fuhr Jörg fort.

»Zivilisten nennst du uns, herzlichen Dank auch«, sagte Claus Mergentheimer beleidigt, und Hauptkommissar Stuhlbein beschwichtigte ihn: »Du weißt genau, wie ich das meine. Polizeiarbeit sollte Polizeiarbeit bleiben.«

»Ist ja schon gut«, sagte Claus gerade. Da ging die Tür auf, und Angelika Enders trat ein. Die Passauer Oberkommissarin sagte: »Ihre Kollegin hat mich reingelassen. Der ganze Tross ist gerade in Hofheim angekommen, und Ihre Polizeipsychologin befragt gerade mit Franz Leitner und deren Eltern zusammen die kleine Emily. Ich bin ganz geschockt darüber, dass die Entführer Lilly Spielberg nicht freigelassen haben. Auch wenn ich nur Beobachterstatus habe, verraten Sie mir bitte, was diese beiden Irren vorhaben?«

»Sie wollen auch noch Annika und weitere fünfzigtausend Euro. Die Übergabe soll morgen stattfinden.«

»Also ist Stoikovic gar nicht so irre, wie ich dachte«, war Angelika Enders' überraschende Antwort. »Er will abhauen – also, ich meine, um zu überleben. Das hätte ich, ehrlich gesagt, nicht erwartet nach dieser Spur der Verwüstung, die die beiden hinter sich hergezogen haben.«

Bei den letzten Worten trat sie auf Annika zu und wollte sie fragen, ob sie bereit sei, dieses Wagnis einzugehen, aber so weit kam es erst gar nicht. Als sie vor Annika stand, entfuhr es dem Hauptkommissar: »Verdammt noch mal, das ist es.«

»Was?«, fragten einige aus der Runde verwundert.

»Ich habe mich die ganze Zeit gefragt, wen wir statt Annika hinschicken könnten, der ihr auch nur einigermaßen ähnlich sieht. Frau Enders, bei Ihnen passt annähernd alles. Von hinten könnte man Sie selbst ohne Veränderungen kaum auseinanderhalten. Es stimmt einfach alles, Größe, Statur, Haarfarbe. Selbst von vorn ... Würden Sie das machen, Frau Enders?«

»Auf jeden Fall. Vielleicht könnte ich meinen Bruder festnehmen, ohne ihn ernsthaft verletzen zu müssen.«

»Okay«, sagte Jörg Stuhlbein einsilbig, aber erstaunlich nachgiebig. Es war ihm ganz und gar nicht recht, momentan zur Untätigkeit verurteilt zu sein. Aber was konnte er tun? Inzwischen war es dunkel, und sie wussten nicht, wo sie suchen sollten. Außerdem konnten sie davon ausgehen, dass zumindest bis zur nächsten Geldübergabe alle relativ sicher waren. »Kommen Sie bitte morgen früh, sagen wir um halb neun Uhr, zu mir ins Büro. Ich sage dem Pförtner Bescheid, dass er Sie gleich durchgehen lassen soll. Melden Sie sich bei Franz Leitner oder Hans Heisslitz. Ich denke, dass ich bis dahin aus der Besprechung zurück bin. Dann rufen wir gemeinsam Ihren Chef an und holen uns sein Einverständnis.«

»Ja, natürlich«, sagte Angelika Enders und verdrehte innerlich die Augen, denn genau diese Situationen waren es, die ihr Chef zu gern vermieden hätte. Aber nun ließ sich wohl nicht mehr verhindern, dass er davon erfuhr. Auch deshalb schob sie zur Begründung nach: »Wenn mein Bruder und ich uns auch alles andere als nahestehen, würde ich es mir nur sehr ungern auf mein Gewissen laden müssen, dass er bei einem Schusswechsel von einem Befreiungskommando ums Leben kommt.«

»Kann ich verstehen«, sagte Jörg Stuhlbein und nahm sich vor, genau so gegenüber ihrem Vorgesetzten zu argumentieren. Dann sagte er zu allen: »Boris Stoikovic wünscht den Austausch von Lilly Spielberg morgen am frühen Nachmittag im Wald. Die genaue Stelle und Uhrzeit teilt er uns noch mit.«

»Wie will er das machen?«, fragte Angelika Enders.

»Das hat er uns noch nicht gesagt.«

Bei sich dachte Jörg Stuhlbein aber: *Frau Oberkommissarin, das binde ich Ihnen ganz bestimmt nicht auf die Nase. Lockvogel spielen, okay, aber mehr möglichst nicht.* Ihr Vorgesetzter hatte ihm ihre Alleingänge, die sie bis heute bei allen möglichen und unmöglichen Gelegenheiten unternommen hatte, in allen Farben geschildert, damit Jörg sie besser im Blick behielte. *Mit mir kannst du keine Rasselböcke fangen wie mit deinen Leuten. Zum Glück weißt du nicht mal, dass dein Boss mich bereits ins Bild gesetzt und mich gebeten hat, es dir nicht zu sagen.*

»Aber er muss doch damit rechnen, dass Sie Annika nicht auch noch hinschicken«, sagte Angelika Enders.

»Sollte man meinen ... wer weiß, was ihn dazu bewegt hat. Größenwahn vielleicht? Außerdem haben wir keine Chance und müssen mitspielen.«

»Aber nur zum Schein«, sagte in diesem Augenblick Marco Ferreira und berichtete, was sie im Laufe des Abends herausbekommen hatten. Als er geendet hatte, fuhr Sven fort: »Ich habe vor einer halben Stunde mit Dr. Pfannmöller telefoniert, der seinerseits gerade zurückgerufen hat. Er hat bereits mit der Heimleitung gesprochen. Fritz Mergert lebt noch. Er ist zwar ein schwerer Pflegefall und kaum bewegungsfähig, aber geistig topfit. Er hat bereits zugestimmt, morgen Vormittag Dr. Pfannmöller zu empfangen.«

»Prima«, sagte Hauptkommissar Stuhlbein, »hoffen wir, dass wir dann mehr wissen.«

12.

Am nächsten Morgen stand Boris Stoikovic schon früh auf. Während er in einem der Sessel des kleinen Wohnzimmers saß und Thomas in der Küche werkeln hörte, dachte er ärgerlich: *Du bist auch bald Geschichte. Wenn ich es geschickt anfange, komme ich mit heiler Haut davon.* Kaum vorstellbar, dass er das vor zwei Wochen noch gar nicht gewollt hatte. Der Tod seines Sohnes hatte ihn so sehr runtergezogen, dass er nur noch Rachegelüste verspürt hatte. Rache um jeden Preis wollte, aber wirklich jeden.

Boris Stoikovic grinste, als er daran dachte, dass Thomas wirklich glaubte, er habe hier im Wald Geld vergraben. Das mit dem Überfall auf den Geldtransporter stimmte zwar, aber er hatte die Beute nicht vergraben, sondern in einem Schließfach deponiert. Direkt in der Höhle des Löwen hatte all die Jahre über das Geld sicher geschlummert. Niemand hatte es dort vermutet. Da war es am sichersten gewesen. Inzwischen steckte es in einer Gepäcktasche der Enduro-Maschine, von der Thomas nichts wusste. Am Anfang hatte er den Geldköder nur ausgeworfen, um Thomas bei der Stange zu halten. Aber seit sich seine Lebensgeister wieder meldeten und er überleben wollte, war um die Geschichte herum ein Plan gewachsen, der die Polizei auf Thomas hetzen und ihm Zeit zur Flucht verschaffen würde. Außerdem konnte Thomas, wenn er lebend gefasst wurde, jede Menge falsche Informationen an die Polizei weitergeben, mit denen er ihn in den letzten Tagen gefüttert hatte.

Dass dieser Hauptkommissar nicht Annika Stettner schicken würde, war ihm absolut klar, und die fünfzigtausend Euro waren auch nur dafür gedacht, um die Geldgier von Thomas am Köcheln zu halten. Ihm war noch nicht mal daran gelegen, dass die Polizeibeamtin, die statt Annika Stettner kam, ihre Kollegen wirklich abhängte. Sobald sie ins Haus kam und ihre Leute langsam Aufstellung im Wald nahmen, würde er nach hinten raus mit der Geländemaschine durch den Wald verduften. Doch vorher würde er noch die beiden Detektive, die er für den Tod seines Sohnes verantwortlich machte, erledigen. Er wollte inzwischen zwar wieder davonkommen, aber ohne das passende, dafür vorgesehene Ende unter alles zu setzen, würde ihm kein Neuanfang gelingen. Da war er sich ganz sicher.

Überzeugt davon, dass sein Plan erstklassig war, stand er auf und ging in den Anbau des Häuschens hinüber, wo die Detektive und das verbleibende Mädchen angekettet waren.

Zu dem Kind, das weinend auf einer dünnen Decke auf dem kalten Betonboden saß, sagte er fast schon freundlich: »Wenn nichts mehr dazwischenkommt, bist du bis heute Abend bereits wieder bei deinen Eltern.«

Dann drehte er sich zu Peter und Stefan hin um, die, im Gegensatz zu dem Mädchen, auch an Händen und Füßen fixiert und geknebelt waren. Statt mit ihnen zu reden, verpasste er jedem von ihnen erst mal einen Faustschlag ins Gesicht und anschließend noch einen weiteren in die Magengrube.

Erst danach sagte er aggressiv: »Heute Mittag machen wir

einen kurzen Spaziergang in den Wald. Danach tut euch nichts mehr weh.«

Peter verstand ihn sofort. Ein Blick zu Stefan hinüber sagte ihm, dass auch er verstanden hatte. Es wurde ernst. Peter signalisierte Boris, dass er etwas sagen wollte, und Boris riss das Klebeband, das seinen Mund verschlossen hatte, mehr als unsanft herunter. Da Peter wie meist in letzter Zeit nicht rasiert war, wurde das eine ziemlich schmerzhafte Angelegenheit, denn einige Barthaare blieben an dem außergewöhnlich gut klebenden Band haften.

»Geben Sie auf, noch ist Zeit dazu. Sie haben ohnehin keine Chance zu entkommen«, sagte Peter und hoffte gegen jede Vernunft, den Mann zum Nachdenken zu bringen.

»Dummschwätzer. Auch wenn ihr nicht geschossen habt, ihr habt meinen Sohn auf dem Gewissen und werdet dafür büßen.«

»Dann bleiben auch Sie auf der Strecke.«

»Das lasst mal meine Sorge sein. Ich weiß genau, was ich tue.«

»Meinen Sie wirklich, Sie hätten auch nur annähernd das Format dazu, einen ganzen Polizeiapparat auszutricksen? Sie erbärmliches kleines Würstchen? Sie Traumtänzer, Sie Möchtegernganove?«

Stefan schaute seinen Freund und Kollegen entsetzt an, aber Peter wollte Boris ganz bewusst provozieren und zu einem Fehler verleiten. Doch Boris Stoikovic reagierte anders als erhofft. Der Verbrecher holte aus und schlug Peter seine Faust auf die Nase, dass ihm das Blut nur so daraus hervorschoss. Stefan rammte er sie unters Kinn, dass die Zähne knirschten. Dann stürmte er nach draußen und schlug die Tür des Anbaus fest hinter sich ins Schloss.

Lilly Spielberg, die alles hautnah miterlebt hatte, hatte vor Schreck aufgehört zu weinen und starrte nun entsetzt auf die beiden Detektive.

In Kelkheim liefen inzwischen die Vorbereitungen für Angelika Enders' Einsatz an. Etwa zur gleichen Zeit stand Dr. Pfannmöller an der Pforte zu dem Altenheim, das sich großspurig Residenz nannte und den klangvollen Namen Sonnenwinkel trug. Dr. Pfannmöller hatte sich schon gefragt, wie es sein konnte, dass ein Mann, der zeitlebens so wenig Geld besessen hatte, dass er auch als Rentner arbeiten musste, sich einen solchen Altersruhesitz leisten konnte. Jetzt wusste er es. Bei der Altersresidenz Sonnenwinkel war alles ein wenig schäbig und heruntergekommen. Das Haus hätte dringend einen neuen Anstrich gebraucht, und auch bei der Gartenpflege schien an allen Ecken und Enden gespart worden zu sein. Hier zog wohl einzig noch der Name des Ortes, in dem sie lag.

Umso angenehmer überrascht war Dr. Pfannmöller, als er das Haus betreten hatte. Innen wirkte alles ein wenig altbacken, aber sehr gepflegt, und das Personal machte einen durchaus kompetenten Eindruck. Der Leiter der Einrichtung zeigte sich sehr kooperativ und war im Groben informiert.

»Ich bringe Sie sofort zu Herrn Mergert. Mir ist klar, dass es eilt.«

Auf dem Weg zu Fritz Mergerts Zimmer erklärte er: »Sie müssen entschuldigen, dass unser Haus hier und da auf den ersten Blick etwas ungepflegt wirkt, aber der Kostendruck heutzutage … Wir haben lieber weniger Gewicht auf die Optik gelegt und machen dafür bei der Pflege unserer Schützlinge keine Abstriche.«

Dann waren sie am Zimmer des alten Mannes angekommen. Sie klopften an, und von drinnen sagte eine leise, aber klare Stimme: »Herein.«

Als sie vor Fritz Mergert standen, sagte der Heimleiter zu Dr. Pfannmöller: »Ich lasse Sie jetzt allein, bitte Sie aber darum, Herrn Mergert nicht zu überfordern. Seine Kräfte sind leider sehr begrenzt. Achten Sie bitte darauf, dass er sich nicht überanstrengt. Wenn es nicht mehr geht, bedrängen Sie ihn bitte nicht. In fünfzehn Minuten schaue ich wieder herein und sehe nach dem Rechten.«

Dann verließ der Heimleiter diskret das Zimmer, und Fritz Mergert, der in einem Rollstuhl saß, sah zu ihm hin. Er schien in seiner Bewegungsfähigkeit wirklich sehr stark eingeschränkt zu sein, denn er hielt ihm die linke Hand entgegen.

»Rechts geht nicht«, sagte er mit einem schiefen Grinsen, aber dann kam er direkt zur Sache: »Ich habe gehört, es dreht sich um den missratenen Enkel von Dragoslav? Was genau wollen Sie wissen?«

Dr. Pfannmöller war überrascht vom klaren Verstand des Alten und umriss kurz, was sich in den letzten Wochen alles ereignet hatte.

»Das ist wirklich übel, aber wie kann ich Ihnen da weiterhelfen?«, fragte Mergert ratlos, als Dr. Pfannmöller geendet hatte.

»Sie halten vielleicht, im wahrsten Sinne des Wortes, den Schlüssel zu allem in Händen.«

»Wie denn das?«, fragte Fritz Mergert verwundert.

»Sie besitzen doch ein Grundstück hier in der Gegend. Wir vermuten, dass Boris es als Versteck nutzt, wissen aber nicht, wo es liegt. Beim Grundbuchamt war nichts darüber bekannt. Wie geht denn das?«

Der Alte grinste kurz und sagte: »Ja, ich besitze es, aber es gehört mir nicht. Ich hätte mir es nie leisten können, ein solches Grundstück zu kaufen. Ich habe es auf vierzig Jahre unkündbar gepachtet. Der Verpächter war ein alter Mann, den ich zeitweise gepflegt habe und der mir diesen günstigen Vertrag, auch um seine Erben zu ärgern, überlassen hat. Nächstes Jahr läuft er aus.«

»Konnte Boris Stoikovic davon wissen?«

»Ja … Vor neununddreißig Jahren, es war das Jahr, bevor der Junge mit seinen Eltern nach Nürnberg gezogen ist, haben Dragoslav und ich beschlossen, wenn wir Rentner sind, werden wir das Grundstück gemeinsam bewirtschaften. Damals haben wir noch davon geträumt, eines Tages in den Taunus zu ziehen. Leider ist alles ganz anders gekommen. Na ja, Schwamm drüber. Sie wollten wissen, wo das Grundstück liegt?«

»Ja, das war es, was ich wollte.«

»In Schmitten vom westlichen Ortsrand zum Wald hin. Es liegt …«

»Ich wohne in Schmitten und kenne mich da aus. Aber ein …«, begann Dr. Pfannmöller, dann hielt er inne und sagte erstaunt: »Etwa das kleine, halbverfallene Häuschen auf dem riesigen Grundstück, das weder von der Straße noch vom Feldweg aus zu sehen ist, wenn man nicht ganz genau weiß, wo es steht?«

»Genau das.«

»Danke. Sie haben uns ein beachtliches Stück weitergeholfen«, sagte Burkhard Pfannmöller, gerade da betrat der Heimleiter wieder das Zimmer und fragte: »Wie sieht es aus? Haben Sie etwas erfahren?«

»Gut sieht es aus«, antwortete statt Dr. Pfannmöller Fritz Mergert, dem es sichtlich gutgetan hatte, einmal mit einem

Außenstehenden sprechen zu können, und Dr. Pfannmöller fügte hinzu: »Herr Mergert hat mir etwas sehr Wichtiges mitzuteilen gehabt. Ich hoffe, das ändert alles. Ich muss sofort los und werde unverzüglich mit der Polizei sprechen.«

»Wollen Sie gleich hier im Büro telefonieren?«

»Nein, danke, es ist ja gut gemeint, aber ich telefoniere vom Wagen aus, während ich unverzüglich dorthin fahre.«

»Herr Dr. Pfannmöller«, sagte Fritz Mergert. »Ich bin wirklich froh, dass ich Ihnen weiterhelfen konnte. Können Sie mir zu gegebener Zeit vielleicht Bescheid sagen, was aus dieser Angelegenheit geworden ist?«

»Aber klar mache ich das.«

»Schmitten also«, sagte Hauptkommissar Jörg Stuhlbein nachdenklich, als ihn der Anruf von Dr. Pfannmöller in der Detektivagentur, wo er sich gerade aufhielt, erreicht hatte. »Eigentlich müsste ich das LKA einschalten und auch die Bad Homburger Kollegen hinzuziehen, immerhin liegt Schmitten in ihrem Wirkungsbereich. Aber dazu bleibt einfach keine Zeit. Es ist Gefahr im Verzuge, wie man so schön sagt. Außerdem verderben viele Köche bekanntlich den Brei. Immerhin wissen wir jetzt, wo wir hinmüssen, auch dann, wenn wir Frau Enders verlieren sollten, weil die Peilung wieder einmal ausfällt. Außerdem werden wir ab sofort unsere Leute in der Nähe der Hütte platzieren. Erst danach sage ich den Leuten vom LKA Bescheid. Bis die in den Fall eingewiesen sind, kann es zu spät sein. Wenn alles gutgeht, fragt ohnehin keiner mehr danach.«

»Und wenn nicht?«, fragte Claus Mergentheimer, den Jörg unverzüglich ins Bild gesetzt hatte.

»Das darf einfach nicht passieren«, sagte Jörg Stuhlbein und meinte es so ernst wie noch nie in seinem Leben.

Eine halbe Stunde später war Angelika Enders bereits unterwegs zu dem Treffpunkt, den die beiden Ganoven in ihrem Schreiben angegeben hatten. Wenn man wusste, wo die Hütte lag, merkte man, dass es vom vereinbarten Treffpunkt bis dorthin gar nicht mehr weit war. Als Angelika Enders durch einen Versprecher davon erfuhr, geschah genau das, was Jörg Stuhlbein insgeheim befürchtet hatte. So disponierte sie blitzschnell um. Ohne irgendjemandem Bescheid zu geben, steuerte sie die Hütte direkt an. Immerhin wusste sie ja, dass fast die gesamte Hofheimer Schutzpolizeitruppe unterwegs dorthin war und auch das LKA Hessen in spätestens zwei bis drei Stunden dort auftauchen würde. Aber bis dahin sollte alles so geregelt sein, dass Thomas das Ganze überlebte.

Nie im Leben hätte sie geglaubt, dass sie sich einmal um das Wohlergehen ihres Bruders sorgen würde. Immerhin hatte er auf seinem bisherigen Werdegang so ziemlich jeden in seinem Umfeld mehrfach vor den Kopf gestoßen, ausgenutzt, bestohlen oder übers Ohr gehauen.

Aber jetzt ging es erst mal darum, die ganze Sache für alle so unblutig wie nur möglich über die Bühne zu bringen.

Was sie nicht wusste, war, dass ihr Alleingang den Kollegen nicht verborgen geblieben war. Seit das mit dem Versprecher zu Hauptkommissar Stuhlbein durchgesickert war, hatte Jörg seine Passauer Kollegin nicht mehr aus den Augen gelassen. Nach dem dringenden Appell des Passauer Kriminalrates war ihm klar, dass sie sich jederzeit allein auf die Socken machen und direkt nach Schmitten fahren könnte. Zur Sicherheit hatte er schon vorgesorgt und im Hofheimer Hauptquartier Franz Leitner sowie Hans Heisslitz in Alarmbereitschaft versetzt.

Hans, der es sich trotz seines dick bandagierten Knies nicht nehmen ließ, dabei zu sein, hatte kurzerhand gesagt: »Und wenn ich danach in Frührente gehen muss, ich lasse Peter und Stefan jetzt nicht hängen.«

Kurz darauf saßen sie bereits in Franz' Privatwagen und warteten auf Oberkommissarin Enders, die kurz darauf losfuhr. Nur wenige Augenblicke später fädelten sich die beiden Kommissare ebenfalls in den dichten Stadtverkehr ein und folgten der Passauer Oberkommissarin in gebührendem Abstand.

In der Hütte spitzten sich die Ereignisse derweil so zu, dass Peter und Stefan gezwungen waren, schnell zu handeln. Nur wie sollte das mit verbundenen Armen und Beinen gehen?

Von draußen hörten sie, wie Thomas im Wohnzimmer seinen Komplizen fragte: »Soll ich das Geld nicht ausgraben? Wo ist es denn?«

Zu ihrer Verwunderung antwortete dieser: »Draußen neben der Hütte.«

»Wo?«

»Unter dem Brennholzstapel.«

»Das muss ich ja den ganzen …«, sagte Thomas, und man merkte deutlich, dass die Aussicht, körperlich arbeiten zu müssen, ihn ganz und gar nicht antörnte.

Doch dann schwieg er, und es hörte sich so an, als ob er sich etwas zu trinken aus dem Kühlschrank nähme, den sie gesehen hatten, als man sie durchs Zimmer in den Anbau geführt hatte. Anscheinend hatte er zu gierig getrunken, denn er verschluckte sich und hustete, bevor er leise, fast wie zu sich selbst, sagte: »Erst mal stärken, und vor allem nachdenken.«

Peter konnte sich denken, was in Thomas' Kopf vorging und dass auch er seinem Kompagnon nicht über den Weg traute.

Dann murmelte Boris Stoikovic etwas, was Stefan nicht verstand, aber das für Peter eindeutig nach »Trottel« klang.

Peter fiel es in dieser Situation gar nicht auf, dass sein phänomenales Gehör, das er nach einer Mittelohrentzündung zwei Jahre zuvor verloren geglaubt hatte, plötzlich wieder einwandfrei funktionierte. Aber selbst, wenn – was hätte es ihm genutzt?

Stattdessen verließ er sich lieber auf seine Beobachtungsgabe. Er hatte sich, als sie angekommen waren, so gut es ging, die Umgebung eingeprägt. Deshalb wusste er, dass ein riesiger Holzstapel draußen unter einem Vordach lag, der die Sicht zum Weg hin versperrte. Auch Boris wusste genau, dass er deshalb durch den Hinterausgang mit ihnen in den Wald verschwinden konnte, ohne dass es Thomas gleich mitbekam.

Peter, der schon länger den Verdacht hegte, dass Boris Stoikovic an ihnen sein Werk vollenden und sich dann ohne Thomas absetzen wollte, sah zu Stefan hinüber, der das Gleiche zu denken schien.

Dann fiel sein Blick zufällig auf das kleine Oberlicht über dem Regal, an dem sie angekettet waren. Erst jetzt fiel ihm auf, dass die Scheibe geborsten war. Es hingen nur noch einzelne Scherben im Rahmen. Wo waren die anderen? Etwa oben auf dem Regal? Er sah erneut zu Stefan hin und dann zum Oberlicht, der verstand sofort. Mit vereinten Kräften wackelten sie, so fest es ging, am Regal, und tatsächlich, von der Erschütterung bewegt, rutschte eine riesige Glasscherbe an den Rand des oberen Regalbodens. Noch zwei, drei kräftige Rucke, und sie fiel herunter. Leider zerschellte sie beim Aufprall auf dem Boden in unzählige kleine Teile.

Aber Lilly, die ein gewitztes Mädchen war, hatte auch so verstanden. Da sie als Einzige nur an einer Hand und den Füßen festgemacht war, konnte sie sich so weit strecken, dass sie die größte Scherbe zu fassen bekam. Sie hob sie blitzschnell auf, zertrennte damit Stefans Handfessel aus dem sehr reißfesten, gewebeartigen Klebeband, und dann ging alles ganz schnell.

Nur wenige Augenblicke später waren alle frei. Im gleichen Augenblick kam Boris Stoikovic herein. Diese eine Sekunde, die er brauchte, um zu erfassen, dass seine Gefangenen sich befreit hatten, reichte Peter, um ihn mit einem Schwinger, der nicht von schlechten Eltern war, kurzzeitig zu Boden zu schicken.

Stefan nahm Lilly bei der Hand, und kurz darauf rannten alle drei in den Wald hinaus. Lange Zeit, um nachzudenken wohin, blieb nicht, denn Boris Stoikovic war bestimmt schon wieder auf den Beinen, um ihnen zu folgen. Kurzentschlossen verließen sie den Weg und rannten querfeldein. Damit rechneten sie sich die besten Chancen aus, ihrem Peiniger zu entkommen.

Als sie aus der Ferne hörten, wie ein Motorrad gestartet wurde, liefen sie noch schneller. Sie stolperten über Stock und Stein, doch plötzlich knickte Lilly, die schon lange nicht mehr konnte, mit ihrem Fuß um.

»Aua«, rief sie und rieb sich den Knöchel.

»Entschuldige, Lilly«, sagte Peter zu der Kleinen. »Ist schon klar, dass du kaum noch rennen kannst – jetzt schon gar nicht mehr.« Dann nahm er sie auf den Arm. »Wir müssen weiter.«

Bei der Hütte war Thomas fast fertig damit, den Holzstapel beiseite zu räumen, um endlich den Geldkoffer ausgraben zu können. So geschwitzt wie an diesem Vormittag hatte er noch nie in seinem Leben, aber es lohnte sich ja auch – zumindest glaubte er das zu diesem Zeitpunkt noch.

Als er kurz darauf das Geländemotorrad starten hörte, von dessen Existenz er offiziell gar nichts wusste, stutzte er. *Der wird doch nicht ...*, dachte er und rannte erst ins Haus und dann in den Anbau.

Als er sah, dass die Detektive und das Mädchen verschwunden waren, danach die Scherben entdeckte und schließlich die zerschnittenen Fesseln fand, grinste er und schloss ganz richtig daraus, dass sie ausgerissen waren und Boris ihnen hinterherfuhr.

Dann hatte er wenigstens Ruhe zum Weitergraben, irgendwo musste dieser verdammte Koffer doch sein. Anschließend konnte er mit dem Lieferwagen verduften. Nur daran, dass Boris vielleicht den Sprit abgelassen haben könnte, um genau das zu verhindern, daran dachte er nicht. Aber es war ja auch nicht Boris, der das getan hatte, sondern Angelika Enders. Die kluge Oberkommissarin wollte nichts dem Zufall überlassen. Noch bevor sie sich der Hütte näherte, hatte sie dafür gesorgt, dass ein Fluchtversuch schon nach wenigen hundert Metern enden würde.

Doch davon ahnte Thomas nichts. Er trank stattdessen noch einen letzten Schluck aus der Flasche, die er vorhin auf dem Tisch hatte stehen lassen, dann ging er zur Tür, um wieder nach draußen zu gehen.

Die war noch nicht richtig geöffnet, da traf ihn fast der Schlag, denn er blickte genau in die Mündung einer Pistole. Erst mit einiger Verspätung wurde ihm klar, wer da auf ihn zielte. Vor ihm stand seine verhasste Schwester, die Passauer Oberkommissarin Angelika Enders.

»Ich verhafte dich wegen Beihilfe zum Mord in mehreren Fällen.« Noch bevor sie den Satz ausgesprochen hatte, wusste er, dass er verloren hatte.

Franz Leitner und Hans Heisslitz beobachteten alles mit gezogenen Waffen aus einer sicheren Deckung, um notfalls eingreifen zu können. Sie befanden sich nur wenige Meter entfernt und kamen herbei, sobald feststand, dass die Festnahme unblutig erfolgt war. Inzwischen waren auch die Hofheimer Schutzpolizisten eingetroffen und nahmen Thomas Enders in ihren Gewahrsam. Hans Heisslitz sagte mit wegen seines Knies schmerzverzerrtem Gesicht zu Angelika Enders: »Sie fahren jetzt mit uns mit. Alles andere regeln wir auf der Wache.«

»Aber ich habe doch mein Auto hier«, begehrte die Oberkommissarin auf.

»Okay, machen wir es so. Franz, du fährst mit unserer Kollegin Enders nach Hofheim zurück. Ich nehme deinen Wagen.«

»Kannst du?«, fragte Franz und zeigte auf Hans' Knie.

»Geht schon«, sagte er und humpelte zum Wagen zurück.

»Alles klar, bis nachher.«

Während die Wagen nach Hofheim zurückfuhren, rief Hans Heisslitz via Handy erst mal Jörg Stuhlbein an, um ihm von allem zu unterrichten.

»Das habt ihr beiden gut gemacht«, lobte Jörg die Kollegen. »Aber auch wenn alles gut gegangen ist, werde ich der Oberkommissarin nachher die Leviten lesen, darauf könnt ihr euch verlassen.«

Peter, Stefan und Lilly liefen weiter durch den Wald. Lilly, deren Fuß inzwischen weniger stark schmerzte, konnte inzwischen wieder selbst gehen. Dafür humpelte auch noch

Stefan, seit er in ein Erdloch getreten war, und sie kamen nur noch langsam voran. Peter hatte von einem tief hängenden Ast einen so heftigen Schlag ins Gesicht bekommen, dass seine Wange blutete, aber er bekam kaum etwas davon mit. Als er dann auch noch über einen am Boden liegenden Ast stolperte und einen Satz vorwärts tat, reichte es ihm.

Er dachte: *Warum tue ich mir das alles in meinem Alter noch an. Bin ich verrückt? Nein, es reicht definitiv. Wenn ich das hier überlebe, ist Schluss mit dem Detektivleben. Ich hänge den Beruf an den Nagel. Aber wie bringe ich das Stefan …*

Peter Stettner wurde jäh aus seinen Gedanken gerissen, denn plötzlich stolperte er erneut über eine aus dem Boden ragende Wurzel, konnte sich dieses Mal nicht mehr abfangen und stürzte mit Gesicht und Oberkörper mitten in eine Schlammkuhle. Lilly, die unmittelbar hinter ihm hergelaufen war, fiel über ihn und erschwerte ihm damit das Aufstehen.

Das Motorrad, das sie schon bei ihrer Flucht gehört hatten, kam immer näher und musste sie bald eingeholt haben.

Ich muss weiter, schon Lilly zuliebe, die das sonst auch nicht überlebt, dachte Peter, da knallten kurz hintereinander zwei Schüsse durch den Wald.

Ein gellender Aufschrei erschütterte den Wald, und Peter glaubte, darin Stefans Stimme zu erkennen.

Es ist ohnehin alles sinnlos, dachte er und stand erst gar nicht mehr auf. *Das ist jetzt also das Ende, finito, Exitus,* dachte er und erwartete, dass ihn jeden Moment ein Schuss aus Stoikovics Waffe traf, aber nichts geschah.

Auch Lilly, die sich von seiner Erstarrung hatte anstecken lassen, blieb regungslos neben ihm auf dem Waldboden liegen. Als sich plötzlich eine Hand auf seine Schulter legte, blieb ihm fast das Herz stehen. Dann drehte er sich langsam um.

Epilog

Zwei Stunden später waren alle wieder zu Hause. Die Hand, die Peter Stettner auf seiner Schulter gespürt hatte, war nicht die von Boris Stoikovic gewesen, sondern die von Barbara Seeger, die als Erste bei ihnen angekommen war. Kurz zuvor hatte sie Boris mit einem gezielten Schuss vom Motorrad geholt, der gerade auf Stefan geschossen, ihn aber Gott sei Dank verfehlt hatte. Inzwischen wussten sie auch, dass Angelika Enders ihren Bruder verhaftet hatte, der inzwischen auf dem Weg ins Untersuchungsgefängnis war. Auch Boris war inzwischen in Gewahrsam, aber er durfte einen Umweg über das Gefängniskrankenhaus machen, wo er dank des gut gezielten Schulterstecksschusses von Barbara Seeger die nächsten Wochen verbringen durfte. Als am späteren Abend endlich alle Polizisten das Haus verlassen hatten, saßen Peter und Stefan mit ihren Familien im Wohnzimmer der Stettners, und Peter sagte unvermittelt, nachdem er einen riesigen Schluck aus dem Weinglas, das vor ihm stand, zu sich genommen hatte: »Ich bin ausgebrannt.«

»Wie meinst du das?«, fragte Stefan, obwohl er ahnte, was Peter damit sagen wollte.

»Ich tauge nicht mehr zum Detektiv. Als ich da oben im Wald lag, hatte ich bereits aufgegeben, das ist ein absolutes No-Go, für mich ist ab morgen Schluss.«

»Das kannst du doch nicht machen«, sagte Stefan, obwohl er genau spürte, wie ernst es Peter damit war.

»O doch, ich mach sogar noch mehr. Spätestens übermorgen fliege ich nach Mallorca und werde mit Juan zusammen Hotelier.[6] Irgendwie kriegen wir das Hotel doch noch zum Laufen. Annika, bist du dabei?«

Gute sechs Monate waren seitdem vergangen. Peter hatte zur Verwunderung aller ernst gemacht und war geflogen, wenn auch erst drei Wochen später. Annika war selbstverständlich mitgekommen, und nächste Woche, pünktlich zur Saisoneröffnung am ersten April, würde auch das Hotel seine Pforten öffnen.

Nun saß Peter in der Hotelbar, überwachte die Einarbeitung des neuen Barkeepers und ließ die Ereignisse der letzten Monate vor seinem geistigen Auge Revue passieren. Dazu schlürfte er einen Royal-Spezialcocktail, der ihm ausgezeichnet schmeckte. Hotel Royal, so sollte ihr neues Resort heißen. Nach einem weiteren Schluck des hochprozentigen Getränks wanderten seine Gedanken wieder zurück nach Deutschland. Als erst einmal festgestanden hatte, dass Peter und Stefan aussteigen würden, war alles ganz schnell gegangen. Die Detektiv-Agentur »Die Taunus-Ermittler« hatte sich aufgelöst und war von Claus Mergentheimer, Sven Stettner, Marco Ferreira und Oliver Krause als »Ermittlerteam Taunus« wiedereröffnet worden.

Stefan hatte von seinem Vater angeboten bekommen, sich seinen Erbteil an der Großbäckerei auszahlen zu lassen, während sein Bruder Dirk, der inzwischen verheiratet war und dessen Frau ihr erstes Kind im Dezember erwartete,

---

6 Vgl. Band 13 – Treffpunkt La Seu

die Bäckerei überschrieben bekam. Von einem Teil des Geldes hatte Stefan der neuen Agentur einen Kredit gewährt, womit sie die Räumlichkeiten des Detektivbüros als Gewerbe-Eigentum kauften. Sven würde mit Marco zusammen den ersten Stock des Hauses beziehen, und das kleine Apartment unterm Dach würde für Peter und Annika bleiben, wenn sie einmal Lust auf Deutschland hätten.

Mit dem Geld aus dem Verkauf des Detektivbüros war Peter ins Hotel eingestiegen, Stefan wiederum mit einem weiteren Teil des Geldes, das er von seinem Vater bekommen hatte. Außerdem hatte Peter seine Mutter, die seit einem Jahr Witwe war, davon überzeugen können, dass es für sie das Beste war, mit nach Mallorca überzusiedeln. Die inzwischen zweiundachtzigjährige Dame war sofort Feuer und Flamme gewesen und hatte direkt alle nötigen Schritte in die Wege geleitet, um ihr Haus in Hattersheim zu verkaufen. So viel Selbstständigkeit hatte er ihr gar nicht mehr zugetraut.

»Einen Teil des Geldes kannst du haben«, hatte sie zu ihm gesagt und ihn damit einmal mehr verblüfft. »Ihr werdet noch genügend davon brauchen, bis das Hotel richtig läuft. Solange mir noch genügend übrig bleibt, damit ich hin und wieder bummeln gehen kann, soll es mir recht sein.« Peter Stettner seufzte auf und wollte gerade beim Barkeeper einen anderen Cocktail aus der fantasievoll gestalteten Karte bestellen, als Annika in die Bar kam und sagte: »Meinst du nicht, dass du es langsam übertreibst? Wir haben gerade mal frühen Nachmittag.«

»Ich muss doch testen …«, verteidigte sich Peter und ließ den Satz mit einem breiten Grinsen unvollendet. »Außerdem waren meine Gedanken gerade bei den letzten Monaten.«

»Ich setz mich mal kurz zu dir«, sagte Annika, und wenige Augenblicke später waren beide in den turbulenten Ereignissen der letzten Monate gefangen.

»Ich finde es wunderbar, dass Sven und Marco wieder zueinandergefunden haben. Auch Marcos Eltern haben sich sehr darüber gefreut.«

Peter staunte einmal mehr, wie seine Frau sich um hundertachtzig Grad gedreht hatte. Eine solche Aussage wäre noch vor einem Jahr undenkbar gewesen.

Während Stefan in Deutschland alles abgewickelt hatte, hatte Peter mit Juan Hernandez den Gesellschaftervertrag aufgesetzt, der sie alle zu gleichberechtigten Partnern machte. Morgen, zu Beginn der Osterferien, würde Stefan mit seiner Familie endgültig nach Mallorca ziehen. Außerdem brachten sie Peters Mutter Dagmar Stettner mit, die inzwischen ihren Hausstand aufgelöst hatte.

Einer der wenigen Wermutstropfen bestand darin, dass Annikas Mutter das alles nicht mehr miterleben konnte. Die ältere Dame, die noch wenige Jahre zuvor topfit und mobil in Düsseldorf gelebt hatte, war vor zwei Jahren urplötzlich an Demenz erkrankt und innerhalb kürzester Zeit dahingesiecht. Wenigstens war ihnen die Entscheidung abgenommen worden, ob sie die Frau, die inzwischen niemanden mehr erkannt hatte, auf Mallorca in einem Pflegeheim unterbringen sollten. Sie war nur wenige Tage nach dem Drama im Wald verstorben.

Außerdem waren Verenas Eltern, Peters Bruder Joachim und seine Frau Sabine mit ihrem Umzug nach Mallorca überhaupt nicht einverstanden und sagten das auch laut und deutlich. Ihr bestes Argument war noch, dass sie ihre Enkelkinder nur noch selten zu Gesicht bekämen. Aber Verena hatte das nicht gelten lassen und damit gekontert, dass auch sie damals, vor vielen Jahren, ohne jede Vorankündigung für drei Jahre nach Australien gegangen waren.

Das Argument, dass Joachim sich als Bildhauer einen Großauftrag des australischen Staates nicht entgehen lassen konnte, hatte sie abgeschmettert, indem sie ihnen freundlich, aber bestimmt erklärte, dass das Hotel nun ihre Arbeit sei.

»Damit war die Diskussion beendet«, sagte Annika schmunzelnd, die inzwischen auch einen Cocktail vor sich stehen hatte, »zumal selbst die Zwillinge absolut begeistert von unserem Umzug sind.«

»Ich glaube, da spielt auch noch ein anderes Thema eine Rolle, nämlich, dass die Spielbergs nicht mal zwei Kilometer von hier ein Ferienhaus besitzen und nahezu die gesamte Freizeit dort verbringen«, sagte Peter.

»Außerdem bin ich froh, dass Emily und Lilly die Entführung so gut überstanden haben und nicht mehr so viel daran denken, das ist das Allerwichtigste.«

»Ja, zusammen mit dem Umstand, dass es trotz allem keine Misstöne zwischen uns und den Spielbergs gegeben hat. Inzwischen kennen wir sie ja auch ganz gut, und ich denke, dass wir uns bestimmt öfter mal privat treffen werden.«

»Ich bin mal gespannt, wie sich Alina und Anina in der deutschen Schule in Manacor einfügen werden. Das werden wir spätestens sehen, wenn sie nach den Osterferien dort einsteigen.«

»Du kannst es kaum erwarten, dass sie hier ankommen, stimmt's?«

»Ja klar, dann ist hier wieder Leben in der Bude. Außerdem würde mich interessieren, was es Neues von Sven gibt.«

»Da kann ich dir vielleicht weiterhelfen, ich habe gestern lange mit ihm telefoniert.«

»Warum weiß ich nichts davon?«, fragte Annika und war zuerst etwas eingeschnappt. »Immerhin bin ich seine Mutter.«

»Weil wir gar nicht vorhatten, lange zu telefonieren. Ich wollte nur, dass er etwas für mich in unseren Unterlagen nachsieht. Es ist dann aber irgendwie ausgeufert.«

»Los, erzähl, was gibt's Neues?«

»Sven hat sich letzte Woche endlich durchringen können, nach Nürnberg zu fahren.«

»Ach stimmt, er wollte ja immer zum Grab von Michael.«

»Außerdem wollte er endlich dessen Mutter kondolieren. Er hat sich bislang ja nicht getraut, ihr unter die Augen zu treten. Als er gehört hat, dass sie aus dem Krankenhaus entlassen wurde …«

»… hat er sich endlich getraut?«, fragte Annika neugierig.

»Ja, und sie beinahe nicht mehr angetroffen.«

»Wie das?«

»Ach, das ist eine lange Geschichte, aber ich mach's kurz. Frau Müller lag doch mit einem Bauchschuss im Krankenhaus, und der Wirt hatte die Kugel mit seiner Schulter abgefangen, die für ihren Kopf bestimmt war. Er wurde im gleichen Krankenhaus behandelt. Frau Müller, die Sven übrigens nicht böse ist, wie er befürchtet hatte, erzählte ihm, dass sie, als sie im Krankenhaus lag und wieder bei Bewusstsein war, Schluss machen wollte. Aber dann kam ihr Chef, der übrigens seit zwei Jahren Witwer ist, zu Besuch. Die beiden kamen sich näher und sind seit wenigen Wochen ein Paar. Auch seine Familie hat Frau Müller ganz herzlich aufgenommen und sie im Krankenhaus besucht. Da das Restaurant nicht mehr zu retten war, haben die beiden beschlossen, nach Korfu zu ziehen, wo ein Großteil seiner Verwandtschaft wohnt.«

Peter merkte, wie Annika ganz gerührt von dem war, was er ihr gerade berichtet hatte, und so sprach er schnell weiter: »Außerdem habe ich gestern auch noch mit Burkhard Pfannmöller telefoniert. Da hat er mir erzählt, dass seine Tochter Karin die Kanzlei ab ersten September alleine weiterführt und er sich ganz zur Ruhe setzt. Ab dann will er uns, wie er sagte, hier öfter mal auf den Wecker gehen.«

Annika grinste, als sie sagte: »Recht hat er, schließlich hat er lange genug gearbeitet, und solange ihr zwei nicht anfangt, tagelang zu fachsimpeln und man euch kaum noch aus dem Salon herausbekommt, soll's mir recht sein.«

Dann sah sie auf ihre Armbanduhr, erschrak und meinte: »Verdammt, so spät ist es schon? Jetzt haben wir lange genug geschwafelt. Ich muss noch mal in die Küche. Sehen, dass alles in Ordnung ist, wenn die neue Köchin morgen ihren Dienst antritt.«

»Ach, es hat sich so vieles verändert, seit ich den Detektivberuf endgültig an den Nagel gehängt habe.«

»Wirklich endgültig?«, fragte Annika und grinste so hinterhältig dabei, dass Peter sie verwundert ansah.

»Was meinst du, wie lange du das aushältst?«

»Für immer.«

»Wirklich?«

»Es war eine verdammt schöne Zeit«, sagte Peter. »Die Zeit der Taunus-Ermittler, erst mit Stefan, und dann kam Claus dazu. Oder die letzten Jahre, als ihr, du und Verena, immer mehr eingebunden wart. Aber jetzt sind wir ausgestiegen, jetzt sind die Jungen dran. Es war eine verdammt schöne Zeit, aber genug ist genug.«

Annika sah ihren Mann erstaunt an, so konsequent hatte sie ihn in all den Jahren nur selten erlebt. Doch dann sah sie, welcher Gedanke sich im Grinsen seines Gesichtes widerspiegelte. Genug ist erst mal genug. Aber mal sehen, was die Zukunft noch so alles bringt.

ENDE

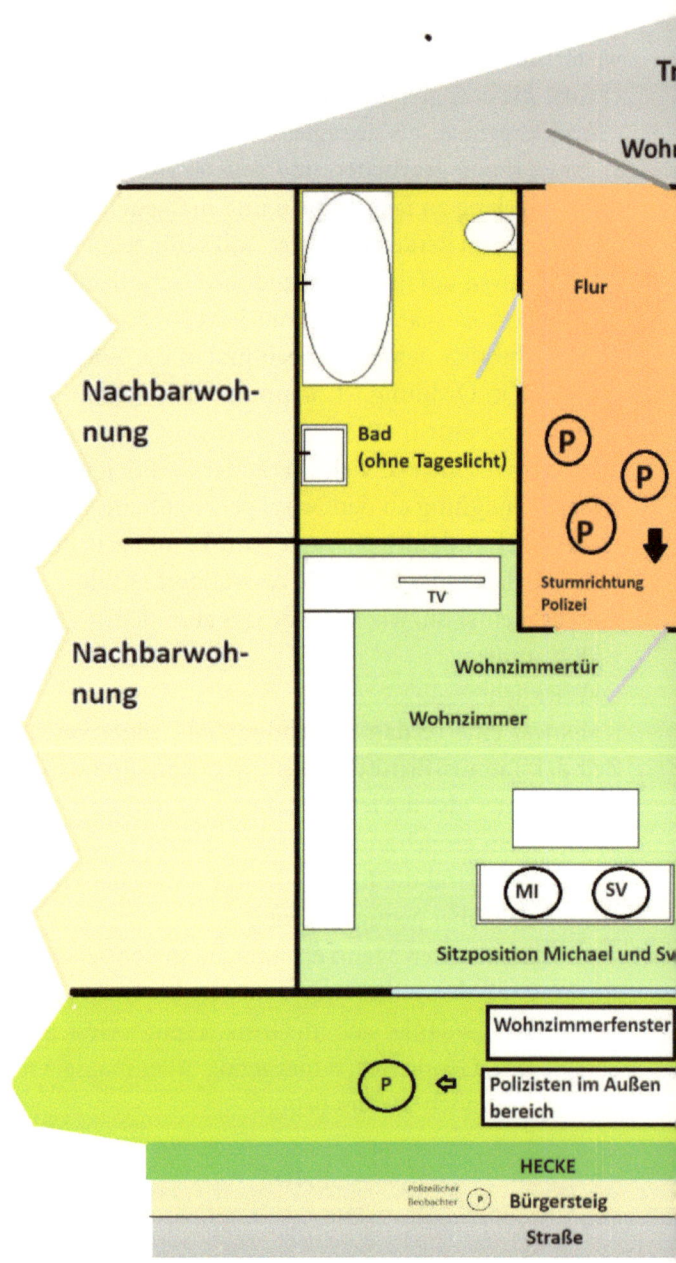

Tr

Wohr

Nachbarwoh-
nung

Bad
(ohne Tageslicht)

Flur

(P)

(P)

(P)

Sturmrichtung
Polizei

Nachbarwoh-
nung

TV

Wohnzimmertür

Wohnzimmer

(MI) (SV)

Sitzposition Michael und Sv

Wohnzimmerfenster

(P) ⇐ Polizisten im Außen
bereich

HECKE

Polizeilicher
Beobachter (P) Bürgersteig

Straße